ケン・ノーティス

Ken Notice

喰らう闇。

の夜を吹き飛ばすような

「戦え、僕と。殺し合え、全力で。
それだけが、今のお前にできることだ」

CHARACTER DATA

シノ・ミカグラ
元ミカグラ流刀術継承者でノゾムの師。ノゾムの人生に大きな影響を与えた。故人。

アイリスディーナ・フランシルト
成績優秀な優等生で、美麗な少女。ノゾムに、命よりも大切な妹を救ってもらった恩がある。

ソミリアーナ・フランシルト
心優しく明るいアイリスディーナの妹。魂を奪われそうになったところをノゾムに助けられた。

ティマ・ライム
引っ込み思案なアイリスディーナの親友。地水火風の四属性を扱える最高クラスの魔力を持つ。

アンリ・ヴァール
ノゾムたちの担任で生徒みんなに優しい。見た目とは裏腹に気術と鞭を得意とする肉体派。

ジハード・ラウンデル
学園最高責任者。二十年前の大侵攻で活躍した英雄で、剣術、気術の腕は都市内で最強。

ケヴィン・アーディナル
銀狼族で、同学年最大のパーティーのリーダー。ノゾムを認めている人物の内の一人。

ノゾム・バウンティス
Nozomu Bountis
ミカグラ流の使い手。アビリティ『能力抑圧』を持つ学園の劣等生でありながら、龍殺しとなる。

This is the story of a boy lost the sound mind,

and the story he starts.

ノゾム・バウンティス
Nozomu Bountis

龍鎖のオリⅣ －心の中の“こころ”－

［著］cadet　［画］sime

CONTENTS

Ryuusa no Ori
Kokoro no
Naka no Kokoro

Presented by cadet
Illustration by sime

約束があった。

互いに交わした、まだ何も知らなかった時の、幼い約束。

小さく、儚く、それでいて、宝石のように輝いていた約束だった。

でも、それももう今は……。

人生とは鎖のようなものだ。現在、過去、未来、全ての選択が

連なり、己とは何かを形作る鎖。

無数の選択は鎖のように連なっていく。どこまでも、どこまでも。

生きている限り。

大半の人は、自身で選んでいることにすら気づかぬまま、

鎖の輪を重ねていく。

重ねた鎖は重く、手繰るのは辛いから。

だが、過去への向き合い方が未来を決める。

固執するか、手放すか、教訓とするか、無為なものとするか。

ならば、自分は……。

CHAPTER 1

第一章

再出発

Ryuusa no Ori
Kokoro no
Naka no Kokoro

食われ、咀嚼《そしゃく》され、バラバラにされ、焼き尽くされる。

炎に包まれたアルカザム。悪夢の中で、ノゾムは巨龍との戦い、そして殺され続けていた。容易《たやす》く訪れる死、激痛と脱力感、そして虚無に落ちることを繰り返す。

「ぐう……！」

力の差なんて考えるだけ無駄。それでも心は、魂だけは譲ってやらない。

それだけを胸に、死ぬ度に全身を包み込む虚無感に抗《あらが》う。

そして気がつけば、目の前に再び巨龍の姿が現れていた。

巨龍は忌々《いまいま》しそうにノゾムを見下ろし、そして再度襲いかかってくる。いつ終わるとも知れない一方的な敗戦を前に、それでも抗おうと刀を構え……。

『おいノゾム、なにやってる！』

強烈な大声が脳裏に響いた。直後、まるで水中から引き上げられるかのような感覚とともに、まばゆい光に照らされる。眼が眩《くら》むほどの光の中、炎に包まれたアルカザムが巨龍と共に消えていく。

急激に覚醒していく意識。その光の先に見えたのは……。

「うわあああ！」

耳に響く悲鳴に、ノゾムはハッと意識を取り戻した。

眼前には尻餅をついている少年。ソルミナティ学園の制服を纏《まと》う彼に向けて、ネバネバとした気色の悪い大口を広げて迫る脅威がいる。

粘液状の体を持ち上げ、覆いかぶさるように襲いかかるそれは、ブロフと呼ばれる魔獣。基本的に水中の養分で育つ水棲の動物だが、大きな個体は陸に上がり、より高い栄養価を求める。そこには、人間を含めた大型の動物も含まれていた。

ノゾムは反射的に少年の前に飛び出すと、腰に携えた愛刀『無銘《むめい》』に気を付して抜刀。

正確無比な一太刀はブロフを、その体を構築する核ごと両断する。

核を断ち切られたブロフはブルブルと震えた後、ビシャリと音を立てて崩れ落ちた。

「ふう……」

息を吐き、薄暗い周囲を見渡す。松明《たいまつ》の炎と魔法による明かりに照らされたそこには、アーチ状の天井をもつ水路だった。彼らがいる場所は、アルカザムの地下水路。時間は早朝。

「ノゾム、大丈夫か？」

ブロフを倒したノゾムの傍《そば》に、アイリスディーナが駆け寄ってくる。

その後ろに、彼女の親友であるティマと、ノゾムと同じクラスのマルスがついてきていた。

「ああ、ごめんアイリス、ボーッとしてた」

「らしくないな。何かあったのか？」

「少し、奴に干渉されていた……」

ノゾムの含みのある言に、彼女の表情が一瞬険しくなり、続いて憂いを帯びたものへと変わる。

滅龍王ティアマット。

ノゾムが抱えることになってしまった特大の災厄。もし解放されてしまえば、アルカザムだけでなく、アークミル大陸全体に致命的な災禍をもたらしかねない存在だ。

「……大丈夫、か？」

「うん？　ああ、もう引いたよ」

淡々とした様子で刀を鞘《さや》に納めるノゾムに対し、アイリスディーナの表情は硬いまま。こういう時の彼は、『今は』という言葉が抜けている場合が多いことを、知っているが故の態度だった。

同時に、彼女は悔しさと無力感を漂わせながら、小さく唇を噛《か》む。

事情を知っても、アイリスディーナには、ノゾムが抱える問題を解決する手段がないからだ。

ジリジリとこみ上げる悔しさと不安が、彼女の胸をかき乱す。

そんな彼女の内心を察してか、ノゾムはアイリスディーナに向かって穏やかに微笑《ほほえ》む。

「ありがとう、アイリス。とにかく、ブロフについて確認しないと」

「そう、だな……」

ノゾムの言葉に詰まりながらも、アイリスディーナは努めて意識を切り替える。

今回彼らがこの場に赴いているのは、ギルドからの依頼があったから。

内容は、アルカザム地下水路の調査。

アルカザムでは、各区域に設けられた昇水棟と呼ばれる施設で地下水をくみ上げ、それを網の目のように広げた水路で、都市の各箇所に配分している。

これらは上水道と下水道に明確に分けられており、上水道側に魔獣が入り込むことは基本的にない。だが数日前、水路を点検している工事関係者から、上水道に魔獣がいるという情報が入ったのだ。

「君達、大丈夫か？　怪我《けが》はないか？」

アイリスディーナが、ブロフの集団に襲われていた生徒達に声をかける。

彼らは男女混合の四人組のパーティーで、ノゾム達と同じ、ソルミナティ学園の制服を纏っていた。胸の徽章《きしょう》を確認したところ、どうやら一学年の生徒らしい。

「あ、ありがとうございます！　自分は一学年一階級のエルドルといいます！」

一党のリーダーの男子が、アイリスディーナを前に顔を紅《あか》くしながら頭を下げる。ノゾムが助けた男子生徒だ。元々学園でも有名人であり、男女問わず人気の高い彼女。その名は今年学園に入ってきたばかりの生徒にも轟《とどろ》いているようだった。

「すまないが、あのブロフについて、話を聞かせてもらえるか？」

「は、はい！」

アイリスディーナが話を聞いてみると、彼らは下水道から上水道へと繋《つな》がる連絡路を通っている最中、通路にみっちり詰まったブロフを発見。襲われたとのこと。

狭い通路内で、押し潰すように迫るブロフから逃げつつ戦っていたが、そもそも粘液状の体は武器が利きづらい。核を狙う、魔法を使うなど、冷静に対処すればなんとかなっただろうが、彼らはまだ戦闘経験が乏しく、四苦八苦している間に体力と魔力を消耗。

危機に陥っていたところに、ノゾム達が救援に駆けつけたというわけだ。

「分かったありがとう。君達は地上に戻るといい。ここから先は、私達が確認する」

「で、でも……」

「いいから、さっさと戻れ。碌《ろく》に動けない奴らについてこられても、足手まといなんだよ」

アイリスディーナが説得するも、食い下がる下級生。それをマルスが切り捨てる。はたから聞くと冷たい言葉だが、マルスなりの不器用な警告であることは、ノゾムにはすぐに分かった。

しかし、元々地元では天才と呼ばれ、鳴りもの入りでソルミナティ学園に来たばかりの新入生達は、自分達の力がこの程度ではないはずだという自意識がある。

そんな彼らがノゾムへと向ける目には、疑惑と悔しさ、そしてほんの少しの蔑みの色。

どうやらこの下級生達は、ノゾムが三学年最下位の生徒であり、恋人だった幼馴染《おさななじみ》を裏切った卑劣漢という噂《うわさ》を知っているようだ。

「でも、僕らも一学年ではほとんどいないＤランクです！　少なくとも、この先輩よりは……」

「言葉を慎みなさい。彼のランクはＣ。君達よりも上だ」

無意識に、傷ついた自尊心を取り繕おうとしたのだろう。しかし、そんな下級生を、アイリスディーナは一蹴する。彼女の冷たい声に下級生達はびくりと体を震わせ、驚きの視線をノゾムに向けた。

ほんの少し前まで、ノゾムのランクはＤ。下級生達と同じだった。恐らく彼らは、ノゾムが最近ランクを上げたことを知らなかったのだろう。

「学園に流れている彼の噂も、まったくもって根も葉もないもの。それに、彼は私の大切な……仲間だ。現に、君も助けられたのだろう？　その恩人を貶《おとし》めるなど……」

公明正大ではあるが、怒りを漂わせる声。有無を言わさぬ彼女の様子に、一学年達は完全に気圧《けお》されていた。必要以上に威圧的になってしまっている彼女を止めるように、ノゾムが声をかける。

「アイリス……」

「……すまない、少し熱くなりすぎた。とにかく、君達は帰りなさい」

その一言になにも言い返せず、一年生達はトボトボと地上に戻っていく。彼らの背中が水路の角へと消えていくのを見送ると、アイリスディーナは「はあ……」と溜息《ためいき》を漏らして肩を落とす。

「ティマ、マルス君にも謝罪する。騒ぐつもりはなかったんだが……」

「ううん、アイ、気にしないで」

「ああ、お前が言わなきゃ、俺がもっと言ってた」

申し訳なさそうなアイリスディーナにティマが笑みを返し、マルスがプラプラと手を振る。

「でもマルス君の方は、もうちょっと言い方があったでしょ」

「ああ？　いや、無理だろ。今年来たばかりでそこそこの成績なら、天狗《てんぐ》になる頃……」

「でも、もうちょっと、言い方あった……でしょ？」

誤解されるような言葉遣いを直す気のないマルスに、ティマが笑顔で威圧をかける。

マルスは冷や汗を流しながら「き、気をつける……」と震える声で返答。元々ルガトの一件以降、よく一緒に訓練している二人だが、最近はより距離が近づいているように見えた。

そんな彼らの様子にアイリスディーナは少し口元を緩めるも、すぐに表情を硬くして、傍にいるノゾムを覗《のぞ》き見る。その不安の光を帯びた瞳に、彼は苦笑を浮かべた。

「俺も気にしていな……いや、怒ってくれてありがとう、アイリス」

確かにちょっと言いすぎではあるが、そもそも彼女の言はノゾムを慮《おもんぱか》ってのこと。

彼自身もちゃんと、そのことを理解している。だからこそ、口から出るのは感謝。その言葉に、チラチラとノゾムの顔色を窺《うかが》っていたアイリスディーナは、ようやくほっと胸をなでおろす。

「……よかった。それじゃあ、先に進もう」

そして一行は調査を続けるため、再び水路の奥へと進み始めた。

‡

結果から言えば、ノゾム達の調査は多少の成果はあった。

都市外に下水を流している排水路。その出口に設けられていた魔法陣が機能していなかったのだ。

学園都市として名高いこの都市だが、実はもう一つの名前が存在する。

試験型儀式魔法都市アルカザム。

大地の力の流れである龍脈を利用した都市構想。そのプロトタイプである。

この都市構想による施設は街の各所に施されており、都市外に通じ、かつ魔獣が入り込みやすい箇所には微弱な魔力を放射。魔獣が都市に近づかないよう工夫している。

それは当然、地下水路にも設置されているのだが、下水の排出口の魔法陣の一部が、壊れていたのだ。

幸い、破損箇所はティマが魔法陣を描き足すことで、一時的にその機能を復旧できた。後々、報告を受けたギルドが都市管理部を通じて、完全に修復するだろう。

ノゾム達はギルドで一連の報告を済ませて外に出ると、既に太陽は南へと昇っていた。昼時だ。

「そういえばノゾム。君は、この前の特総演習の結果、見たか？」

「え？　いや、まだだけど……。というか、あの演習、ダメになったんじゃ？」

特別総合演習授業。二週間ほど前に三年生全員が参加して行われた大規模演習。

三学年の中でも特に大きなイベントであり、学園の成績にも直結する行事の一つだ。

だが、そこで思わぬトラブルが起こった。演習中に『六凶』と呼ばれる、規格外の魔獣の一体が出現したのだ。

その名を、輝冠《ひびかんむり》の大百足《むかで》。体長百メルを超える、災害級の魔獣だ。

結果、特総演習は中止。当然、ノゾムはなんの加点もないと思っていた。

「ああ。だが、一日目は終盤まで演習が進んでいたからな。その時までの成績は、発表されることになったんだ」

「へえ……」

元々最下位の烙印《らくいん》が押されているノゾムだが、加点があるかもしれないと言われても、その反応は鈍い。その後にあったことの方があまりにも重大すぎて、特総演習についても、正直完全に忘れていたくらいだった。

そうこうしているうちに、ノゾム達は商業区にある牛頭亭に到着した。マルスの実家で、ノゾムも懇意にしている酒場兼宿屋だ。入口のドアを開いて店内に入る。昼時なためか、店内にはそれなりに人が多い。そんな中を、料理の乗ったトレイを両手に持った少女が、忙しそうに駆け回っていた。

「こんにちは、エナちゃん」

「あ、ノゾムさん。いらっしゃいませ〜〜！　お連れの人達、先に来ていますよ」

少女の名はエナ・ディケンズ。マルスの妹にして、この牛頭亭の看板娘だ。

彼女はノゾム達の姿を見つけると、ニコッと笑みを浮かべ、彼らを店の奥に案内していく。

そこにはノゾム達と同じ、ソルミナティ学園の制服を着た男女四人が席について彼らを待っていた。

「おかえりなさい。依頼の方は大丈夫だった？」

「うん、とりあえず、ギルドへの報告は終わったよ」

最初に声をかけてきたのは、腰まで届くほどの蒼髪《そうはつ》を持つ、美麗な少女だった。

側頭部の髪の間からは、笹のように長い耳がぴょこんと覗いている。

シーナ・ユリエル。ソルミナティ学園三学年二階級の女子生徒。この街唯一のエルフの少女だ。

「アイリスディーナさん達もお疲れ様！　さ、座って、座って」

シーナの隣には猫耳の少女が座り、アイリスディーナ達に席に着くよう促す。

シーナの友人であり、親友のミムル・ミディールだ。

同じテーブルには他にも眼鏡をかけた小柄な男子生徒と、狐耳《きつねみみ》の男性もいる。

眼鏡の方がトム・デイル。狐耳の亜人がフェオ・リシッツア。彼らもソルミナティ学園三学年二階級の生徒達であり、これまで様々な出来事を通じて、ノゾム達と友誼を結ぶことになった人達だ。

「ありがとうミムル君。君達はトム君達と一緒に、研究所に行っていたのか？」

「ええ、ラズと一緒に色々とね」

ノゾム達と共に座ったアイリスディーナが尋ねると、シーナが昼食のメニューを広げながら答える。

研究所とは、アルカザムの中央。ソルミナティ学園に併設されているグローアウルム機関の施設だ。

元々各地の魔法技術を収集、編纂《へんさん》していた。その成果を教育し、二十年前の魔獣の大侵攻によって失われた人材を育成することを目的に造られたのが、ソルミナティ学園、そしてアルカザムである。

「そういえば、フェオはどうしてここに？」

「ワイは偶然。バイトの帰りに良さそうな店があったから入ったら、シーナ達がいたんや」

『まあ、そんな面倒な話はあとにして、飯にしようぜ、飯！』

ノゾムとフェオが話をしていると、シーナの肩から人を食ったような声が響く。

そこにはいつの間にか、長い尾羽と瑠璃色の羽毛を持つ小鳥が止まっていた。

この鳥の名前はラズワード。一見すると珍しい色の小鳥だが、シーナと契約を結んだ小精霊であり、このアークミル大陸で最も神秘的な種族の一員である。

「ラズ、またなの？　貴方《あなた》は精霊なんだから、感覚共有はそろそろ控えた方がいいわよ」

『別にいいだろ？　気分転換は必要さ！』

ピョンピョンと肩や頭、そしてテーブルの間を跳び回る相方に、シーナが溜息を漏らす。

「まあ、確かに昼時だし、注文しよう。エナちゃん、いいかな!?」

「は〜い！」

ノゾムがエナを呼ぶと、各々注文を始める。

一応、牛頭亭にはランチメニューもあり、価格も手ごろなものが多い。

ノゾムとマルスは体を使ったこともあり、がっつりとした肉系メニューである穴ウサギのステーキランチを頼んだ。獣人であるフェオとミムルも同様。

一方、ティマとアイリスディーナ、シーナ、トムの四人は卵料理をメインとしたランチを頼む。

注文を受けたエナが厨房《ちゅうぼう》に消え、少しすると人数分の食事を持ってくる。

「おまたせしました。それではごゆっくり～～！」

手早く料理を並べ、笑顔で仕事に戻っていく。

「よっしゃ、来た来た！　くうう、空腹にしみるわ～～」

『おいシー嬢、はやく、はやくしろ！』

フェオがさっそく料理にフォークを刺し、舌鼓を打つ。喜色満面の笑みに釣られるようにラズワードがシーナを急《せ》かし、そんな彼に苦笑を漏らしながら、シーナやアイリスディーナ達も食事を始める。

『くあ～～！　うめええ～～！　当然デザートは頼んだよな』

「ラズ、うるさいから静かにして。それにちょっと図々《ずうずう》しいわよ」

「さすがはデル殿、美味な食事だ」

「うん。でも、いくらでも食べれそうなのが、ちょっと怖いな」

アイリスディーナが笑みを浮かべ、ティマが唸る。各々が食事を楽しむ中、ノゾムも頼んでいた穴ウサギのステーキを切り分けようとナイフに手を伸ばした。

「あ……」

しかしそこで、持ったナイフがスッと指からすり抜けるように落ちた。カランと乾いた音が響き、ノゾムは呆《ほう》けたような声を漏らす。

「おいノゾム、大丈夫か？」

「あ、ああ。ちょっと取り損なったみたいだ」

ノゾムがマルスに返事をしながらナイフを拾ったところで、トムが声をかけてくる。

「そういえばノゾム君。波紋が変わった君の刀、どんな感じ？」

「うん？　特に使い勝手に変化はなかったな……」

（気を付与できなくなった時は、まるで谷底に落ちたような気分になったけど……）

ノゾムが持つ刀、『無銘』は、彼の師であるシノから譲り受けた大切なもの。かなり名のある刀らしいのだが、先の輝冠の大百足との戦い以降、その波紋の形が鎖状へと大きく変化していた。

「元々、持ち主によって、その形や性質を変えてきたと記される品だから、なにが起きても不思議じゃないんだ。それに、長年思いが込められた品が、魔法や精霊の御業《みわざ》にも似た現象を引き起こすことはよく知られているし……」

そこまで言ったところで、トムの瞳がキラリと光る。嫌な予感がノゾムの胸に去来した。

「ねえ、やっぱりこの刀、分解させて……」

「やるわけないだろ！」

トムが言い切る前に、ノゾムはその言葉をシャットアウトする。

この少年、将来有望な錬金術師なのだが、好奇心が旺盛すぎて、時折暴走するきらいがあった。

最近はノゾムの『無銘』が気になっているらしく、以前も全く同じやり取りをしている。

「まあ、トムとノゾムの漫才は置いておいて……。特総演習があんな形で終わってしまったけど、イベントはまだまだこれからや」

「ああ、本格的に他階級との合同授業が始まるんだっけ？」

今度は、フェオが話題を振る。

ソルミナティ学園のカリキュラムは四年。一年目と二年目は生徒の基礎能力の向上に重きを置いているが、三年からはその様相が大きく変わってくる。

実技では他階級との合同授業が基本となり、時には冒険者ギルドなど、学園外での活動も活発になってくるのだ。実際、明日からは他階級との実技授業が本格的に始まる。

しかし、ここ最近ノゾムはティアマットのことやリサやケン達のこと、特総演習でのハプニングなど、トラブル続きだったため、合同授業のことはすっかり頭から抜けていた。

そんな彼の内心を見抜いてか、マルスが難しい表情でじっと彼を見つめながら、口を開く。

「で、ノゾム、お前どうすんだ？」

「どうって？」

「決まってんだろ。お前を陥れた糞《くそ》野郎達のことさ」

マルスのその一言に、その場にいた全員の顔が上がる。

ケン・ノーティス。ノゾムの幼馴染であり、あらぬ噂を流して恋人と破局させた男。そして人間ではまず存在しない、精霊と直接契約した者の一人。

特総演習の直前、ノゾムに問い詰められた彼は自らの所業を認め、そしてノゾムを殺して排除しようとした。端正なその顔を、これ以上ないほどの憤怒に染めて。

そして、カミラ・ヴェックノーズ。リサの友人にして、ケンに協力した同じクラスの女子生徒。

そのあたりの事情は二週間ほど前、彼らが森で『輝冠の大百足』という規格外の魔獣と戦った後にノゾムの口から聞いていた。

「実のところ、ケン・ノーティスが精霊と契約しているって話、マジなんか？」

フェオが疑問を口にしながら、同じ精霊使いのシーナに視線を送る。彼女は渋い顔をして、ゆっくりと首を振った。

「ごめんなさい、私にはまったく感じ取れなかったわ。ラズ、貴方は？」

『……さあ、な。俺達も完璧じゃねえし、それにこの街はちょっと騒がしくてな』

フェオの疑問にシーナが言葉に窮する中、彼女から話を振られたラズワードが、少し考え込みながらも返答する。どこか含みのある様子の小精霊の言に、アイリスディーナが質問を重ねていく。

「騒がしいとは？」

『この街、全体が祭壇みたいなもんだろ？　なんというか、色々と濃いし、喧《やかま》しいんだよ』

「濃い？　喧しい？」

『お前達の言葉で言うとなんだ、常に人ごみの真ん中にいるって感じか？　微細精霊の数が多いから、互いに干渉し合って遠くまで見通せないんだ。それに俺もついこの前までは、気絶しているような状態だったからな』

「そんなに、多いのか？」

ノゾムがラズワードに尋ねると、瑠璃色の小精霊はチチチ……と鳴きながら答える。

『ああ、ネブラの森にも迫る密度だぜ。同時になんというか、不自然な印象も抱くけどな』

「輝冠の大百足のこともある。あの精霊には注意が必要だ」

ラズワードに続き、アイリスディーナが言葉を発する。彼女の一言に一同は黙り込んだ。

輝冠の大百足。元々は大陸東部に住んでいたと思われるが、二十年前の大侵攻の際に他の魔獣と一緒に人類圏に侵入。多大な被害をもたらした規格外の魔獣だ。

その力は侵攻してきた魔獣の中でも突出しており、人類最高位の戦士達でも単独では絶対に勝てないと言われている。そんな魔獣が、二週間前に行われた特総演習に出現した。

当然、現場は大混乱。アルカザムは緊急事態を発令し、都市の全ての門を閉じることになる。

そしてこの魔獣は、当時シノの小屋にいたノゾム、そしてアイリスディーナ達と交戦。龍殺しの力を使ったノゾムの前に負傷し、逃亡した。

その後、一週間ほどでアルカザムの緊急事態令は解除され、一応の平穏を取り戻すことになる。

だが、ノゾム達は知っていた。負傷し、地面に倒れ伏した『輝冠の大百足』から一体の精霊が出現し、逃げるように姿を消したことを。

「アイリス、その精霊、幼子の外見をしていたって言っていたけど、本当？」

「ああ、あくまで外見は、な。中身は、翅《はね》の生えた虫のようだったが……。心当たりがあるのか？」

「ケンが契約していたメフィって名前の小精霊に、外見の特徴がそっくりなんだ……」

輝冠の大百足を操っていた精霊。その手がかりに、一同は難しい顔で考え込む。

「あり得るのか？　たかが小精霊が六凶ほどの魔獣を使役するって」

マルスがシーナの傍にいるラズワードに視線を送る。いくら神秘の精霊とはいえ、相手が六凶ともなれば話は別だ。

精神を操る場合、対象の魔力量というのは、術の成否に係わる大きな要因になる。

輝冠の大百足は巨大な体躯《たいく》とそれに見合った膨大な魔力を持っており、雷の魔法を無数に乱発しながらも、まったく消耗した様子を見せなかった。それほどの存在、簡単に操れるとは思えない。

『いくら俺でも、不可能だろうな。見たところ、あの精霊は相当幼い。そのくせ、あのクラスの魔獣の精神を操るとなると、その潜在能力は異常だ』

「……アイリス、ここ最近、クラスでのリサの様子は？」

ラズワードの話を聞いたノゾムは少し驚いた表情を浮かべると、今度はアイリスディーナにリサの様子を尋ねる。彼女はどこか思うところがあるのか、一瞬押し黙るも、滔々《とうとう》と最近の一階級での様子を語り始めた。

「特に変わったことはない。だが君の話を聞いた後だと、その普通さが不気味だ」

「カミラはどうしてる？」

「いつも通り、リサ君と一緒にいるが、彼女がなにか？」

「いや、少し気にはなっていて。以前問い詰めた時も、ケンとは険悪な様子だったから……」

カミラ・ヴェックノーズは一年の時からのリサの親友であり、ノゾムとも友人関係だった女子生徒だ。しかし、彼女はケンと協力し、ノゾムを陥れた。

『協力者であるうちは、僕も協力を惜しまない。でも離れるというのなら仕方ない。その場合は……分かっているだろ？』

『くれぐれも、僕たちに誤解されないようにするんだね』

森でケンを問い詰めた時のことを思い出しながら、ノゾムは考えに耽《ふけ》る。ケンとカミラ、二人は最初から険悪で、カミラも進んで協力しているのではなく、脅されているような様子だった。

カミラも、なにか人に言えない秘密を抱えている。ノゾムはそんな気がしてならなかった。

「話を戻そう。それでノゾムは、どうしたいんだ？」

口元に手を当てて考え込み始めたノゾムを引き戻すように、アイリスディーナが口を開く。

「どうしたい、か……」

ノゾムは自分を落ち着けるように目の前の水を一飲みすると、ふっと天井を見上げた。

「皆には話したことがあったよね。俺が、リサの夢を支えるためにこの街に来たって」

ノゾムの言葉に、アイリスディーナ達は小さく頷《うなず》く。輝冠との戦いの後、彼女達はノゾムとリサの馴《な》れ初《そ》めや、アルカザムに来るまでの経緯については聞いていた。

「信じてくれなかったリサに対する怒りはある。でもそれ以上に、悲しみも強いんだ」

遠くを見つめるように窓の外に視線を移す。ノゾムの口元が、ぎゅっと引き締まる。

ただ怒りのまま糾弾し、追い落とす。そんなことも思いつかなかったわけじゃない。

実際、一度はその憤怒を爆発させ、口で罵るどころではない凶行をリサ達に対して行おうとした。

それは彼女を殺してしまう直前、躊躇《ちゅうちょ》したノゾムが反射的に攻撃を全部自分に向けることで止めたが、そこまでの凶行は酷《ひど》く彼を憔悴《しょうすい》させてしまう。結果、自分を見失った彼はアイリスディーナ達との仲にもヒビが入るなど、様々な負の影響を及ぼすことになった。

全ては、己の心を曝《さら》け出さなかったから。

だが一度怒りを爆発させ、アイリスディーナ達に心の内を語れたからか、ノゾムは彼自身も驚くほど、今の自分を冷静に見つめられるようになっていた。

「でも、このままじゃだめだとも思う。逃げるのはいいけど、それにすら気づかないままだと、俺みたいになる。だから……」

瞑目《めいもく》し、己の心を確かめるように小さく息を吐く。

「俺が知らなかった二年間の、そして今のリサを知りたい。そう思うんだ」

顔を上げ、そして再び目を開けた彼は、静かな口調ながら、はっきりとした声で、自分の意思を示す。そんな彼の様子に、アイリスディーナは不安げな表情を浮かべた。

「どうやって……」

「まあ、その辺は色々やってみるよ」

なげやりではなく、吹っ切れたというような顔を浮かべたノゾムは、食事の代金をテーブルに乗せると席を立つ。

「ノゾム、どこに行くんだ？」

「師匠の小屋。あの魔獣との戦いで壊れちゃったから、今のうちに片づけておきたいんだ」

ノゾムが身に着けたミカグラ流刀術。その師であるシノ・ミカグラは既に亡くなっており、彼女が住んでいた小屋も、煇冠の大百足との戦闘で破壊されてしまった。

しかし、ノゾムにとっては大切な人との思い出の場所。自分がアルカザムにいる間でも、綺麗《きれい》にしておきたかった。

「それじゃあ、みんな、また明日……」

「ちょ、ちょっと待って！」

少し焦った様子のアイリスディーナの声に呼び止められ、ノゾムは足を止めて振り返る。

気がつけば、後を追うように席を立った彼女が、ノゾムの目の前に駆け寄ってきていた。

『私の傍に……』

上目遣いで見上げてくる可憐《かれん》な少女。ティアマットに意識を飲まれたときに呼びかけてくれた彼女の声が蘇《よみがえ》る。ノゾムの心臓が、ドクンと高鳴った。

「えっと……なにか、まだあるの？」

「わ、私も一緒に行っていいか？　片付けをするとなったら、人手がいるだろ？」

「いや、でも……」

思わず口から漏れた逡巡《しゅんじゅん》。拒否されると思い込んだ彼女が、ズイッと前のめりに詰め寄ってきた。

黒曜石のような瞳の奥に映る懇願。ノゾムは思わず息を飲む。

「そ、それにあれだ。あのシノ・ミカグラが住んでいた場所で、君が鍛錬をしていたともなれば、興味も湧くというものだ。そ、そうだろ？」

ただのちっぽけな小屋。しかも完全に倒壊し、いずれ森に埋もれるだけの場所。ノゾムとしては、自己満足に手を貸してもらうには、少し気が引けるのは確かだった。だが……。

「手伝いたいんだ。君を……いいだろう？」

向けられる純粋な気持ちに、躊躇していた心が解けていく。

「……ありがとう」

気がつけば、ノゾムは微笑みながら、そう返事をしていた。

ノゾムの了承に、アイリスディーナもまたホッとしたように満面の笑みを漏らす。

「よかった！　それじゃあ、行こうか。じゃあ皆、また明日」

「おう」

「アイ、じゃあね」

アイリスディーナはティマ達に小さく手を振り、ノゾムと並んで店を出ていく。そんな二人の背中を、蒼髪のエルフの少女が切なそうな瞳で見送っていた。

その時、マルスがおもむろに立ち上がり、トムの前に立つ。

「な、なに？」

大柄なマルスに見下ろされたトムが面食らう中、マルスは神妙な表情で口を開いた。

「お前、ノゾムが持っていたような、あの類《たぐい》の剣に興味があるのか？」

「え？　う、うん。霊剣とか魔剣とか、錬金術師なら興味を持たない者はいないと思うけど……」

「そうか！　なら、ちょっといい話があるぜ」

にんまりと、口元を吊《つ》り上げ、人相の悪い笑みを漏らすマルスに、トムは思わず身を縮こませる。

しかし、続いてマルスが発した言葉に目を見開き、そして、彼と同じような人の悪い笑みを浮かべるのだった。

✝

牛頭亭で食事を終えると、シーナは一人、先に店を後にした。

向かった先は学園の図書館。開架式の書庫に行くと、彼女は適当な棚から適当な本を抜き出し、本棚の隅で顔を隠すように表紙を開く。

ページに書かれた文字の羅列を追うも、内容はまるで頭に入ってこない。

胸の奥に……痛みが走る。自然と溜息が漏れ、顔が強張《こわば》り、唇を噛み締めてしまう。

集中できない理由は分かっていた。

いつも傍にいる友人の精霊は、いつの間にか姿を消している。独りにしてくれたのだろう。それが少しありがたかった。今は自分の姿を、誰にも見られたくなかったから。

「私、何やっているのかしら……」

本棚の薄暗い陰に響く小声。先ほどの牛頭亭の光景が、脳裏に浮かぶ。

いつもの超然とした雰囲気が嘘《うそ》のように掻き消え、緊張した面持ちだったアイリスディーナ。不安に揺れていた彼女の瞳の奥に覗いていたのは、彼に向けられた淡い気持ち。

感情を揺らしながら、ノゾムを見つめるアイリスディーナの顔は、見惚《みと》れるほど綺麗だった。同じ女性であるシーナですら、思わず息を飲むほどに。

シーナ自身も、分かっていた。アイリスディーナがノゾムに向ける、想《おも》いを。輝冠の大百足との戦いの中、契約魔法を用いて、ノゾムとアイリスディーナの精神を繋いだのだから。

でも現実に目の当たりにすると、言いようのない感情が、胸の奥を締めつけてくる。

「なによ、あんなに嬉《うれ》しそうにしなくても……」

思わず不満の言葉が口から漏れ、そんな自分が嫌になり、さらに重い溜息を漏らす。そんなことを、この牛頭亭から図書館に来るまで何度も何度も繰り返していた。

気持ちを切り替えるように、卓の上に置いた本を棚に戻す。そして本棚の森を当てもなくさまよう中、シーナの目に閉架式の書庫へと続く廊下の入口が映った。

「あそこは……」

そこは、当時まだ『枯葉耳』と揶揄《やゆ》され、からまれていたシーナをノゾムが助けた場所だった。思わず、体がフラフラとその場所へと向かう。

誰も通らない通路は閑散としていた。もの寂しさに、胸の奥に走る痛みが増していく。

「なにしてんのよ」

そんなシーナに声をかけてくる者がいた。

思わずパッと後ろを振り向けば、見覚えのある狼《おおかみ》族の少女が怪訝《けげん》な表情で見つめてきている。

「カランティ……さん」

「呼び捨てでいいわ。それに貴方にさん付けされると、ちょっと悪い気がするし……」

カランティと呼ばれた少女は少し気まずそうに頬をかく。彼女は以前シーナに対して悪い意味でよく絡んでいた少女だ。

狼族は元々大陸東部にすんでいた種族だが、二十年前の『大侵攻』の際にエルフと確執が生まれてしまった。そのことから、当時精霊との感応能力を失っていたシーナに執拗にちょっかいを出していた。この閉架式へと続く書庫でシーナに絡んでいたのも彼女である。

しかし、その確執もアビスグリーフと呼ばれる魔獣との戦いで解け、シーナに絡んでいた狼族は彼女に謝罪。以降は普通に会話をしたりするようになっていた。

「で、こんな所で何してるの？」

「別に、ただちょっと調べ物で資料を探しに……」

どこか明後日《あさって》の方に視線を迷わすシーナの様子に、カランティは目を細めた。

「ふ～ん。で、何の本？」

「ちょっと、魔法関係を……」

「随分曖昧ね。どんな魔法？」

「そ、それは……」

「……ま、いいわ。魔法関係ならさっき、ちょうどいい人を見つけたから、その人に聞きましょう」

言うが早いか、カランティはシーナの手を取って歩き始める。

「ちょ、ちょっと……!?」

「なに？　私と勉強するの嫌？　まあ、貴女にしていたことを考えれば無理ないけど……」

「い、いいえ、そんなことはないわ。二回も助けられたし……」

「助けられたのは私も同じだけどね。それじゃあ、資料を取って行きましょ」

狼狽《うろた》えるシーナをよそに、カランティは彼女を連れてスタスタと開架式の区画の中を歩いていく。

仕方なく、シーナは途中で適当な棚から適当に本を数冊引き抜いて抱える。隣ではカランティが同じように本を取っていた。そして二人はそのまま読書スペースへ向かう。

読書スペースに着くと、カランティはひときわ目立つ三人組の元へと歩いていった。

「お久しぶり。ティマ・ライムさん。ここ、いいかしら？」

「えっと、いいですよ？」

先ほど牛頭亭でも一緒だった萌黄《もえぎ》色の髪の少女と、付属学校であるエクロスの制服を着た黒髪の女子生徒が一人。そして、この場所には似つかわしくないメイド服を纏った壮年の女性だ。

エクロスの女子生徒は机に座って本を開き、真剣な様子で調べ物をしている。メイドの女性はそんな彼女達を見守るように傍に立ち、優しい視線を送っていた。

「ティマさん、貴方も図書館に？　それに、そっちの子はアイリスディーナさんの妹さんの……」

「ソミリアーナ・フランシルトです！　お久しぶりです、飴《あめ》のお姉さん」

ソミアの顔に見覚えのあったシーナが声をかけると、彼女は元気な声で返事をしてきた。

「……飴のお姉さん？」

「ええっと、冒険者ギルドで雑依頼を受けた時にちょっと。それでそちらは……」

シーナの視線が、今度はソミアの傍で佇《たたず》むメイドに向けられる。

「私はメーナ・マナート。お久しぶりでございます、シーナ様、カランティ様」

恭しく頭を下げるメーナにつられ、シーナとカランティも会釈を返す。

礼儀正しくも、隙のない佇まい。そんなメーナに二人は見覚えがあった。輝冠の大百足と戦っていた時、ソミアを守っていた凄腕《すごうで》の剣士である。

メーナに挨拶し終えると、シーナは再びティマとソミアに視線を戻す。

「それで二人はどうしてここに？」

「私は自習です。ティマちゃんもここで偶然会ったので、一緒に勉強しているんです」

「ええっと、その、さっきぶり。私も自習、かな……？」

相も変わらず、人見知りな彼女の様子に苦笑を浮かべながらも、シーナは興味から彼女が開いていた本を覗き見る。内容は風系統の魔法、そして強化魔法の制御術式に関する本で、傍には気術に関する書物も積み上がっている。

シーナはティマが何を調べているのかを察し、思わず頬を緩ませた。

「ああ、マルス君の……」

「うえ!?」

ティマが間の抜けた声を漏らす。彼女が調べているのは、マルスが身につけようとしている超高等技術『魔気併用術』についてだった。

「別に言いふらすつもりはないわ。それより、そちらの調子はどうなの？　ノゾム君の『あの力』ほどではないにしても、マルス君が目指す技術も、一朝一夕とはいかないと思うけど？」

「うん、まだ見通しは立っていないの。でもマルス君、最近無茶なことはあまりしなくなったわ」

「まあ、あんなことがあったから、彼も思うところがあるのでしょうね」

　シーナの言葉にティマは小さく頷く。

　マルスはその幼少期の体験から、力に対しての執着が強い。実際にノゾムの持つ卓越した気術や秘めている力に対しては、憧れにも似た感情を抱きつつ、自分もその領域に至りたいという複雑な感情を抱えていた。

　そんなマルスがノゾムに追いつくための方法として見出《みいだ》したのが、魔気併用術。本来反発する魔法と気術、二つを融合することで、効果を劇的に引き上げる技法である。

　だが二週間前の特総演習時、襲撃してきた『輝冠の大百足』に対して、マルスは焦りから碌に制御できていない魔気併用術を使用。

　結果、彼らは窮地に陥り、さらにノゾムとの仲にも致命的な亀裂が生じてしまった。

　幸いにも、この騒動に巻き込まれた全員が無事であったし、二人の間に生まれた亀裂も修復することができたが、ほんの少しボタンをかけ違えていたら、致命的な事態になっていたであろう。

「それにしても、わざわざ図書館に来て調べ物をしてあげるって、貴方もよくやるわね」

「べ、別にイヤじゃないよ……。ただ、その……力になれたらいいなって、思っただけだし……」

　モジモジと下を向きながらもペンを動かし続けるティマに、シーナは感心しつつも、どこか羨ましいと思ってしまう。

「ねえ、どうしてそんなに彼を気にするようになったの？」

「え？」

「マルス君は悪い人じゃないけど、少し粗暴なところがあるわ。どちらかというと貴方は敬遠しそうなタイプの男性だったから、彼に好意を抱くのがちょっと不思議に思ったのよ」

気がつけば、シーナは直球の質問をティマにぶつけていた。

好意という言葉に反応して、ティマのほんのり火照っていた頬が一気に真っ赤に染まる。

「こ、こここ、好意だなんて！」

「……まさか、気づかれていないと思っていたの？」

「まあ、わかりやすいわよね」

シーナの隣で事の成り行きを見守っていたカランティも思わず同意の声を上げ、ソミアとメーナもうんうんと、首を縦に振っている。

「あ、ああう……」

ティマは朱に染まった顔を両手で押さえながら、しばし悶絶《もんぜつ》していたが、やがて大きく深呼吸をすると、観念したようにゆっくりと口を開く。

「最初は……凄く怖かったよ？　いきなり睨《にら》まれたりしたし、マルス君も私にいい感情持っていなかった。私、根暗だから……」

高い図書館の天井を見上げながら、遠くを見るような独白。

ティマ自身は大陸中を見ても最上位の魔力を持ちながら、その性格は臆病。彼女自身、自嘲的な自分の性格があまり好きではない。だからこそ、アイリスディーナのような凛《りん》とした女性に憧れるし、我が強く、言葉遣いの粗いマルスのような性格の男性を苦手としていた。

「でもルガトさんが来てソミアちゃんの命が危なくなった時、私を助けてくれたのがマルス君だった」

大事な親友のかけがえのない家族。ティマにとっても妹のような存在であった少女。隣にいる当人に視線を向ければ、ちょっと恥ずかしそうに頬をかいている。

ソミアの魂を抜き取ろうとしていた高位の使い魔。それを封じ込めていたティマに襲いかかってきた魔力弾を横から弾《はじ》き飛ばしたのが、自分を嫌っていると思っていたマルスだった。

その時感じた一体感。それから彼のことを考える度にじんわりと体の奥に染み込んでくる感情がある。時に激しく胸をかき乱し、時に手足の先まで真綿で包み込まれるような温かさをくれる想い。

「上手《うま》く言えないけど、凄く、気になるの……」

その想いを、ティマは正直に言葉にできない。それは人に対して一歩引いてしまう彼女の性格もある。だが、それ以上言葉にする必要はなかった。

朱に染まった頬。なにより、マルスのことを話している時、彼女は一度たりとも下を向かなかった。人見知りの彼女は、他人と話す時はどうしても俯《うつむ》きがちになるのに。

本人は気づかずとも、その態度が、彼女の想いを如実に伝えてくる。

「そう……」

そんなティマの姿に、シーナが再び妬心を煽《あお》られている中、聞き覚えのある大声が響いてきた。

「やっほ――シーナ。それに、ティマさんにソミっちに……カランティ？　なんか凄く珍しい組み合わせだね」

声をかけてきたのは、シーナの親友であるミムルだった。同級生である猫尾族の少女は、シーナと同じテーブルに座るカランティの姿を見て目を丸くする。仲直りしたとはいえ、少し前までは険悪な間柄だった二人だ。確かに驚くだろう。

「ミムル？　貴方が一人で図書館に来るわけないから、トムも一緒ね。どこにいるの？」

「しれっと酷いこと言うね、シーナ。アタシだって本くらい読むよ!?」

シーナはミムルの登場に、キョロキョロともう一人相方を探し始めた。親友のそんな行動に、ミムルは不満げに頬を膨らませながら、反論するように手にした本を掲げる。タイトルは属性干渉学やら魔力質による反応率の変動やら、小難しそうなタイトルが並んでいた。どう見ても、ミムルが読むような本ではない。

シーナが疑わしい眼で見つめていると、本棚の奥から眼鏡をかけた小柄な少年が姿を現した。腕にこれでもかと資料を抱えた彼はシーナ達に気づくと、一旦近くの机の上に持った資料を置いて近づいてくる。

「シーナ、さっきぶり。あ、ミムル、探していた資料を持ってきてくれたんだね。ありがとう」

トムの一言に、ミムルが固まり、シーナが小さく溜息を吐く。

「……やっぱり、図書館に用があったのはトムなのね？」

「ん？　なに？」

シーナの瞳が嘘をついたミムルをジロリと睨みつける。ちょっとした見栄からの嘘があっという間にバレたミムルは、羞恥心からか顔を真っ赤にして下を向き、肩を震わせている。

一方、状況が把握できないトムはただ首を傾《かし》げるばかりだった。

「ト、トムの馬鹿――――！」

「え、ええ!?　なんで～～!?」

持て余した羞恥心に耐えられなくなったミムルがトムに詰め寄って掴《つか》みかかる。

「なんで話を合わせてくれないのよ！　トムはアタシの味方でしょう!?」

「だから、何のことか分からないって！」

ギャーギャー喚《わめ》き散らすミムルと、事情が呑《の》み込めないまま恋人にもみくちゃにされるトム。一方、シーナとカランティは深々と溜息を吐いていた。

そんな中、ティマが慌てた様子でミムルに声をかけながら肩を叩《たた》く。

「ミ、ミムルさん、あまり煩《うるさ》くすると周りに迷惑が……」

「ティマさん何!?　今大事なところ……あっ」

興奮した様子で振り返ったミムルは、ティマが指さす方を見て思わず呆けた声を漏らす。

周囲から向けられる視線の群れ。その全てが「静かにしろ！」と明確にミムルに対する不満を露《あら》わにしていた。元々、数多くの生徒が自習に来ている場所。大声を上げれば、責められて当然である。

「あ、あははは……す、すみません」

ミムルは引き攣《つ》った笑みを顔に浮かべながらトムに掴みかかっていた手を離し、周囲の視線から逃れるように、そそくさと恋人の陰に隠れた。

「トム、貴方も大変ね」

「いいんだよ。慣れてるし」

トムは背後で耳をぺたんと畳み、身を縮こまらせる恋人の頭を後ろ手で撫《な》でながら、笑みを浮かべる。さわさわと頭を撫でるトムの手の感触に、ミムルがゴロゴロと猫撫で声を漏らし始めた。

「で、こんな珍しい組み合わせで何の話をしていたの？」

周囲からの抗議の視線が収まると、ミムルは再度身を乗り出し、シーナ達に詰め寄ってくる。

「一緒になったのは偶然よ。それよりもなんでそんなに興味津々なのよ」

「いや、何となくアタシのヒゲが甘酸っぱい匂いを感じたから……」

「なによそれ。大体、猫尾族にそんな能力ないでしょ」

自慢するように髭《ひげ》をピクピク動かしながら胸を張るミムルにシーナが再び疑わしい眼を向ける。

一方、ソミアはミムルの髭の動きに興味深そうな視線を注いでいた。元々猫好きの彼女。可愛《かわい》いものが大好きなだけに、そんなちょっとした仕草に心惹《ひ》かれるのかもしれない。

「ふふん、恋する乙女は敏感なんだよ？　ティマさんだって恋する乙女なんだからそうでしょう!?」

「ええっ!?」

いきなり話を振られたティマが驚きの声を上げた。先ほどまで自分が話していたことを思い出し、ティマの顔が真っ赤に染まる。

「あれ？　違った？　マルス君の名前が聞こえたと思っていたんだけど？」

「……盗み聞きしていたのね？」

シーナの疑わしい視線が責めるようなものに変わる。ミムルはしまったとでも言うように苦笑いを浮かべ、「あははは……」と乾いた笑いを漏らす。

「で、話していたのはマルス君のこと!?　気になっていたけど、ティマさんはマルス君とどこまでいったの!?」

「ど、どこまでって……」

「そりゃあ、行くところまでイッちゃったのか、それともまだ同室でイチャイチャ前座中なのか……。まさかまだ玄関前でウロウロしているとかはないよね!?」

説教が始まる前に、ミムルは強引にティマに詰め寄った。切り替えの早さは相変わらずというべきだろうか。シーナの目じりが、グイッと吊り上がる。

一方、ティマは助けを求めるように、隣にいたソミアに目を向ける。十一歳の少女に頼るのもどうかと思ったが、親友と同じように芯の強いところのある彼女なら助けてくれるかもしれない。そんな期待をしていたのだが……。

「あ、私も興味あります！」

「ええ!?」

ティマの願いは、ソミア本人によってバッサリ断ち切られた。ミムルと同じように瞳を輝かせながら、ズイッと身を乗り出してくる。付き添いのメーナもソミアを止める様子はなく、むしろ嬉しそうに事の成り行きを眺めているだけ。

「あっ、やっぱりソミっちも気になる？」

「はい。将来のためにも聞かせてもらおうかと……」

「し、将来って……ソミアちゃんにはちょっと早いんじゃ……」

「えっと、そうかな？　同級生でチューした友達もいますし……」

「え!?」

ソミアと同級生ということはそのキスした子も十一歳くらいだろう。ちなみにティマは、今まで男の人とは父親以外では手も握ったことがない。当然だがキスなど経験があるはずもなかった。

キス、キス……。十一歳でチュー。

ティマの脳裏で向き合う男女の姿が浮かぶ。交わる視線。互いの呼吸すら感じるほどに近づいていく二人の距離。やがて相手の顔が視界いっぱいに広がり、やがて……。

「あぅ……」

そこまで考えたところで、ティマは顔を真っ赤にしたまま目を回してしまった。

頭の中がピンク色の光景でいっぱいになり、脳がオーバーヒートしたらしい。

「ありゃ？　弄《いじ》りすぎた？」

ミムルが放心してしまっているティマを覗き込み、ツンツンと彼女の頬をつつく。

一方、親友の蛮行に、シーナはこめかみを押さえながらソミアに視線を向けた。

「え、ええっと、ソミアさん、それって本当の話なの？」

「はい。でもランサちゃんの話だと、けっこうしている友達もいるみたいなんです。メリーちゃんに、キネアちゃんに……」

「そ、そう……」

一人二人と名前を呼びながら、ソミアが指を折っていく。片手では足りずに両手を使い、それでも足りずに折り返したところで、シーナは顔を引き攣らせながら声を上げた。

「も、もういいわ、ソミアさん……」

「え？　そうですか？」

止めなかったら一体何人の名前が出てくるのだろうか。意外と進んでいる年下の恋愛事情を聴いて、動揺した彼女の脳裏に妙な考えがよぎる。

「もしかして、ソミアさんも……」

「え、私ですか!?　い、いいえ、私は……したことありませんよ。父様や姉様からも慎みを持ちなさいって言われていますから！」

「そ、そう。それもそうね……」

「姉様も私も、簡単に相手を決められない立場ってことは分かります。こういうところは、少し残念だなって思いますけど……」

口元に笑みを浮かべながら、ソミアは少し寂しそうに微笑む。その姿はとても十一歳の女の子とは思えないほど大人びて見えた。

よく考えれば彼女もまたアイリスディーナと同じフランシルト家のご令嬢。そのあたりの分別はきちんと弁《わきま》えているのだろう。

当たり前かと思いつつ、シーナは内心そんな彼女達の家事情に少し共感を抱く。シーナもまた、結婚相手に関しては周囲の圧力を免れない立場だったからだ。

エルフはこの大陸の中でも長い寿命を持つ種族であり、それ故に子孫を残しにくい。にもかかわらず、二十年前の大侵攻で故郷を失い、多くの犠牲を出した。

安住の地を失い、大きく数を減らしたエルフは、常に種族そのものの絶滅という危険に晒《さら》されることになる。その対策として、エルフの長老達は子供を残せる適齢期の男女の婚姻を勧めていった。

当然シーナにも縁談の話は舞い込んでくることになる。当時の彼女は精霊魔法が使えなくなってしまっていたが、子供を残すことにはあまり問題とはされなかった。

だが、彼女はそれを断り、このアルカザムにやってくる。その瞼《まぶた》の裏に燃え盛る森と地に伏した家族。そしてあの黒い魔獣の姿を焼きつけて。

「まあ、難しいわよね。色々と……」

椅子の背もたれに身を預けながら、シーナは独白する。

ちっぽけな個人で変えられる環境は限られている。幼い時、それを実際に体感している故の言葉。

だが、それでも彼女は穏やかに微笑んでいられる。そんな親友を見て、ミムルはぽつりと呟《つぶや》いた。

「やっぱり、最近変わったよね、シーナ」

「そう、かもね……。もし、変われたのだとしたら……」

脳裏に、一人の青年の姿が思い浮かぶ。ついさっきまで、痛みを伴う感情が湧き上がっていた相手。

でも今は、ポウッ……とした温《ぬく》もりを感じる。

（恋といわれれば、多分、そう……）

失われそうになっていた絆《きずな》、なくなったと思っていた縁を再び繋いでくれた相手。過去のトラウマに苦しめられ、悪態をつくことしかできなかったシーナを、命を張って助けてくれた人。

エルフの少女の白く細い指が、自然と自らの唇に伸びる。

「そういえば、シーナはノゾム君とキスしたんだよね。せっかくだからその時の感想をソミっちに教えてあげれば？」

「……はあ!?」

「そ、そういえばそうでした！　シーナさん、ノゾムさんとキスしていたんでした！」

「ああ、あの時のね。リーダーも呆然《ぼうぜん》としていたわ」

　シーナが思い出すのは森の中で、かの龍に取り込まれかけたノゾムを助けた時のこと。

　彼の意識を引き戻すために使った契約魔法。その時の契約方法は……口づけだった。しかも、アイリスディーナをはじめとした衆人の前で。

　新雪のように白いシーナの肌が一気に紅潮する。ぐるぐると回る頭は熱暴走を起こし、体裁とか冷静さとか、日常で色々と大事なものを、彼女の頭の中から問答無用で放り出してしまう。

「お願いします、教えてください！　どんな感触でしたか!?　味はやっぱりレモン味!?」

「な、なんでそんなに興味津々なのよ！　ランサって子の話をしていた時とは全然違うじゃない！」

「別にいいじゃないですか!?　私は頬にしかキスしていないんですから、唇にキスした時はどんな感触なのかな～って……」

「え、それってどういうこと!?　キスしたっていつ!?」

「デートした時です！　相手はもちろんノゾムさんです！」

「えええ――――!?」

　シーナはソミアとノゾムがデートをしていたことは知っていたが、あくまで飴を売る露店の手伝いをしていた間の話。その後、ソミアがノゾムにキスをしたことは知らなかった。

　色々と発覚した新事実にシーナが動揺している中、隣でずっと話を聞くだけだったカランティが突然声を上げる。

「そういえば貴方、リーダーから求婚もされてたわね」

「求婚!?　シーナさん本当ですか!?」

「これは驚きです。エルフですし、慎み深い方と思っていましたが、積極的なのですね……」

「ちょっとカランティ……！」

横合いからの不意打ちに、シーナは思わず動揺の声を漏らしながらカランティの方に顔を向ける。

そこにはものすごく不満そうな表情を浮かべている狼族の少女がいた。

「分かってるわよ。貴方に気がないのも、リーダーが冗談のつもりで言ったのも。ええ、分かっているわよ？」

「だったら、その殺意のこもった眼をやめてくれないかしら……」

話があちこちに飛び火し、燃え上がる中、火遊び大好きなミムルがさらに煽るようなセリフを放つ。

「そういえば、今ノゾム君、アイリスディーナさんと一緒に森でデート中なんだよね～。誰の邪魔も入らない場所で二人っきり！　今頃なにをしているかな～」

ビキリ……！　先ほどの胸のムカつきが再び湧き上がり、シーナの額に青筋が立つ。

「ミムル、ちょっとその本棚の裏に来なさい」

「……え？」

来なさいと言いつつ、シーナは悪友の襟首を掴んで本棚の後ろに連れ去ろうとする。

心なしかエルフの少女の傍にいるソミアも、ちょっと複雑そうな顔をしていた。

「シ、シーナ。そんな顔しちゃダメだよ。せっかくの綺麗な顔が台無しじゃ……。ソ、ソミっちも、笑って笑って……ダメ？」

「……ダメ」

引き攣った笑みを浮かべてお茶を濁そうとするミムルの言葉を、シーナは一刀両断。彼女の性格的に普段から色々なことを自制しているだけに、反動がすさまじい。

「シーナさん、これ使いますか？」

ソミアが取り出したのは、辞書のように分厚い本。ミムルがトムのために探していた書物である。さり気なくお仕置きを厳しくするようなものを手渡すあたり、ソミアも容赦がない。

「そうね、借りるわ」

「ちょ、そんなもので何する気!?　下手したら私の頭が凹《へこ》んじゃう！」

ミムルの必死の叫びを右から左に聞き流し、シーナはソミアが差し出した書物の縁を片手で吊り下げるようにして持っていく。ほっそりとしているシーナの手が人一人を引きずる様は目を疑うほどの違和感があるが、同時に背筋が凍るほどの威圧感を振り撒《ま》いていた。

「だ、誰か助けて!!」

命の危険を感じ、ミムルは必死に抵抗するが、全て徒労に終わった。普段から強力な弓を使っているシーナは、実は握力が相当強い。リンゴくらいなら余裕で握り潰せるくらいだ。

当然、多少暴れたくらいではびくともしない。

シーナが薄笑いを浮かべながらミムルを連行し、その姿が棚の奥に消えた数秒後、図書館全体を震わせるほどの絶叫が響く。

ちなみに、窓ガラスがビリビリと震えるほどの叫びだったため、シーナ達は司書達から盛大なお叱りを受け、全員図書館から叩き出される羽目になるのだった。

図書館を追い出されたシーナは一人、女子寮への帰路に就いた。

額に皺《しわ》を寄せ、肩を怒らせながら歩く彼女を見た街の人達が少し怯《おび》えた表情をしているが、そんな周囲の視線が気にならないほど、彼女の心は揺れている。

『そういえば、今ノゾム君、アイリスディーナさんと一緒に森でデート中なんだよね～。誰の邪魔も入らない場所で二人っきり！　今頃なにをしているかな～』

ざわつく胸の奥。真珠のように艶やかな頬を不機嫌そうに膨らませながら横を向くと、商店の窓ガラスに映る自分の顔が目に飛び込んでくる。

（酷い顔……）

まるで癇癪《かんしゃく》を起こした幼子のような表情を浮かべている自分に、大きく溜息を漏らす。

そして彼女は周囲の視線から逃れるように路地裏へと入る。薄暗い小道の陰に身を隠し、壁に背を預ければ、ヒンヤリとした感触が背中に広がる。

そしてぼんやりと狭い路地裏の空を見上げながら、体の力を抜いてゆっくりと瞳を閉じた。

やがて、彼女の体が徐々に淡く光り始める。魔力の光だ。

こんな道端で魔力を使うのはあまり褒められたことではない。普段の気真面目なシーナならこんなことはしないであろうが、彼女は森にいるあの二人がどうにも気になって仕方がなくなっていた。

辺りに気を配りながらも、魔力を高めていく。

彼女の体から漏れる、蒼色の魔力光。

魔力を一時的に高めた彼女は、精霊契約の時のように周囲に魔力を撒き散らすのではなく、そのまま自分の内のある一点、以前契約魔法で開いた魔力路へと集中させる。

本来なら自然に消滅していた魔力路、普段ならそのまま何もせずに消すだけのそれを、彼女は自分の魔力を定期的に注ぎ込み、ずっと維持していた。その繋がりが消えてしまうことを考えると、胸の奥にぽっかりと穴があいたような喪失感を覚えたから。

時間の経《た》った魔力路。ふとした拍子にあっけなく四散してしまうそれを、彼女は大切な宝物を扱うように優しく、丁寧に広げていく。

「ん……」

正直、相手に内緒でパスを繋ぐことは褒められたことではない。異なる存在同士を深く結びつける契約魔法は、使いようによっては非常に危険なものとなる。

森での輝冠の大百足との戦いの後、再びこの魔力路を繋ごうとしながらも彼女もダメだダメだと自重しようとした。しかし、彼が目覚め、その口から昔の話と苦悩を聞き、そして今日、彼女と連れ立って歩いていく姿を見たら、もう自分を止められなくなっていた。

徐々に開いていく魔力路の向こうに感じるのは、気になるノゾムの気配。

閉じた瞼の裏、真っ暗だった視界、その闇の奥から小さな明かりが近づいてくる。

その光を見た時、シーナの口元が緩んだ。今まで感じていた罪悪感とか焦燥感とかが嘘のように晴れていく。

気持ちが逸《はや》り、呼応するように魔力は高まる。そしてシーナの体を通して、ノゾムとの繋がりをさらに強めていく。直後、小さな光は、閃光《せんこう》と共に暗い闇の中に爆発的に広がった。

突風がシーナの体を襲う。だが彼女は笑みを浮かべたまま、その風を全身で浴びる。

同時に広がった淡い光がシーナの体を包む。四方八方から感じるノゾムの気配に、彼女はまるで自分の全てが彼の腕に包み込まれたように感じていた。

「ふふ……！」

湧き上がる高揚に、自然と口元に笑みが浮かぶ。やがて雲を突き抜けるような感覚と共に、急激に視界が開けた。そして目に飛び込んできた光景に、シーナは思わず声を漏らす。

「あっ……」

美しい黒髪の少女が、どこか切なそうに、懇願するかのように見上げていた。

まるで、今にも想いを伝えそうな雰囲気。伸ばされた手が、彼の頬に触れる。

先ほどまでの高揚感が一気に消え、代わりに胸の奥を締めつけるような切なさが再び戻ってきた。


牛頭亭を後にしたノゾムとアイリスディーナはスパシムの森に入ると、そのままシノの小屋へと向かう。ノゾムが師と共に修行に明け暮れた場所だ。

「じゃあ、アイリス、すまないけど、頼むよ」

「ああ、任せてくれ」

思い出の小屋は、二週間前の輝冠の大百足との戦いで完全に倒壊してしまっていた。その瓦礫《がれき》を二人で一つ一つ片づけ、端に寄せておく。

「よし、こんなものかな」

師の墓を覆い隠していた瓦礫を取り除き終え、ノゾムはほっと息を吐く。

「ノゾム、このお墓が君の……」

「うん、師匠の墓。息苦しい思いをさせてしまってすみません、師匠……」

『まったく、いつまで儂《わし》をほったらかしにしていたんじゃ、この馬鹿弟子め！』

心なしか、墓の下にいる彼女の小言が聞こえてきた気がして、ノゾムは思わず苦笑を漏らした。

「とりあえず、師匠の好きな甘味を買ってきたんですから、機嫌を直してくださいよ」

化けて出てきては困るというように、ノゾムはシノが生前、気に入っていたクッキーを墓に供える。

ちなみに、酒精抜きだ。酔っぱらったら、それはそれで、墓の下から出てきそうだからである。

ノゾムは差し込む日に照らされたシノの墓を見下ろす。そして、おもむろに彼女の墓に手を当てると、目を閉じた。脳裏に師との思い出が蘇り、思わず口元が緩む。

厳かで、声をかけることすら躊躇《ためら》われる雰囲気。

そんな中、アイリスディーナは穏やかな彼の横顔を、どこか切なそうな表情で見守っていた。

時間にして数分だろうか。黙祷《もくとう》を終えたノゾムが立ち上がると、アイリスディーナは少し急いた口調で声をかける。

「ノゾム、何を話していたんだ？」

「ん？　近況報告、かな。リサのこととか、後は……決意表明」

「決意表明？」

「うん、さっき牛頭亭でも言ったことさ。今のリサを知るってこと。それ以外にも……」

穏やかだったノゾムの表情が、険しいものへと変わる。

彼が抱える問題はリサだけではない。ティアマットのことも無視できない。

実際、彼は巨龍の奸計《かんけい》に乗せられ、この場でアイリスディーナ達に刃《やいば》を向けてしまっていた。

たとえ彼女達が無事だったのだとしても、許されたのだとしても、忘れることはできない。

そして、ティアマットの干渉もまた、その頻度をどんどん増してきている。

(あの精神世界で何度も殺されても、なぜ戻れているのか。その理由は分からない)

幾度となく噛み砕かれ、擦り潰された。それでもまだ、こうしてノゾムは生きて、その意識を保っている。それも、いつまで耐えられるのか……。

(恐怖は消えない。いや、きっと消えることはもうないんだと思う。でも……)

ノゾムは己の体に巻きつく、不可視の鎖を見下ろす。彼を縛る呪いにして生命線。

懊悩《おうのう》は尽きず、不安は消えない。

だが同時に、そんな状況にもかかわらず、心は驚くほど凪《な》いでいる。

まるで荒れ狂う海を、空高くから見下ろす感覚。もしくは嵐の中で、地面に深く根を下ろした大木の気分、といったところだろうか。

どうして、こんな穏やかな気持ちでいられるのだろう。改めて思い返せば、ノゾムの脳裏にあの時、自暴自棄になった自分を迎えに来てくれた『彼女達』の顔が蘇る。

不安と恐怖に押し潰されそうになりながらも、決して諦めなかった彼女達、その姿が、ノゾムの胸に熱い熱を注ぎ込む。

大事なのは不安を消すことじゃない。抱えたまま、それでも前へ進むこと。

(だから、もう一度、やってみます)

腰に差した師の形見にそっと手を添えながら、ノゾムは己の意志を師に伝えると、背を向ける。

強張っていた表情はいつの間にか解れ、穏やかなものへと戻っていた。

「手伝ってくれてありがとう、アイリス。助かったよ」

「い、いや。いいんだ。私がやりたくて来たんだからな」

一方、ノゾムの横顔に思わず見入っていたのか、アイリスディーナの口調は少し上ずっている。

ノゾムはそんな彼女の様子には気づかぬまま、近くに並べてあった木材の上に座り込んだ。

まだ日は高いが、直に落ちる。夜の森に留《とど》まるつもりはないし、少し休憩したら街に帰らないといけないだろう。

アイリスディーナもチラチラと彼の様子を窺うように、隣に腰をかける。

ちょうど人一人分。そんな微妙な距離を開けたまま、二人はしばらくの間、森の木々の上に広がる空を見つめていた。

「そういえば、アイリスはどうしてこの学園に来たんだ？」

「え？」

唐突に、ノゾムが口を開く。

「貴族学校なら、フォルスィーナ王国にもあったはず。そっちに通うのが普通じゃないか？」

「ああ、それか。私の父がこの学園の設立を強く推したことが要因の一つだな。出資も相当している。それに祖国の貴族学校の風土は、どうにも私には合わなくてな」

「合わない？」

「確かにそれなりの教育はしているが、同時に社交の場という意味合いが強い。私の国は女性もそれなりに社会進出ができるが、それでも家督を継ぐのは九割以上が男性だ。偶然の巡り合わせではなく、自分の意思で家を継ごうとする者は、さらに少ない。ほぼ皆無だな」

だから、故国では結構奇異な目で見られていたと、アイリスディーナは続ける。

知らなかった彼女の事情。その一端を聞き、ノゾムは思わず息を飲む。

そして気づいた。よく考えてみれば、彼女について知らないことはたくさんあった。

二人は元々貴族と平民。おまけに故国も違う。当然といえば当然だが、こうして話をしていると、改めてそう強く感じる。

「アイリスは、学園を卒業したらどうするの？」

「そうだな、銀虹騎士団に入りたいと思っている。あの騎士団はこの大陸でもっとも強力で、名誉ある集団だ。私がフランシルト家当主となる上で、かなりいい箔《はく》となってくれるだろう」

銀虹騎士団。アークミル大陸で最も多くのＳランクを有する騎士団。魔獣の脅威に晒されている人類の盾であり鉾《ほこ》として、最も栄誉ある者達だ。

ソルミナティ学園の責任者であるジハード・ラウンデルもかつて所属していた騎士団であり、その勇名は大陸中に轟《とどろ》いている。

「まあ、簡単ではないがな……」

そう言って、遠くを見つめるように空を見上げる。

どこか、影を漂わせる声色。しかし、その瞳に輝く光は強く、まっすぐだった。

「ソミアちゃんのため、か……」

「それと、祖国と民のため、だな。私がこうして多くを学べるのも、彼らのおかげだ。だから、そんな彼女達に相応《ふさわ》しい自分になりたいんだ」

貴き者としての心意気を持ち、確かな目標を持って、前へと進んでいく彼女。

折れた自分とは違うその姿が、ノゾムには眩《まぶ》しく映る。

「その割には妹のデートをデバガメするみたいだけどね」

「あ、あれは仕方のないことだ！」

そんな自分の気持ちを隠すように、ノゾムは思わず軽口を叩く。痛いところを突かれたアイリスディーナの顔が、羞恥に赤く染まる。アタフタし始めるその姿にノゾムは思わず含み笑いを漏らしつつも見惚れていた。

「それでソミアちゃんに怒られてたら世話ないと思うけど……」

「ぐぬぬぬぬ……」

ジト目で歯ぎしりしながら、アイリスディーナはノゾムを睨みつける。普段は凛とした表情を崩さない彼女のそんな姿に、彼は思わずもっと揶揄《からか》いたくなってきた。

「思ったけど、アイリスって意外とポンコツだよね」

「ポ、ポンコツ⁉　し、失礼な！」

「いて、いてて！　ちょ、やめ、暴力反対！」

「先に言葉の暴力を向けたのは君だろう！」

「いや、暴力というより、事実確認……！」

揶揄いすぎたのか、ついにアイリスディーナが手を出してきた。ポカポカと叩いてくる姿は傍《はた》から見れば可愛いが、細身な外見とは裏腹に、その拳は結構痛い。

しばらく攻防を続けた後にノゾムが降参すると、彼女はようやく手を止めてくれた。

「まったく、君という奴は……」

赤い顔で頬を膨らませる。その姿に、離れていた距離が少し戻った。

気がつけば、太陽は立ち並ぶ樹のてっぺんにかかり始めていた。

青かった空も、少しずつ、朱色に染まりつつある。

「もう日が暮れる。帰ろうか」

「……ああ」

立ち上がったノゾムに促されるように、アイリスディーナも腰を上げ、二人は、帰路に就いた。

サクサクと静かに草を踏む音が、穏やかに吹く風に流れていく。

先を歩くノゾムの背中を、アイリスディーナはじっと見つめていた。

(君は、今のリサ君と、どう……)

幼馴染の謀略で引き離された、かつての恋人。その彼女と、彼はどうなりたいのだろうか？

そんな疑問と共に、リサと並ぶノゾムの姿がちらつく。そして、あの巨龍に飲まれた彼の姿も。

すぐそこにいるはずの背中が、なぜか遠のいていくように思えた。

ざわりと、全身が震える。そして気がつけば、アイリスディーナはノゾムの手を取っていた。

「アイリス？」

そして、振り返った彼の頬に、すっと手を伸ばして触れる。まるで、彼がちゃんとそこにいることを確かめるように。

「……すまない、ちょっと君が消えそうな感じがしてしまってな」

「消えないって。消えたくもないし」

分かっている。そう返答しながらも、アイリスディーナはノゾムの頬に添えた手を放そうとしない。精巧な女神像のように端正な顔《かんばせ》。それがどこか切なそうに歪《ゆが》み、じっと見つめてくる漆黒の瞳が、ゆらゆらと揺れ始める。

「あの時の、私の言葉……」

「え？」

「いや、なんでもない。帰ろうか……」

スッと逸《そ》らされた視線と共に、頬に当てられていた手が、名残惜しそうに離れていく。

そのままアイリスディーナは、アルカザムの方へと歩き始めた。

ノゾムは一瞬、彼女の手が触れていた頬に手を伸ばすと、立ち去る彼女に視線を戻す。

どこか寂しそうな背中。それを追うように彼も足を進め、彼女の隣に並ぶ。

遠くを見るような視線と、一文字に閉じられた口。押し殺した葛藤の気配が、ジンジンと彼女から伝わってくる。そんな彼女を前にノゾムは……。

「アイリス……」

「なんだ？」

「あの時、呼んでくれて、ありがとう……」

その一言だけを送った。頭に思い浮かぶ言葉は多く、しかし、そのどれもがしっくりとこなかったが故の選択。帰ってきたのは「そうか……」という一言のみ。後に続くのは沈黙。

サクサク、サクサク……と、二つの足音が静かに重なり、穏やかな風の中に流れていく。

隣を歩くアイリスディーナの表情は、幾分か和らいでいた。

食事を終え、一同が解散した後、フェオは中央公園を抜けて学園へと向かった。

休日の学園内は閑散としてはいるものの、廊下には事務仕事をしている教官達が行きかい、窓から覗く訓練場には、自主鍛練をしている生徒達の姿がチラホラと見受けられる。

そんな中、フェオは教官棟内の、ひときわ大きな部屋へと向かう。

そこは、、学園の最高責任者がいる執務室。

ノックをして中に入れば、この部屋の主であるジハードと彼の補佐をしているインダ、そしてノゾムのクラス担任であるアンリが、話し合いをしていた。

「それで～。近々行われる合同授業についての提案、受けていただけますか～？」

「ああ、いいだろう。確かに、彼の人となりを確かめるにこれ以上の手はない。既に各所に通達を出し、動くように手配もしている。インダ先生、もう一人の要注意人物については？」

「学園には通ってきています。しかし、特筆するような行動はとっていません。ああ、来ましたか、フェオ・リシッツァ。遅いですよ」

「すまんな。ノゾムと一緒に昼飯食ってたんや」

フェオがノゾムの名を口にすると、ジハードとインダの目が自然と細まる。

彼はこの都市の諜報《ちょうほう》組織、『星影』が抱える情報提供者の一人。『輝冠の大百足』撃退後、アンリと共にノゾムが龍殺しであることを、目の前の二人に報告した経緯があった。

ジハード達はノゾム・バウンティスを警戒している。いや、どちらかというと、見極めようとしているといった方がいい。そのため、フェオにノゾムの様子を、定期的に報告させていた。

数百年ぶりに登場した龍殺しとなれば、気にするなという方が無理である。

「で、ノゾムのことについて話していたみたいやけど、そちらはどうするか決めたんか？」

「うむ。アンリ先生の提案もあり、今度行われる合同授業で彼を見極めることにした」

フェオがアンリの方に視線を送ると、彼女はにっこりと微笑んだまま、小さく頷いた。そんな彼女に、フェオはジト目を向ける。彼にとってアンリは、実はこの面倒な状況に自分を巻き込んだ女性ということで、若干、苦手意識を持っていた。

「そうかい。で、ケン・ノーティスの方は？　呼び出して詰問せんのか？　アビリティの隠匿は、学園の規則に抵触するやろ？」

「問題にはなる、が、それ以上に素養が貴重すぎる。学園の運営側も厳重注意で済ませるだろうな」

個人が持つ異能であるアビリティは、当然学園への伝達義務がある。

しかし、一方でアビリティを発現している者は、ソルミナティ学園の中でも少なく、その才能を簡単に放逐できないという事情もあった。

それが精霊との契約能力という、普通の人間には絶対に発現しないものであるなら、なおさら。

「でも、龍殺しと比較にはならんやろ……いや、違うか」

「そうだ。ケン・ノーティスのアビリティを公にすれば、必然的にノゾムにも日が向く。結果、芋づる式に龍殺しについて知られてしまう可能性がある」

アルカザムは基本的に、各国から選ばれた代表者による議会制によって運営されており、議会に上がった案件や報告は、そのまま各国に流れてしまう。

　また同時に、他国を出し抜こうとする者もいるというのが現状だった。

「どのような形であれ。彼のことについては公にするわけにいかない。というかアンリ先生、このことを理解していて、私に話をしたのだろう？」

「ええ、そうですよ～」

　悪びれなく、満面の笑顔でそう宣《のたま》うアンリに、ジハードは深々と溜息を漏らす。

　まだ新任にもかかわらず、随分と面の皮が厚いと思わざるをえない。

「とはいえ、そのために今学園に蔓延《まんえん》するノゾム君の噂に、対処できなかったんですが……」

　アンリはしゅん……と下を向く。ノゾムが特総演習前の合同授業の際、衆人の前でリサを呼び出したことは、三学年全員が知っている。その結果、今ではノゾムの評価はさらに落ちてしまった。

　二年も経ってから、いったい何を言っているのか。今さら謝るつもりだったのか、それとも、言い訳を続けるつもりだったのか、というのが生徒達の反応だ。

　その後に、リサ本人がノゾムは来なかったと言っていたことも、彼の評価をより一層落とすことになってしまった。

「でも、リサさんの証言は、ノゾム君の話と食い違いがあります。多分……」

「ケン・ノーティスが契約している精霊を用いて、何かをした、か……」

「だとしたら、彼の人間性には疑問が出ます。少なくとも、このまま野放しにしていい状態ではありません」

　インダがケンの人間性を疑う中、ジハードは彼女の言葉に納得しつつも、難しい表情を浮かべる。

「だが今の学園もこの街も、この前の事件の余波で、議会もピリピリしたままだ」

「輝冠の大百足やな……。どうなったんや？」

「三日前、スパシムの森で魔獣の間引きを行っていた銀虹騎士団第五部隊が接触。戦闘を開始したものの、すぐに逃げられた」

「マジか……」

「ああ、接敵して数秒で対象の魔獣は逃走を開始。追撃に放たれた多数の上級魔法を浴びつつも、力ずくで包囲を突破したそうだ」

ジハードの説明に、フェオは感嘆と呆《あき》れの混じった複雑な表情を浮かべる。

銀虹騎士団は、このアークミル大陸の中で最も数多くのSランク到達者を保有する騎士団である。当然、その練度は大陸最上位であり、局地戦において右に出る存在はない。そんな者達からも逃げきるのだから、かの魔獣の規格外さがよく分かる。同時に、そんな魔獣を退けたノゾムの異常性も。

「そういうことだから、未《いま》だにアルカザム議会の関心は六凶とアビスグリーフに向けられている。だが、混乱を避けるためにも、今はノゾム・バウンティスについては秘匿する」

「そうやった、アビスグリーフのこともあったんやな。そっちについてはどうなんや？」

アビスグリーフ。特総演習前に出現した、正体不明の魔獣。シーナ・ユリエルとノゾム・バウンティスによって倒されたものの、この魔獣が残した魔石について、グローアルム機関で調査がされているはずだった。

「そちらについても、報告が来ているが、外見以外、普通の魔石と変わったところはないらしい。今は、保管庫で厳重に管理されている。む、そろそろ時間か」

「なんや、どうかしたのか？」

「これから議会がある。おそらく、今話した六凶とアビスグリーフに関してだろうな」

ギシリと椅子を軋《きし》ませ、ジハードは立ち上がる。そして、ふう……と疲れを隠しきれない溜息を漏らすと、フェオに視線を向けた。その意味深な目に、フェオの背中に嫌な汗が流れる。

「そうだフェオ君、先の事件でまだ気になることが残っていてな。君に調べてもらおうと思う」

「……なんや、すっごいメンドクサイ予感がするんやけど」

「大したことではない。ちょっと森に行ってもらうだけだ」

人の悪い笑みを浮かべながら、ジハードはフェオの肩を叩く。歴戦の英雄が向けてくる笑顔の圧力に、フェオは顔を引き攣らせた。

✣

薄暗い部屋の中、二人の人間が対峙《たいじ》している。

一人は金髪の青年。どこか落ち着かない様子で右往左往しながら、爪を噛む。

もう一人は陰になって見えない。微動だにせず、ジッと目の前で焦燥を露わにしている青年を見つめていた。

少し落ち着いたらどうだね？

「落ち着けるわけないだろ！　何だあの化け物は!?」

影からの言葉に、金髪の青年、ケン・ノーティスは声を荒らげる。

あり得ないはずだった。確実に殺せるはずだった。あの邪魔な奴を。ずっと彼女の傍で、その視線を独り占めにしてきた幼馴染を。

だが結果は全く違った。あの忌まわしい幼馴染は、人間では絶対に勝てない魔獣を退けた。

その時放っていた力は、想像を絶するほど。

あれは間違いなく精霊、それも最上位である龍の力。人には到底制御できないはずの禁忌の力だ。

揺らぐアイデンティティ。彼女の傍にいる理由を力に依存した執着故に、ケンの心はまるで嵐のように乱れていた。驚きは危機感へと繋がり、焦燥をさらにかき立てていく。

どうして、アイツがそんな力を持てるんだ⁉　いつ、どうやって……。

「早く、早くアイツを排除しないと。アイツは危険……」

そこでケンはようやく、影から向けられる詰問の視線に気づいた。

なぜ勝手に動いた？　なぜあれほど目立つような真似《まね》をした？

非難を伴った強烈な視線に、怒りと焦燥に染まったケンの瞳が見開かれる。

「ひ、必要なことだろ！　それに貴方だって、あの魔獣の始末は悩みの種だったはず……」

向けられる威圧の視線が、僅かに緩む。それはケンの言葉が幾らか真実を突いていたということ。

ケンの言葉に、影の視線が再び強まる。その視線が述べていた。

「とにかく、アイツの排除にもう一度手を貸してほしい」

排除するならすればいい。既に小間使いは渡している。だが、目を瞑《つぶ》るのはこれが最後だ。

その突き放した眼光にケンは息を飲む。彼がこれまで様々な妨害工作を行えたのは、この人物の後ろ盾があったからこそ。

だが、それが消える。その事実を突きつけられ、ケンは何かを言おうとするも、向けられる無機質な視線に、その口を閉ざされた。

分かったのならば帰れ。影からの言葉にケンは唇を噛むと、影に背を向けてその場を去る。その瞳に、タガの外れた危険な光を宿したまま。

そんな彼を見送った影は、呆れたように小さく鼻を鳴らす。あれはもう駄目だ。予想以上に精神が弱い。だが、予想外の吉報をもたらしてくれたのも事実だった。

影は暗闇の奥に手をかざす。ボウッと光が宙に円を描き、鏡のように輝くその光の膜が生み出される。そこには、一人の青年が映し出されていた。

数百年ぶりの龍殺しの登場。あの国の出来損ない共とは違う、完全なる伝説の再来だ。

しかも、あの力。間違いなく、最強の精霊種の中でも異端中の異端であった忌龍のもの。

さらに、この忌龍を追って、忌龍最大の敵対者までもが、このアルカザムに来た。

「運命の時が近づいている」

映し出されたノゾムの映像を消すと、影は闇に包まれた部屋の一角に目を向けた。

そこには、一羽の烏《からす》が、影の命令を待つように佇んでいる。

影が命じるようにスッと手を振ると、烏は影の中に溶けて消えていく。それを見届けると、影もまた部屋を出ていくのだった。

Ryuusa no Ori
Kokoro no
Naka no Kokoro

CHAPTER 2

第二章　つぎはぎの執着

父さんが好きだった。

知らないことを何でも知っていて、いつも守ってくれていた、私の憧れ。

撫《な》でてくれる大きな手に安心し、そんな父さんと同じ色の髪を持って生まれたことが嬉《うれ》しかった。

物心ついた頃の最初の記憶は、馬車に体が揺られる感覚と、澄んだ風、どこまでも続く枯草の平原。

舞い上がる砂煙に、目をしばしばさせていたのを覚えている。

冒険者として身を立てる両親と一緒に、旅をする日々。それが、私が幼い頃の生活。

両親は普段から仲が良く、喧嘩《けんか》一つしなかった。

学も深く、武術にも優れ、息の合ったコンビネーションで幾多の強力な魔獣を退ける。

両親は常に色々な人達から名指しで依頼をされていたし、同時に感謝されていた。

そんな二人が誇りだったし、いつか私も手ほどきを受け、一流の冒険者になることを信じて疑わなかった。でも、そんな日々はずっとは続かなかった。

父さんが……死んだのだ。

どうして死んだのか、何が原因だったのか。今もまだ知らない。

ただ、父さんが死んでしまう少し前、母さんと言い合いをしていたのを覚えている。

いや、あれは言い合いというより、母さんが一方的に詰め寄っていると言った方が正しかった。

街から街へ行く道中の、草木も寝静まった頃。野営のテントの中でウトウトと眠りについていると、母の強い口調の声に起こされた。

「いったい、何を考えているの!?」

テントの隙間から外を覗《のぞ》けば、そこには珍しく声を荒らげて詰め寄る母さんがいた。

父さんはそんな母の詰問をひとしきり受け止めると、申し訳なさそうに彼女を抱きしめ、耳元で何かを呟《つぶや》いていた。

いったい、何を言ったのだろう。母は父の一言に目を見開くと、ポロリと涙を零《こぼ》した。

そして、悲しそうに唇を噛《か》み締めて項垂《うなだ》れ、それ以上父に迫ることはなかった。

いつも笑顔で明るく、弱気なところを見せなかった母さんの泣き顔。それを見た瞬間、胸がキュッと締めつけられる感覚に襲われ、私は思わずテントから外に出てしまった。

「リサ……。起きていたのか」

二人が出てきた私に気づいて、目を見開く。

「ちょっと、急な仕事が入っちゃってね。父さんは行かないといけないんだ」

「え……あ、う……」

待って、何があったの？　どうして、母さんは泣いているの？

次々と現れる疑問に頭はあっという間にパンクし、嫌な予感はさらに増し、全身が凍るような悪寒に、心臓が早鐘を打つ。口は何か言わなくてはという焦燥に空回りを続け、言葉を忘れてしまったかのように、無意味な音を発するのみ。

「大丈夫、すぐに戻るから」

不安に狼狽《うろた》える私を優しく撫でると、父さんはどこかへ行ってしまった。

そして一か月後、冷たくなって帰ってきた。

どうして？　なんで？　信じたくない現実に幼い私の心は押し潰され、その原因を探るも、結局は分からなかった。

そして、やり場のない怒りと不安は、父を一人で行かせた母へと向かった。

どうして、いつもみたいに父さんと一緒に行かなかったのか？

しかし、その怒りもすぐに治まった。母のお腹《なか》に、新たな命が宿っていたのだ。

数か月後、母さんは妹を産み、私達は母の故郷へと戻った。

ハンドラ公国。大国フォルスィーナ王国の隣国であり、小国連合を構成する一国。

この国のオイレ村に、私と母さん達は移り住むことになる。

父の死の理由は分からない。母さんも何も言わない。残ったのは、父への憧れ。冒険者になるという夢。そして、私は私の夢を応援してくれる彼と出会った。

ノゾム・バウンティス。オイレ村での初めての友達。この村の農家の一人息子で、好奇心が旺盛なのか、旅をしてきた私の話を楽しそうに聞いてくれた。

それから私達は、この村で長い時を過ごすことになる。オイレ村は、山間の小さな村で、農作業をするにも、村の者たち総出で行うのが常。そのため、仲良くなるのも早かった。

でも、いつから彼を意識するようになったのだろうか。

「……ッ!?」

バチリと視界に稲妻が走り、同時に見たこともない光景が浮かぶ。

黄昏《たそがれ》色に包まれた森の中。おそらくはスパシムの森だろう。

私は鬱蒼《うっそう》と茂った草木の中に隠れながら息を殺し、目の前の光景に目を凝らしている。

そこにいるのは、二人の幼《おさな》馴染《なじみ》。一人は、かつて好きだった人。

ノゾム・バウンティス。淡い彼女の気持ちを裏切り、そして捨てた人でなし。

もう一人は、ケン・ノーティス。失意の底に落ちていた自分を支えてくれた人。

そんな二人が、こんな人気《ひとけ》のない森で向き合い、話している。理由は……なんだったのだろうか？

「何やっているんだろう……」

こみ上げてくる不安に急《せ》かされるように、身を乗り出して二人の会話を盗み聞こうとする。

バチリ。再び走る稲妻と共に、目の前の光景が切り替わる。

恐ろしい怪物が襲いかかってくる。真っ黒で、紅《あか》い眼の化け物。緩い弧を描いた剣を振り上げ、こちらの大切な人に向かって振り下ろしてくる。

「…………！」

叫びながらその剣閃《けんせん》に割り込み、抜いた愛用のサーベルで受け止める。

自分の口から出したはずの大声は、なぜか耳に届かない。

化け物の視線が、割り込んだ私に向いた。憎悪に染まった紅い瞳に、失意と蔑みの色が浮かぶ。

『…………！』

化け物の声はくぐもっていて、こちらも何を言っているのか分からない。いや、周囲の音全てが遠く、耳鳴りだけが響いてくる。

だが、その視線が語っていることは分かった。

どうして、お前は自分を陥れた者をかばっているのか、と。

何を言っているのだろうか、この化け物は。裏切ったのはそちらの方で……。

（え、どうして私は、この化け物が裏切ったって……）

ただ襲ってきただけの敵。人を殺すことしか能のない怪物。そんな存在に、どうして『裏切った』などという不可解な感想を抱くのだろうか？

ふっと脳裏に浮かんだ疑念。それを見抜いたかのように、化け物は己の顔をスッと彼女に近づける。

目の前の化け物の顔が、ノゾムの形へと変わった。

（本当は分かっていたのだろう？　俺があの手紙を渡した時に）

その言葉に、ピクリと眉が動いた。ドキンと心臓が跳ね、思わず息を飲む。

脳裏に特総演習前の合同授業で、手紙を渡しに来たノゾムの姿が浮かぶ。

確かに、あの時のノゾムは昔から知っている彼と同じ、まっすぐな瞳をしていたように見えて……。

（っ、化け物が、いったい何をわけの分からないことを！）

聞こえてくる耳障りな声を、裏切者に化けた怪物ごと斬り捨てるため、サーベルに力を込める。

きっと、何もかもが勘違いだ。だって、私は、彼が約束を捨てるところを、見たのだから！

（本当にそうだった？）

再び問いかけてくる化け物。その声はなぜか、女性のものへと変わっている。

（あなたは確かに、彼が別の女性と共にいるところを見て、すぐに問い詰めた。でも、あれは本当に彼だった？）

そうよ、当たり前じゃない！　信じられないものを見ちゃったんだから！　あれは確かにノゾムだった！　そして彼は、私の見た事実を口から出まかせで否定した！

思わず感情的になって吐き捨てた言葉。それをあざ笑うかのように、化け物は肩を揺らす。

（じゃあどうしたあなたは、ケン・ノーティスの気持ちに応えなかったの？）

だって、あんな裏切りを受けた後じゃ……。

（嘘《うそ》。ううん、嘘じゃないけど、別の気持ちもあった）

そんなこと、貴方《あなた》に分かるはずは……。

（分かるわ。だって私は……あなただから）

怪物の姿が、再びぐにゃりと変わった。黒に染まった影の後ろから紅の髪がバッと広がり、影の奥から新たな容貌が露《あら》わになる。その顔は……私と全く同じだった。

（あなたはただ怖かっただけ。また裏切られるのが。そして、真実を知るのが……）

こみ上げる嫌悪感。同時に胸を突く、ああ、やっぱりという感情。

そんな自分の気持ちを否定しようと、眼前の化け物を睨《にら》みつけ、腕に力を込める。

しかし、私の意志に反して組み合ったサーベルはビクともせず、怪物はそんな私の抵抗を前に、蔑みの笑みを浮かべるだけだった。

（もう一度聞くわ。本当にあなたを裏切ったのは彼だった？）

そうよ、さっきも言ったでしょう！

（一度も疑わなかったの？　問い詰めた時の彼の目を、本当にまっすぐ見ていたの？）

その言葉に、脳裏にノゾムを問い詰めた時の光景が蘇《よみがえ》る。

すまないと申し訳なさそうに呟く彼。ずっと一緒に胸に抱いていた夢を捨てた時の彼。その目の奥には、昏《くら》い愉悦の光が爛々《らんらん》と輝いていて……。

（え……？）

強烈な既視感を覚え、ぐらりと、リサの中の何かが大きく揺れ動く。

その目をどこかで見た。つい最近、そう、あの森の中で……。

（後ろを見なさい……）

スッと入り込む囁《ささや》きに促され、思わず視線が怪物から逸《そ》れそうになる。

振り向いては駄目だ……。そう思っていても、私の瞳はいつの間にか後ろを向いていた。

（その人は本当に、あなたが守るべき人なのかしら？）

そこには、ケンの仮面をかぶった黒い怪物がいた。

呆《ほう》ける私の視線の先で、黒の怪物はぶるりと体を震わせると、そのまま私に襲いかかってくる。

悲鳴を出す間もなく、私は後ろから影の怪物に飲まれた。

先ほどの怪物の変化を目の当たりにした時とは比較にならない強烈な嫌悪感と拒絶感が、全身に襲いかかる。同時に、全身が影に侵食され始めた。

（……っ、っ!!）

必死に両手を動かして逃れようとするも、影の侵食は止まらない。

そんな私の抵抗すらも嬉しいのか、私を飲み込んだ影は恍惚《こうこつ》に震えながら、私の体を少しずつ、少しずつ食い荒らしていく。

ふと私の横顔に、ピタリと何かが触れた。横目で確かめれば、すり寄るように近づいてきていたケンの仮面がある。その顔は、まるでお気に入りの玩具《おもちゃ》をもらった幼子のように歪《ゆが》んでいた。

(弱い女。目に見える薄っぺらい事実にしか目を向けず、その裏にあるものに気づいていながら見ようとしなかった。汚い卑怯《ひきょう》者。そんな女は……)

そんな私の姿を、私は吐き捨てる。そして、手にしたサーベルを振り上げ……。

(死んでしまえばいい……)

犯す影ごと、私を斬り捨てた。


「っ、はっ!?　はあ、はあ、はあ……」

跳ねるように身を起こす。窓の外はまだ暗く、立ち並ぶ家々の屋根の上にようやく太陽の光が差し始めたくらいだった。荒い息を吐きながら、喉が詰まる感覚に思わず胸元を押さえる。

同時に走る、強烈な頭痛。まるで頭の裏から金槌《かなづち》で何度も何度も殴られているような痛みに、私は思わずベッドの上で蹲《うずくま》った。長い自分の髪がはらりと垂れ、瞼《まぶた》をギュッと閉じる。

眼裏《まなうら》に走る閃光。しばらくそのまま蹲っていると、いつの間にか隣のベッドで寝ていたカミラが起きて、声をかけてきた。

「リサ、どうかした?」

「……カミラ。ううん、なんでもないよ。起こしちゃってごめんね」

頭に走る痛みを押し殺して顔を上げ、笑みを浮かべる。カミラとは一年の時から同室で、その縁で

仲良くなった親友。そして、ずっと私を支えてくれた人の一人。だから心配をかけたくなかった。

「いいよ、そろそろ起きる時間だし。また見たの？」

数秒の沈黙の後、向けられる彼女の視線に負け、私は小さく頷《うなず》いた。

「……うん」

少し前から見るようになった悪夢。すぐに消える夢のはずなのに脳裏にべったりと張りつき、何度も何度も蝕《むしば》んでくる。寝ている間はもちろん、時には日常のちょっとした隙間にも。昨夜に至っては、五回も起きてしまった。完全な寝不足状態。多分、今の私は酷《ひど》い顔をしているんだろう。

夢の内容は、森に呼び出したノゾムが、ケンと言い合いをしている光景。やがて二人は斬り合いを始め、追い詰められたケンの傍《そば》に水色の小人が現れ、ノゾムを拘束する。

地面に倒れた彼をケンは見たこともないほど歪んだ笑みで見下ろしていた。その時、ノゾムの体から信じられないほどの力が溢《あふ》れ出して……。

「……っ！」

そこまで考えて、私は頭を振って自分自身の妄想を振り払った。

そもそも、あんなことはなかった。手紙で呼び出したくせに、結局あの男は来なかったのだから。

（でも……。なんであんなに何度も見て、こんなにはっきり夢の内容を覚えているの……？）

夢で見た光景というのは、大抵その日のうちに忘れてしまう。たとえ覚えていても、すぐに虫食いのように穴だらけになり、数日中に完全に記憶から消え、二度と同じ夢を見ることはない。

だが、その悪夢は異様なほど鮮明で、いくら時間が経《た》っても消えなかった。

むしろ、どんどんより肥大化し、苛《さいな》んでくる。

「リサ、どうする？　今日は休む？」

いつの間にかベッドから降りて傍に寄ってきていたカミラが、心配そうな表情で見つめてくる。

「大丈夫、大丈夫だよ。ちょっと疲れが残っているだけだって。さ、用意して学園に行こ」

言い繕った言葉は、驚くほど空虚で力のないものだった。

残る疲労感を無視して、私はタンスへと向かうと、着替えを始めた。

背中に向けられるカミラの視線から逃げたくて。さっきまで見ていた悪夢を忘れたくて。

でも、そんな私の願いはすぐに裏切られた。寮を出たところで『アイツ』が待っていたから。

✝

男子寮のとある一室。この部屋の主であるノゾムは、テキパキと登校の準備を整えていた。

街は薄暗い闇に包まれている。明らかに早すぎる時間。制服に身を包み、腰に刀を差そうとし……。

「っ……！」

突如として腕に走った痺《しび》れに、思わず顔を顰《しか》めた。刀を落としそうになる腕に活を入れる。

なんとか師の形見を落とさずに、腰に差し直すことができた。

「今のは……やっぱり」

痺れはすぐに去り、感覚が戻ってくる。この痺れはいったい何が原因なのか、ノゾムには予想できた。昨夜も、あの滅龍王の夢を見たから。

「ふう……よし」

一度深呼吸をする。不安は残るが、気持ちはすぐに落ち着いた。

身だしなみを確認し、気合を入れると、ノゾムは予《あらかじ》め用意していた朝食と学習道具を入れた鞄《かばん》を手に、自室を後にする。

寮を出ると、ノゾムは北へと向かう。市民区と行政区の境。そこに、目的の建物があった。

ソルミナティ学園女子寮。通りを挟んだ正門前で、ノゾムは件《くだん》の人物が出てくるのを待つ。

寮の玄関からは女子生徒達が次々と出てくる。彼女達は女子寮前にいるノゾムを見ると、皆一様に首を傾《かし》げていた。こんなところで待っていれば、当然人目につく。

しかしノゾムは向けられる視線を全く意に介さず、じっと女子寮の正門前を見つめている。

そして、目的の人物が現れた。

「リサ、大丈夫？」

「だから、大丈夫だって……」

どこか暗い表情を浮かべているリサと、彼女を気遣うように傍に寄り添うカミラ。

リサの顔は血色が悪く、目の下にも隈《くま》ができていた。明らかな睡眠不足。そんな彼女の様子が気になったものの、ノゾムは気持ちを入れ直し、二人の前に姿を現す。

「アンタ……!?」

カミラが驚きの表情を浮かべ、続いてリサをかばうように彼女とノゾムの間に割り込む。

だが、その目は不規則に揺れ、落ち着きを欠いていた。

彼女もまた、ノゾムを陥れた相手の一人。しかし同時に、なにやら特別な事情も抱えていると思える相手。ノゾムは己の緊張をほぐすように一度深呼吸をすると、リサとカミラに向かって、ゆっくりと口を開いた。

「リサ、久しぶりだな。ざっと二週間ぶりくらいかな？」

改めて二人と向き合って口から出た声は、ノゾム自身、思った以上に穏やかなものだった。

「カミラも久しぶり。森では怒りに我を忘れていたとはいえ、すまなかった」

「どうして……」

（……うん、心は落ち着いている）

こうして二人を前にして、ノゾムは実感する。もう、怒りは湧いてこない、と。

カミラはこんな穏やかな口調で話しかけられるとは思っていなかったのだろう。ノゾムの静かで落ち着きのある声に驚き。目を見開いていた。

「あ、ああ……」

「リサ？」

しかし、一方のリサの様子はおかしかった。蒼白となった顔色。焦点の定まらない、見開かれた瞳。

その表情はどう見ても、平気という様子ではなかった。

さらにここにもう一人の重要人物が、姿を現す。

「っ、なんでお前がここに……!?」

「ケン、か……」

ケンはノゾムがここにいることに心底驚き、一瞬その顔を醜く歪めるも、すぐに普段通りの笑みを浮かべた。そしてそのまま、ノゾムを無視してリサに歩み寄っていく。

「おはようリサ。遅くなった。こんな奴に朝から絡まれるなんて、災難だったね。さ、行こう……」

普段からそうしているのか、ケンは慣れた手つきでリサの手を取ろうとする。

「っ、いや……！」

「え？」

だが次の瞬間、パン！　と乾いた音を響かせ、リサはケンの手を払いのけていた。

ケンの顔が痛みに引き攣《つ》り、続いて信じられないものを見たような表情に変わる。

一方のリサも、自分の行動に目を見開き、硬直していた。時が止まったように、沈黙が流れていく。

「リ、リサ……？」

ケンの口から震えた声が漏れる。リサもまた自分がしたことに気づき、顔色が恐怖に染まる。

「っ……！」

そして彼女は逃げるように駆け出した。

突然の出来事にケンがあっけにとられる中、ノゾムは慌てて彼女の後を追いかける。

リサは、女子寮の正門前から市民区の大通りへ。元々身体能力に優れている彼女。ノゾムが大通りへと出た時には、既にリサは、込み入った裏道へと入っていくところだった。

「リサ、待て！」

ノゾムが呼びかけるも、彼女は止まるどころか、より一層足を速めていく。よく見れば、魔力の残《ざん》滓《し》が彼女の体を覆っている。無意識に高まった魔力が、彼女の身体能力を後押ししていた。

術式を伴わない魔力だけの強化では大した効果は得られない。しかしそれでも、常人なら容易《たやす》く振り切れるだろう。

このままでは見失う。そう判断したノゾムは気を高め、身体能力を強化し、追いかけ続ける。

しかし、幾つかの路地を曲がったところで、進路を遮ってくる物体に思わず目を見開いた。

「これは……水の壁？」

路地を埋めるように屹立《きつりつ》する、高さ三メルほどの水の壁。

ノゾムは咄嗟《とっさ》に足に気を込めて跳躍。民家の屋根の軒に手をかけ、水壁を跳び越える。

水壁はノゾムの妨害に失敗すると、バシャリと音を立てて崩れ落ちた。

しかし、彼が着地する時には、既に進行方向に再構築されている。

「っ、ケンの契約精霊の仕業か」

水壁を操っている存在に気づき、ノゾムは毒づきながら、気を腰に差した刀に付して抜刀。一太刀で水壁は両断され、崩壊。今度は減速することなく、水壁を突破した。

しかし、相手も単純な壁ではノゾムを足止めできないと判断したのか。今度は別の手段を講ずる。

「霧か……！」

突如として、ノゾムの周囲に濃密な霧が発生する。視界は真っ白に染まり、一メル先も見通すことができない。当然、リサの後ろ姿も完全に見えなくなってしまった。次の瞬間、駆けていたノゾムの目の前に、巨大な石壁が飛び込んでくる。

「くそ……っ!?」

壁に激突する直前、ノゾムは反射的に足を壁に着け、前方への推進力を上方へと変更。そのまま民家の壁を駆け上がり、屋根へと上る。

ノゾムが屋根の上に立つ頃には霧は消え、穏やかな春の日差しが並ぶ家々を照らしていた。

リサの姿は、既に影も形も見えなくなっている。

「見失った……」

思わず唇を噛み締め、拳を握り締める。だが、分かったこともあった。

リサともう一度話をするには、あの精霊をどうにかしないといけない。それは、自分一人では無理だということ。

「出直し、だな……」

ノゾムは今一度、彼女が走り去ったであろう方向に目を向ける。脳裏によぎるのは、支えると誓った、幼い頃の約束。

（逃げるために縋《すが》っていた、もう意味のなくなってしまった約束。だけど、それでも……）

しばしの間瞑目《めいもく》した後、ノゾムはくるりと踵を返して、屋根から飛び降りる。

その胸に今一度、失われていた決意を抱いて。

✝

ノゾムが立ち去った市民区。じめっとした裏路地の片隅に、二つの人影があった。一人はリサ。もう一人はケンだ。よく見れば、二人の傍にもう一つ、小さな影が宙に浮いている。

「メフィ、まだか……？」

『もうちょっと……』

水色の幼子を思わせる容貌。メフィと呼ばれたそれは、ケンと契約している水の小精霊だ。

リサに向かって掲げる精霊の手からは水色の源素が流れ出し、リサの全身を包み込んでいた。その力は、彼女の記憶から、先ほどの出来事を消していく。

「どういうことだ？　どうしてリサが僕を拒絶する!?」

ケンが我慢できないといった様子で、声を荒らげる。周囲にはメフィが防音の結界を施しているから話を聞かれることはないとはいえ、その表情は明らかに追い詰められている者の顔だった。

『記憶が戻りかけているんだよ。こんなはずじゃなかったのに……よし、記憶の再封印は終わったよ』

話がしたいと手紙を送ってきたノゾムと、彼を排除しようとしたケン。そんな二人のやり取りを森で見てしまったことで、リサはケンが彼女やノゾムを陥れたことを半ば気づいてしまった。

リサを手放したくないケンは彼女の記憶を封じる措置に出たが、信じていた事実の反転は、予想以上に彼女の心を打ちのめしていた。

結果、彼女は封じられた記憶を悪夢という形で繰り返し見ることになり、精霊の暗示すら効かなくなりつつある。

『だから、一年の時に言ったじゃん。さっさと殺しとけばいいって。落ちぶれる姿を見たいからって下手に延ばすから、こんなことになるんだよ～』

メフィの言葉に、ケンは奥歯を噛み締めた。

ケンがノゾムをリサの傍から排除すると決めた理由は、彼に能力抑圧のアビリティが発現したこと。

彼の脳裏に昔の……故郷であるオイレ村にいた時のことが蘇る。

彼は一人っ子だったノゾムと違い、多くの兄弟姉妹がいた。その数、八人。

両親も含めれば、十人の大所帯。その中で、彼は六番目の子供だった。下というほど幼くはなく、しかし、上の子ほど頼りにもされない、中途半端な順番。しかも、その下の弟妹達が立て続けに生まれたこともあり、物心ついた時は既に両親も兄姉達も、彼に気を向けることがなくなっていた。

幼い子供達の世話も必要であり、なにより農作業には人手がいる。必然、ケンも甘えるよりも前に、少しでも仕事をすることを求められた。

大家族の中で抱えることになった孤立感。それが、幼い頃のケンの心に影を落とした。

別に、家族に悪意があったわけではない。ただ偶然、家族の輪から少し外れてしまっただけ。

そんな彼が仲良くなったのが、同い年のノゾムとリサだった。

『どうかしたの～～？』

「……」

初めてできた友人。初めての孤独ではない時間。それがどれだけ彼の救いになっただろう。

だから、ケンがリサに惹《ひ》かれたのも必然だった。

そして、ノゾムとリサが惹かれ合うのも分かっていた。大好きな二人だったから。

嬉しく思った。しかし同時に、昏く澱《よど》んだ気持ちも湧いていた。

どうして、自分じゃなかったんだろう。どうして彼女は、必ず先にノゾムを見るんだろう。

僕を見て欲しい。そんな小さな嫉妬は、ずっと胸の中にくすぶっていた。

昔はまだよかった。当時のケンはどちらかというと大人しく、逆にノゾムの方がケンを引っ張っていくような関係だったから。

祝福できていた。喜べていた。たとえ心の奥に、小さなしこりを抱いていたとしても。

仕方ない。心のどこかでそう考え、諦めることができていたのだ。

メフィと出会ったのもそんな頃だった。彼女は何度もケンには才能がある、遠慮する必要なんてないと言ってくれていたけど、ケンはそんな彼女の言葉にいつも首を振っていた。

だが、このソルミナティ学園に来て、二人の立場は逆転した。

ケンは学年でも有数の使い手へと成長し、逆にノゾムは最下位へと落ちる。

そして、幼い頃から降り積もっていた嫉妬は鎌首をもたげ始めた。いつの間にか実技授業で這いつくばるノゾムの姿に胸がスッとするようになり、いくら努力しても成長できない無様な彼にリサが寄り添う度に、腹《はらわた》が煮えくり返るようになる。

そして、肥大化していった嫉妬は爆発。当時、リサに近かったカミラの秘密を握り、脅して利用し、ノゾムを陥れたのだ。

『というか、カミラの奴は何しているのよ』

ケンが黙り込んでいる中、メフィはまだ来ないカミラに不満を漏らす。既に場所は思念を送って伝えていたので、もうとっくに到着しているはず。その時、裏路地の陰からカミラが姿を現した。

『ちょっとアンタ、なにしてたのよ』

「いきなり走られたんだから、簡単に追いつけるわけないでしょ」

メフィの不満をサラッと流しながら、カミラはリサへと駆け寄る。

まるで人形のように意識なく佇《たたず》んでいるリサの姿に、カミラは眉を顰《ひそ》め、唇を噛み締める。

「……まあいい。メフィ、リサと同化してくれ。騒ぎが大きくなりすぎた。こうなった以上、常にリサの記憶を操作しておく必要がある」

『ま、仕方ないよね』

同化するという言葉にカミラがギョッとしている中、メフィの体は水色の源素へと変わり、リサの体の中へと入り込んでいく。

「アンタ達、いったいどこまで自分勝手に……」

「煩《うるさ》いぞ。お前だって共犯だ。自分の身可愛《かわい》さに、ノゾムを売り渡したんだからな」

「それは、アンタが……」

「どう取り繕おうと、事実は変わらんぞ。それとも故郷に引き渡されたいか？」

その言葉に、怒りを滲《にじ》ませていたカミラの表情が、真っ青に変わった。

「帝国から自由都市に落ち延びた後、生きるためにどれだけの人を陥れてきた？　今さら清廉ぶるなよ。母親に死なれ、一人だけのお前に何ができる」

ケンはフルフルと肩を震わせるカミラを一瞥《いちべつ》すると、メフィと同化したリサを連れて、その場を後にした。二人が路地の陰へと姿を消すと、周囲に展開された結界は消滅した。

無音の空間が消え、大通りの方から人々の喧騒《けんそう》が流れてくる中、カミラはその場に崩れ落ちる。

「ヒック、ヒック……」

顔を覆った手の平の隙間から嗚咽が漏れ、受け止めきれなかった涙が、ポタポタと薄暗い地面に染みを作っていった。

CHAPTER 3

第三章

武技園で大暴れ

彼を好きになったのはいつだろうか。多分それはあの時から……。

「ノゾム、ケン、早く来なさいよ〜〜！　急がないとあの場所をムジルに取られちゃうじゃない！」

「ちょっと待ってくれよリサ！　まだケンが来てない！」

「はあ、はあ、はあ……大丈夫、ちゃんとついていくよ……」

オイレ村での日々の中、私は一日の農作業を終えると、いつもノゾムとケンを連れて駆け出した。

ケンはノゾムの友達で、彼の家も農家だけど、ノゾムと違って兄弟が七人もいる大家族。ただ、彼本人は口数が少なく、初めて出会ったときは大人しい印象を受けたのを覚えている。

目指すは村を囲む小高い丘の上にある一本松。一日の作業を終えてから、日が沈むまでの僅かな間、遊ぶことができる、この村の子供達の遊び場だ。

大人達と同様、子供達にも派閥があり、よい遊び場を巡って衝突する。

そんな中で、自然とルールもできる。それが、一本松までの競争。一日の仕事が終わってから、丘の上に一番乗りした子達が、日が落ちるまでその場所で遊べるというものだった。

「やった、一番！」

「いや、違うよ。先客がいる」

その日は、残念だけど先客がいた。一本松の裏に、頬にそばかすをつけた少女が隠れている。

「あれ、メヒリャじゃない、どうしたの？」

「えっと、その……絵、描いてた」

恥ずかしがるメヒリャの足元には、この丘の上から見下ろしたオイレ村の風景が描かれていた。

太陽に照らされた家々の屋根、芽が出始めた小麦畑、畑の脇道では村に数頭しかいない馬が荷車に荷を積んだまま草を食《は》んでいる。茶色の濃淡のみで地面に描かれた風景画はまるで目に映る風景をそのまま切り取ったようで、今にも動き出しそうなほどだった。

「凄《すご》い……。あなた、こんな凄い絵描けたんだ！」

「ちょっと、恥ずかしい……」

メヒリャはそばかすのついた頬を赤く染める。恥ずかしがる必要なんてないと思う。

実際、ノゾムもケンも、彼女の絵を見て目を輝かせていた。

「チッ、先を越されたのかよ……」

そんな中、耳障りな声が丘の上に流れてきた。村へ続く道へと振り返れば、背が高く小太りな男の子を先頭に、五人の子供達がいる。色々と私に絡んでくる村のガキ大将、ムジルだ。

こちらが先着だったことが悔しいのか、ムジルは不機嫌そうな顔をしている。

「ええ。そういうことだからアンタ達は帰りなさい」

「へ、そんなこと誰が決めたよ！　俺達はいいって言った覚えねえよな！」

ムジルの言葉に、私は眉を顰《ひそ》めた。今まではこちらが先を越せば、ムジル達も悪態をつきながらも引き下がった。だが、今日の彼らは様子が違う。ニヤニヤと見下すような目が、癪《しゃく》に障った。

「ここは俺達の村で、この遊び場も俺達のものだ！　よそ者の言うことなんて聞く必要ないからな！」

「なんでよ、この場所のどこにもアンタの名前なんて書いてないわ。大体、ここに一番先に来たのはメヒリャよ。二番ですらないアンタはお呼びじゃないの！」

「うるせえ！　知るかそんなこと！」

激高したムジルが突然大声を上げ、木の陰に隠れているメヒリャを睨《にら》みつける。

彼女がビクリと肩を震わせる中、ムジルはズカズカと大股で近寄ってくると、地面に描かれていた絵を蹴飛ばした。躍動感に溢《あふ》れていた馬がごっそりと抉《えぐ》られ、飛び散った土が地面に写し出された家々を押し潰してしまう。

「ちょっと！　何してるのよ！」

「うるせえ、うるせえ！　俺に命令するんじゃねえ！　親なしのくせに！」

「っ！」

親なし。その言葉に、私は思わず目を見開いた。脳裏に蘇《よみがえ》る、父さんの死に顔。

胸の奥が抉られる感覚と息苦しさに襲われ、キュウッと視界が狭まっていく。

「なんだよそ者、言い返すこともできないのか？　なら、分かったなら、さっさと帰れよ！」

「きゃ……！」

勝ち誇った顔のムジルが、ドン！　と私を突き飛ばす。私はたたらを踏み、勢い良く後ろに倒れ込んでしまった。衝撃と共に全身に針で刺されたような痛みが走り、思わず涙ぐむ。

「うう、ううう……」

痛い、痛い……！　この村に来てから、忘れていた喪失感が蘇り、ベリベリと心の瘡蓋《かさぶた》が剥がれる。走る痛みが、向けられる言葉が、キシキシと心を締めつけ、委縮させていく。

ピシピシ……と、全身にヒビが入り、全身が冷たくなっていく感覚。そして、完全に凍りついた心が、今まさに砕けそうになったその時……。

「このやろう！」

ノゾムが大声を上げながら、ムジル達に跳びかかった。胸倉を掴《つか》み、力任せに押し込んでいく。

「あ……」

向けられる悪意かおさまり、思わず呆《ほう》けた声が漏れる。凍っていた心臓が、トクン……と脈打った。

そんな中、ケンもムジルに突撃。二人がかりでガキ大将を地面に押し倒し、思いっきり殴り始めた。

「ぶふっ、こいつっ！」

「リサに……謝れ！」

顔に走る衝撃と鈍痛にムジルも反撃するが、ノゾム達は止まらない。

しかし、彼らが数発拳を振るったところで、取り巻き達が我に返り、慌ててノゾムとケンに跳びかかった。ノゾム達は取り巻き達の顔にいくつかの痣《あざ》を作ることはできたものの、結局数に押され、ムジルから引き剥がされてしまう。

「よ、よくもやりやがったな……」

仲間の手を借りながら、ムジンがフラフラと立ち上がる。彼は殴られた怒りで顔を真っ赤に染めながら、打たれた分を数倍にして返してやる意気込みで、ノゾムとケンの元に歩いていく。

取り巻きに拘束され、動けない二人。しかし、彼らは臆することなく、ムジルを睨み返していた。

そんな彼らの姿に、リサの委縮していた心が、再び燃え上がる。

「いい加減……にしなさいよ、このオーク鼻！」

「ぶぶ！」

ダッシュからの跳躍、そして私は、全力のドロップキックをムジルの顔面に叩《たた》き込んだ。仰《の》け反《ぞ》り、鼻血を出しながら倒れるガキ大将。

「……オーク鼻だってさ」

「まあ、あの縦にも横にも広くて大きな顔と鼻の穴は、オークそっくりだけどね」

その後は、私達三人と、ムジル達五人による愚にもつかない喧嘩《けんか》が繰り広げられた。

「はあ、はあ、き、今日はもう遅いから帰るぞ！　こんなしつこい蛇女、相手にしていられるか！」

音を上げたのはムジル。疲れきって呂律《ろれつ》が回らない舌で負け惜しみを吐きながら帰っていった。

へん！　父さん達と一緒に旅をしてきた私が本気になれば、こんなものよ！

「はあ、はあ、一昨日《おととい》来なさいよ！　このオーク鼻！」

「リ、リサ、げ、元気だな……」

「そうだね。僕達もう動けないのに、なんであんな元気なんだろう……」

握り拳を天に向かって突き上げる私の足元で、へとへとになったノゾムとケンがそんなこと言っていた。ちょっと、もっとしっかりしてよ。特にノゾム！　さっきの一番にムジルに跳びかかっていた勢いはどこに行っ……て……。

「ん？　なに、リサ。どうかした？」

「な、なんでもない！」

呆《あき》れた表情で、ノゾムが私を見上げていたノゾムが、首を傾《かし》げる。その仕草と視線に頬が熱を帯び、心臓がトクン、トクン……と高鳴る。全身が震え、喉が急速に渇いていく。

いったい、どうしたんだろう。思わず目を逸《そ》らしそうになる。彼の顔を正面から見ていられない。

でも、逸らしたら逸らしたで、変な目で見られるのではないかと思ってしまう。

「あ、あの。ありがとう……」

「え？　ああ、気にしないで！　私も我慢できなかったから！　あ、もしあいつがまた変なことしてきたら言いなさいよ。ギッタンギッタンにしてやるから！」

今まで感じたことのない感覚に激しく動揺する中、木の陰に隠れていたメヒリャが出てきて話しかけてきてくれた。これ幸いと、私は彼女に向き直る。ついでに気恥ずかしさを誤魔化すように、拳をシュッシュと、突き出す真似《まね》をする。

メヒリャはそんな私の行動が可笑《おか》しかったのか、笑みを浮かべて小さく頷《うなず》き、村へと帰っていった。

「すいぶん時間、経《た》っちゃったな……」

ノゾムが呟《つぶや》きながら西の空に目を向けると、既に空は茜《あかね》色に染まり、太陽が山の陰に沈みかけている。さすがに、今から遊んでいる時間はないだろう。

「仕方ないよ。今日はもう帰ろう」

家に戻ろうと促してくるケンの言葉を聞いて、ノゾムも頷く。

しかし、私は二人の声が聞こえていなかった。ボーッと夕焼けの空を見上げる。

「リサ？」

「……はあ。ねえ、私ってやっぱりよそ者なのかな？」

「え？」

ムジルの「親なし」という言葉、そして思い出した父さんの死に顔に、自然と表情が曇ってしまう。

そして私は気がつけば、そんな言葉を二人に向かって言ってしまっていた。

「私の父さん。冒険者で、いろんなところに連れていってもらったわ。アブリュエスの水湖都市やガルサムの都……」

眼下に広がる村を前に、自然と、父さんと一緒に訪れた情景が、口から流れていく。

オイレ村は平和な場所だ。旅をしていた時には考えられなかった、穏やかな日常。でもよそ者の私には、どこか隙間風を感じずにはいられない。

「旅をしている時は本当に楽しかった。お腹《なか》いっぱい食べられない時もあったけど、それでもキラキラした、いろんなものを見れた」

地上に落ちた星々の光のように輝く砂浜、どこまでも続く平原。都市に集まる多種多様な人々の姿。

あの時は、何もかもが新しく、輝いて見えた。

確かに冒険者である以上収入は安定しなかったし、寒い思いをした日もあった。

それでも、父さんも母さんも笑顔が絶えず、毎日が本当に幸せと呼べる日々だった。

「でも、父さんが死んじゃって、もう母さんだけじゃ私達を食べさせることができなくなって……。だから、この村に来たの」

冒険者であり、誰よりも頼りになっていた父さんの死。

ちょうど魔獣達の動きが活発になり、各地で侵攻に対する不安が再び漂い始めた頃。当然、誰もが大侵攻の再来を予想していた。

拡散し、増大していく不安に人々の心は徐々に萎縮し始め、経済、人心、あらゆることが負の方向に引きずられ始めていた。そんな時だから、母さんも私と生まれたばかりの妹を抱えて、冒険に赴くわけにもいかなかった。だからこそ、故郷に戻ることを決めたのだ。

「確かに危険はないわ。いつも暖かいベッドで眠れるし、寒くて凍えることもない。でも……」

オイレの村は、大侵攻の影響をほとんど受けなかった。魔獣に家が壊されたこともなく、盗賊に落ちた人々にも襲われていない。多少の不作はあれど、飢饉《ききん》に喘《あえ》いだわけでもない。でも何かが足りない。心の中に小さな穴が開いていて、熱がどんどん逃げてしまうような感覚に、いつも襲われる。私はその穴を塞ぐように、胸の上でギュッと手を握りしめる。

「リサは、お父さんみたいになりたいの？」

ノゾムの言葉に、私は小さく頷く。

旅の途中、夜の闇や魔獣の遠《とお》吠《ぼ》えが怖くて眠れない時のあの大きな温《ぬく》もり。旅の途中で父が見せてくれていた数々の風景と共に、その熱が体の奥にくすぶり続けている。

「……大丈夫さ。リサが大きくなれば問題ないよ。旅に行くことだってできるし、きっとリサのお父さんと同じように冒険者になることには反対しないよ」

「そうだよ。リサのお母さんも冒険者だったのなら、反対なんてしないと思うよ」

子供故の理屈のない、楽観的な答えを口にするノゾムとケン。根拠などない言葉だが、少なくとも私にとって、この時必要なのは明確な理由ではなく、自分を後押ししてくれる存在だった。

「そう、よね。なれるんだよね。父さんみたいに……」

胸の奥に残っていた過去への憧憬という火種が、幼《おさな》馴《な》染《じみ》の賛同という追い風を得て、燃え上がる。

「うん、決めた。私、冒険者になる！」

それが、私が冒険者になることを決めた瞬間だった。

かつて見たあの光景をもう一度見たい。もしかしたら冒険者になれば、それ以上に胸がワクワクするような出来事に出合えるかもしれない。

もう隠すことはない。たとえ理由や根拠がなくとも、想《おも》いは既に胸の奥に眠っていたのだから。

「父さんが言っていたわ。今、世界中のいろんな人達が集まって、大きな街を造っているって。その街には大きな学校が造られて、そこで大陸中の、まだ知らないことを勉強できるんだって！」

この時から、私はソルミナティ学園に行くこと、そのために勉強を重ねていくことを決めた。

改めて、ノゾムとケンに振り返る。

「ノゾム、ありがとね」

「い、いや。力になれたのならよかったよ」

自分の夢を自覚させてくれたノゾムにお礼を言うと、なぜか彼は顔を赤くして声を震わせていた。

緊張している様子。でも、自分もどうしてか胸の奥がドキドキしている。

目を合わせるのが、恥ずかしい。今までそんなことなかったのに。

そんな気恥ずかしさを誤魔化すように、私はノゾムの隣に佇《たたず》むケンに目を向ける。

「ケンもありがと。助けてくれて」

「う、うん……」

ケンもどこかぎこちないが、ノゾムに比べると、ずっと気安く声をかけられた。

どうやら、この恥ずかしさはノゾムに対してだけらしい。

「さ、さあ、もう遅いし、今度こそ帰ろう」

トクン、トクンと、静かに、しかし強く鼓動する心臓。こみ上げ続ける甘酸っぱい感情。それを誤魔化すように声を張り上げながら、私達三人は帰路に就いた。

そして同時に、私に自分の夢を自覚させてくれた彼を意識するようになっていくのだった。

‡

リサを見失ったノゾムは仕方なく、その足で学園へと向かった。

市民区を抜け、中央公園を回りながら、南側の学園正門前へと到着する。門の前には、マルスが到着してノゾムを待っていた。

「ようノゾム、遅かったな」

「おはようマルス、朝からちょっと、ね……」

肩を竦《すく》めるノゾムにマルスは「そうか」と淡々とした言葉を返すと、二人は教室へと向かう。

先日の牛頭亭での会話から、色々と察してくれているのだろう。その沈黙が、ありがたかった。

既に大半は登校しているのか、廊下を歩く生徒の数は疎らだ。しかし、どの生徒も、ノゾムの姿を見ると、皆一様に顔を顰《しか》め、ひそひそと陰口を始める。

僅かに流れてくる会話の内容は、あまり気分のいいものではない。

しかし、そんな生徒達も、マルスに睨みつけられると会話をやめ、そそくさと身を隠す。

親友の行動に呆れつつも感謝しながら、ノゾムは自分達の教室へと向かう。

三階級の教室が並ぶ廊下に到着すると、再び無数の視線が向けられる。

またリサの噂《うわさ》かと思ったノゾムだが、向けられる視線の質が違うことに気づく。

「……なあ、ノゾム。なんか学園の雰囲気がおかしくないか？」

「ああ、学園全体、と言うより、三学年の教室がある区域一帯が変な空気だ。なんなんだろう？」

釈然としない周囲の態度に首を傾げながらも、二人は自分達の教室に到着し、扉を開ける。

教室の中でクラスメート達は自習をしたり、友人達と語らったりなど思い思いに過ごしていた。

しかし、ノゾムが教室に入った瞬間、クラスにいた生徒達の視線が突然彼に一気に集中する。

向けられる疑問、戸惑い、不信、好奇の視線。その圧力に、ノゾムは少し怯《ひる》んでしまう。

だが、ノゾムがクラスメート一人一人に視線を返すと、視線が合った者達は何故か慌てた様子で視線を逸らす。そしてまるで取り繕うように、自習を再開したり、再び友人と話をし始めた。

「い、いったいなんだろう、これ……」

「さあな。俺にも分からねえ……」

「ああ、それはこの前の特総演習が原因だよ」

「ジン。それにデック達か、おはよう」

そこにはクラスメートであるジン、ハムリア、デック、そしてトミーとキャミの五人がいる。彼らは以前、特総演習で同じパーティーを組んだ相手。あの演習以来、彼らはノゾムに対して普通に話しかけてくれる数少ないクラスメートになっていた。

「ところでジン、なんか教室が妙な雰囲気なんだが、特総演習が原因って、どういうこと？」

「まあ、見た方が早いね。こっちだよ」

ジンに促され、ノゾムとマルスは教室の後ろへと向かう。そこには小さな黒板が設けられており、様々な連絡事項が貼り出されていた。ジンはその一角を指さす。

「ほら、これ……」

「これは、特総演習の結果？」

「うん、僕達のパーティーの順位を見てみて」

そこには、特総演習の各パーティーの得点と順位が貼られていた。そこに書かれている自分達の成績を見て、ノゾムは思わず目を見開く。

「学年総合六位……」

「そうだよ、第六位！　他の上位パーティーを押しのけてこの結果は凄《すご》いよ！」

「……なるほど、だから朝から学園の雰囲気がおかしかったのか」

マルスが納得したような声で呟く。

最下級である十階級が上位十位以内に入るなど、このソルミナティ学園では前代未聞だった。

しかもそのパーティーを率いていたのは、学園でも有名な二人の劣等生。

片や最底辺と呼ばれた追試の常連。片やいつ爆発するか分からない危険物扱いの問題児。

今までの二人の評判を考えれば、この結果を見た周囲の反応も無理はなかった。

「とはいえ、当然信じてない奴もいるみたいだが……」

「おい、最底辺。お前、特総演習で何をやった？」

そんな中、声を荒らげ、問い詰める口調で話しかけてくる者がいた。堪《こら》えきれないと言った様子で肩を怒らせながら、ノゾムに向かって歩み寄ってくる。

「お、おいシムナル。落ち着けよ」

そんな彼を、友人が諫《いさ》めようとしているが、シムナルと呼ばれたクラスメートの瞳に宿る、強い疑念の色は消えない。

「お前があんな結果残せるはずない！　どんな汚い手を使いやがったんだ!?」

「不正はしていないんだがな……」

「そうだよ。ノゾム君とは演習中ずっと一緒にいたし、その後も怪我《けが》で一週間以上も動けなかったんだ。どうやって不正をするの？」

ノゾムの声に、ジン達が同調する。意外なことに、ジン達の方が強い口調で反論していた。

「じゃあ、どうやって勝ったっていうんだ！　倒した相手も八階級や九階級ならともかく、四階級以上。おまけに特別目標まで倒すなんて普通じゃないだろ！」

「何度も言うけど、ノゾム君は不正をしていない。勝てたのは地勢を理解して、しっかりと戦略を練って、さらに予備案も用意していたからだよ。それを考えたのも、全部彼さ」

「それに私達、授業でノゾムが何度もマルスと打ち合う姿を見てるでしょ。彼は私達が思っているより、ずっと強いわ」

ジン達から向けられる信頼に満ちた視線に、ノゾムは気恥ずかしくなり、思わず頬をかく。

実際、ノゾムとマルスは三学年になって以降、実技授業ではよく組んでいる。気術こそ殺傷力が強すぎるために控えているが、それでも、彼の刀捌《さば》きを目の当たりにする機会は、何度もあった。

「あくまで、しらばっくれるのか……」

しかし、そんなジン達の言葉も、シムナルには届かなかった。むしろ、より頑《かたく》なになり、怒りのボルテージをドンドン上げていく。

一方ノゾムは、緊張感が高まる周囲をよそに、静かな心持ちでシムナルを見つめていた。

向けられる怒気。それが一方的で理不尽な怒りだと理解しても、どこか共感を覚えてしまう。

それはきっと、ノゾムと彼に共通するところがあるから。

現実への不満を怒りに転化して喚《わめ》き散らしたり、どこかにその原因を求めたり、あるいは目を塞いで変化した事実を見ないようにしたりする。少し前までの、ノゾムと同じ姿だった。

だが、そんなノゾムの冷静な態度が、シムナルの焦りから生まれた怒りをさらに助長した。

「っ、こいつ！」

「お、おいシムナル！」

現実を振り払うように、シムナルがノゾムに掴みかかろうとする。

このシムナルの行動に、後ろで見ていた友人達も顔色を変えた。いくらなんでも、暴力に訴えるのはまずい。しかしその敵意に触発されたかのように、ノゾムが動く。

一瞬で気を練り上げ、突き出されたシムナルの両手を払いながら、彼の側面へと滑り込む。

そして伸ばされた手を捻《ひね》り上げて拘束する。

「うっ……」

そして、驚きに目を見開くシムナルの瞳に、至近距離から鋭い剣気が叩き込まれた。体からふっと力が抜け、彼は崩れ落ちるように尻もちをつく。

「……あっ！　す、すまない」

そこでようやく、ノゾムは自分の反射的な行動に気づき、謝罪の言葉を口にしながら手を離した。

本来なら謝る必要のない者の意外な行動に、張り詰めていた教室の空気が弛緩《しかん》していく。

「ノゾム、悪いな。こいつも俺も、特総演習の結果が芳しくなくて、ちょっと焦っていたんだ」

腰を抜かしたシムナルの頭を小突きながら、後ろにいた彼の友人が前に進み出る。

話を聞いてみると、彼らのパーティーは演習開始直後の乱戦に巻き込まれ、何もできずに敗退してしまったらしい。この学園の体制上仕方ないが、シムナル自身このままこの学園に在籍し続けるにはやや成績が足りず、特総演習には相当気合を入れていたところに、この結果。

「ほら、謝れよシムナル」

「す、すまん……」

シムナルは気まずそうに目を逸らしながらも、ペコリと頭を下げる。気圧《けお》され、友人に庇《かば》われていたおかげで一気に頭が冷えたらしい。ノゾムとしても、謝ってくれるなら気にしなかった。

「その、迷惑かけた上に申し訳ないんだが、君がどうやって特総演習を勝ち抜いたのか、聞かせてくれないか？」

「ノゾム、いいんじゃねえか？　こいつらも、もう喚き散らす気はねえみたいだし」

「そう、だな。分かった」

ノゾムの後ろで成り行きを見守っていたマルスの言葉に、ノゾムは頷く。別に隠すことでもない。

簡易拠点を見定め、ポイントを稼ぐためにパーティーを二つに分ける。途中で特別目標のアンリ先生が襲撃。圧倒されるも、後衛が前線に突撃してくるはずがないという相手の意表を突き、後衛の魔法使いだったハムリアが魔法障壁で守りつつ吶喊《とっかん》。拘束している間に演習参加者の証《あかし》であるペンダントを破壊して撃退した。

「随分と、綱渡りな作戦だな……」

「仕方ない。俺達は単独ではもちろん、人数をそろえて真正面から戦っても勝つことは難しい。なら、勝つためにはどうしても、相手の意表を突かないと」

とはいえ、奇策だけでは勝てないのも事実。大切なのは、いかに自分達の強みを活かせる状況に持ち込めるかだ。

「確かに……そのあたりはどうしたんだ？」

「何回か土煙で視界を遮って、俺とデックが突撃を繰り返して、突っ込んでくるのは前衛二人だけだと思い込ませた」

「ねえ、もう一つ聞きたいんだけど……」

次々と向けられる質問に、ノゾムは一つ一つ丁寧に答えていく。気がつけばノゾム達の周りには人だかりができており、ちょっとした講演会みたいになっていた。

彼らもまた、今まで他の階級の生徒達からは、落ちこぼれと言われ続けてきた者達。

それ故に同じ最底辺の階級であるノゾム達が上位の階級を打ち破ったという話自体は、彼らにとってとても胸に響く話であり、同時に希望でもある。

そして元々彼らは十階級とはいえ、大陸中から集まった優秀な若者達。

心の枷が取れれば貪欲に、そして前向きに事に励めるようになる。

とはいえ、今まで相当抑圧されていた反動か、彼らの意気込みは思った以上に凄いものだった。

初めは疎《まば》らだった質問が、瞬く間に嵐のように激しいものへと変わり、ノゾムに襲いかかる。

「ちょ、ちょっと待って！　どれから答えたらいいか分からない！」

あまりに多くの質問を投げかけられたせいで、ついにノゾムの処理能力が追いつかなくなる。

アタフタしながら周囲に助けを求めるが、一緒に組んでいたジン、デック、ハムリアの三人も、クラスメート達の質問にてんてこ舞いになってしまっていた。

「マルス、手伝え！」

「無理言うなよ。俺、その時は別行動してたんだぞ。戦いの詳細まで分かるか」

助けを求めるノゾムに、マルスは顔をにやけさせる。どうやら、困惑しているノゾムを見て面白がっているようだ。

ノゾムが『この野郎！』と精一杯恨みを込めた視線をマルスに返すが、そんな最中でも質問の嵐は収まる様子を見せない。

だが、不快な気分ではなかった。確かにマルスにいじられるのは悔しいが、周りに集まったクラスメートが自分に向けてくる視線に悪意はない。

一時的なことかもしれない。また離れてしまうかもしれない。事実、話を聞きに来ていない残りのクラスメートは相変わらず疑惑を漂わせた視線を送ってきている。

それでも今は、特総演習での頑張りが受け入れてもらえたことが嬉しかった。

「みんな〜、おはよう〜。さあ、今日も一日がんばろ〜〜！」

その時、元気よく教室の扉が開かれた。アンリ先生が教室に入ってくる。

「アンリ先生、ちょうどいいところに！」

「ふえ？」

「みんな、俺の相手をしたのはアンリ先生だ。教師なんだし、その時のことについても懇切丁寧に説明してくれるぞ！」

　ギラリと、ノゾムに詰め寄っていたクラスメート達の視線がアンリに向けられた。

　今まで落ちこぼれとして腐っていた彼らからは考えられない貪欲な瞳が、若手教師に向けられる。

「え、ええっと～。みんな～、いったいどうしたのかな～？　ふわわわわ！」

　直後、ノゾムに詰め寄っていたクラスメートの半数が、アンリに向かって突撃。彼女は全く事態を理解できないまま、もみくちゃにされていく。結果、一限目始業の鐘が鳴っても質問は途絶えず、アンリの担当科目は大幅に遅れることになるのだった。


　午前中の講義が終わり、昼食を済ませると、ノゾムはマルス、そしてジン達と一緒に、訓練場へと向かう。特総演習で一緒に組んだこともそうだが、今朝の教室での一件もあり、ジン達とはすっかり打ち解けていた。

　しかし、訓練場に到着したノゾム達は、一同そろって首を傾げることになった。

　実技授業が予定されていた訓練場に教官の姿はなく、代わりに大きな看板が立っていたのだ。

「ええっと、何これ。合同授業場所の変更通知？」

「場所は……武技園？　なんであそこ？」

　立て看板の通知を見て、ノゾム達は首を傾げる。

　武技園はソルミナティ学園最大の訓練施設。巨大な楕円《だえん》形のコロシアムであり、中央の闘技場には一つの学年全ての生徒が集まれるだけのスペースがある。

　さらにそれだけでなく、闘技場を囲むように階段状の観客席も設けられており、数千人の観客を収容することが可能になっていた。

　これは、武技園が学園外だけでなく、都市外から来た訪問者に学生達の武芸や魔法実演などを公開する場として建てられたからだ。そのため、この施設が使われるのは、学園が大々的な喧伝をする場合である。本来なら、他階級との実技授業で使う施設ではない。

「まあ、とりあえず、行ってみるしかねえだろ」

　マルスの言葉にノゾム達も頷き、一同そろって武技園へと移動する。到着すると、既に多くの生徒達が集まっていた。中央の闘技場に集合した生徒の数は、数百人。

「おいおい、見たところ、三学年全員が集まっているみたいだぞ」

「特総演習が終わったばっかりだってのに、もう学年全体でやるのか？」

「それに、観客席を見てみろよ」

　武技園にいるのは、三学年だけではなかった。観客席には後輩である一学年と二学年、先輩である四学年。付属学校であるエクロスの生徒達。他にも装い様々な、しかし高価な服装の者達が三十名ほど集っている。

「なんで下級生がいるんだ？　もしかして、俺達見せしめ？」

「いや、なら外部の人間を招いているのは少しおかしいだろ。それにアンリ先生の様子を見る限り、そんな感じはなさそうだ……」

　不安な声を漏らすデック達にそう言いながら、ノゾムは武技園の中央を挟んだちょうど反対側を指さす。そこには十階級の担任であるアンリが満面の笑みで、ブンブンと手を振っていた。彼女の傍《そば》にはは学園の最高責任者のジハード、そしてインダの姿もある。

アンリは生徒思いで、最下位階級であるノゾム達にも優しく、平等に接する人格者だ。そんな彼女の様子を見る限り、この訓練に対する嫌悪感や忌避感は見えない。

（しかし先生、その目立つ仕草はどうにかなりませんか？　すごく注目されてるんですけど……）

アンリは外見こそ深窓の令嬢を思わせるほど整った容姿だが、一方でその性格は妙に子供っぽい。

彼女の行動にノゾムが苦笑していると、彼女はピョンピョンと跳ね始めた。おそらく、自分と同じように手を振り返してほしいのだろう。

子供っぽさがさらに増し、丈の長い彼女のスカートが、ふわりと浮き上がる。ちょっとこれ以上はよろしくない。ノゾムは仕方なくアンリに付き合い手を振る。武技園中の奇異なものを見るような視線が、一斉にノゾムに向いた。

「あ、あははは……」

視線の集中砲火にノゾムが頬を引き攣《つ》らせる中、アンリは満足げに仕事に戻っていく。

そんな彼に、蒼髪《そうはつ》の少女が声をかけてきた。

「随分目立っていたわね、ノゾム君」

「あ、シーナさん。いや、アンリ先生がちょっと……」

ミムルとトム、そしてフェオと一緒に武技園に入ってきたシーナが、笑みを浮かべながらノゾムに話しかけてくるのだが、その表情はどこか強張《こわば》っているようにも見える。

「……気に入られているのね」

「そ、そう？　そんなこともないと思うけど……なんで睨むの？」

「別に……睨んでないわよ」

いや、嘘《うそ》でしょ。ノゾムがそんなことを思いながらも、向けられる非難の視線に何も言えずに冷や汗を流す。すると、シーナの隣にいたミムルがにんまりとした表情で口を開いた。

「気にしなくていいよ〜。ノゾムが気になって仕方ないだけだから〜〜」

「え？」

「ふん！」

直後、シーナのアイアンクローがミムルに炸裂《さくれつ》した。骨が軋《きし》む音と共に「みぎゃ〜〜！」とノミが潰れたような悲鳴が響く。

「やあノゾム、おはよう。おや、シーナ君もいたんだね」

「お、おはよう……」

目の前の惨劇にノゾムが顔を引き攣らせる中、武技園に到着したアイリスディーナ達も声をかけてくる。彼女達はシーナ達の漫才を見て苦笑しながら、観客席に集まった人達を一瞥《いちべつ》する。

「凄い人の数……」

「ああ、合同授業を学年全体で行うこともそうだが、この時期から学園外の人を招いて授業の様子を見せるのは珍しい」

ソルミナティ学園はその設立理由から、生徒達の様子や実力を外部にアピールする機会は当然ある。しかし、それは主に一年間のカリキュラムの中では後半。秋頃から行われることが多く、こんな春先から公開授業を行うことは、アイリスディーナが知る限りない。

逆に言えば、生徒達は自分の実力をアピールするチャンスが増えた、とも取れる。

そんな会話をしながらも、ノゾムの目は自然と一階級の生徒達が集まる場所へと向かい、紅髪の少女の姿を捉える。リサもまたノゾムに気づき、相変わらず、怒りの視線を向けてきた。その変わりのない姿に、ノゾムの中で予想が確信へと変わる。

（やっぱり、ケンはリサを……）

実際に操っているのは、あのメフィという水の小精霊だろう。胸の奥から、憤りがこみ上げる。

そんな彼の姿を、隣のアイリスディーナは複雑そうな目で見つめていた。

「全員、集合！　階級ごとに分かれて整列しなさい！」

インダの集合の合図が響く。どうやら、時間が来てしまったらしい。

ノゾムはアイリスディーナやシーナ達と別れて並ぶ。

正面にはジハードを始めとした学園の代表者が並び、その後ろの観客席にはエクロスの生徒や学園外から来た重鎮などが座っている。彼らが座る席は特別豪華な作りだ。

エクロスの生徒達は興味深そうにはしゃいでいるが、重鎮達はどこか値踏みするような目で生徒達を見下ろしている。背筋がかゆくなりそうな視線。ノゾムが居心地悪そうに身じろぎしている中、ジハードが一歩前に出る。

「さて、今回の合同授業は急遽《きゅうきょ》、三学年全員で同時に行うことになった。前回の特総演習が、途中で中止になったための特別措置だ」

上手《うま》くすれば、かなりの加点を見込める。さらに、学園外の重鎮たちの目にも止まる環境だ。

特総演習で思うように実力を振るえなかった生徒達の目に、強い光が灯《とも》る。

「最初の組み合わせは予《あらかじ》め通達してあるが、その後は各教官の元、自由に組むことを許可する。各々、その実力を存分に発揮し、そして今後の成長に繋《つな》げてもらえればと思う。以上だ」

ジハードの言葉と共に、合同授業が開始された。

内容は各階級間の模擬戦ということで、行う場所もやはり階級間で差があった。

上位の階級はメインスタンドの正面となっているが、下位の階級は端の方。

ノゾムはクラスメイトと武技園の端へと移動するが、駆け寄ってきたアンリに声をかけられた。

「あ、ノゾムく～ん。それからマルス君、ジン君達～！　みんなの模擬戦はこっちでやることになったから、ついてきて～」

先ほどと同じようにブンブンと手を振りながら駆け寄ってくるほんわか先生。

どういうことだろうと、ノゾム達が首を傾げる中、アンリは説明を続ける。

「ノゾム君達は特総演習で優秀な成績だったので、一、二階級と一緒に始めてもらいま～す！」

「……はい？」

「えええ!?」

アンリの言葉にノゾムは呆けた顔になり、ジン達は驚きの声を上げる。

これまでの合同授業の内容は一応全員目を通したことがある。このような形で特別措置を取るというのは聞いたことがない。

とはいえ、先の特総演習自体、前例がない事態になってしまっている。

そして、一生徒でしかないノゾム達はアンリに促されるまま、一階級と二階級が合同授業をしているメインスタンド正面に連れてこられた。話を知らない他の上位階級の生徒達が怪訝《けげん》な表情をしているが、それがノゾム達だと知って興味深そうな顔へと変わる。

やはり、彼らにとっても最底辺だったノゾム達が特総演習で上位に食い込んだのは、驚嘆することだったらしい。

「マルス君とジン君達は、このまま一階級と模擬戦ね～。ノゾム君はこっち～」

「え？　ちょ、アンリ先生!?」

そうこうしているうちに、ノゾムはさらにアンリに手を引かれ、マルス達から引き離された。

「じゃあ、ここで待っててね～」

ノゾムが連れてこられたのは、スタンドの正面にある待機席。模擬戦を終えた生徒達が休憩をする場だ。備えつけの席に座った彼の背後には、招待された数多くの観客達。どうしてこの場に十階級がいるのか気になるのか、興味本位の、無遠慮な視線がノゾムの背中に向けられる。

今までかなりの悪意に晒《さら》されてきたノゾムだが、さすがにこれほど多くの好奇の目に晒されたことはない。居心地悪そうに身じろぎしていると、観客の中にソミアとメーナの姿を見つけた。

ノゾムと目が合うと、ソミアはフリフリと笑顔で手を振り、メーナは小さく会釈してくる。

ソミアの傍には彼女の誕生会に参加していたエクロスの友人達もいて、ノゾムに手を振っていた彼女に何やら詰め寄っていた。

苦笑を浮かべるソミアにメーナが何かを呟いたのか、さらに盛り上がるエクロスの友人達。

ソミアはノゾムに助けを求めるような顔を向けてくるが、生憎と距離が離れすぎていてどうしようもなく、すまないと言うように苦笑を返す。

ソミアがショックを受ける中、ノゾムは目の前で繰り広げられる模擬戦に目を向ける。

「おお、さすがマルス。ジン達も奮戦しているな……」

上位階級の模擬戦にいきなり放り込まれたマルス達だが、周囲の予想を覆すように奮戦していた。

マルスは元々実技の成績だけなら、一階級にいてもおかしくない実力者だから不思議ではない。

目を見張るのはジン達の奮戦だ。

「こいつ……」

「まだ、まだ……あの時のアンリ先生よりは全然いける！」

倒れそうで倒れない、折れそうで折れない。とにかく粘り強く、一階級の生徒達の攻勢にくらいついている。特総演習で生徒よりもずっと上の実力者であるアンリと戦い、勝利した経験。それが、彼らにこれまで失われていた自信と強さを取り戻させていた。

「おいおい、見てみろよ、ちょっと凄いことになってるぜ」

「え？　いや、相手は十階級だろ、そんなわけ……嘘だろ？」

徐々にジンやマルス達に集まってくる周囲の視線。彼らの奮戦に、ノゾムも気がつけば応援する気持ちで拳を握りしめていた。

「すまんが、ここ、いいかね？」

突然、しわがれた声をかけられた。ジン達の奮戦に集中していた意識が隣に引き戻される。

身綺麗《みぎれい》な老人だった。褐色の肌、ほぼ白髪となった頭に、僅かに残った黒髪。高級品と分かる黒褐色のローブを纏《まと》い、そのローブにはグローアウルム機関の紋章が刺繍《ししゅう》されていた。

面長の容貌に反して、ギョロッとした瞳。落ちくぼんだ眼孔から覗《のぞ》く瞳に宿る光は強く、外見の年齢以上に精力的な印象を抱かせる。

手には簡素な茶色の杖《つえ》。光沢から見て、おそらくは石の杖だろう。年月を経ているのか、節くれだっていた。

「いいですけど……ええっと、どなたです？」

明らかにこの街での重要人物。力強く、好奇の色を含みながらも、虫のように無機質な目に射すくめられ、ノゾムは思わず息を飲む。

「ああ、すまなかったな。私はファードレイ・インシードゥスという者だ」

その名前に、ノゾムは思わず目を見開く。知っている。知らないはずはない。

アルカザムの中で最も重要な人物。各地の土着魔法を編纂《へんさん》し、アルカザム式の詠唱式と陣式を生み出した偉人である。この都市の急激な発展は、この人抜きには語れない。

普段はグローアウルム機関の研究室に籠《こも》り、人前に姿を現すことはない要人。そんな人が貴賓席から離れ、ここに来て何をしているのだろうか？

当然ながら、周囲の視線はこの老人に集まり始める。

「ふむ、随分と注目されておるのう……」

「い、いえ、貴方《あなた》がここに来たからだと思いますが……というか、護衛の人も慌てていますけど？」

よく見れば、貴賓席にいる護衛の兵士達がこちらを指さし、慌てた様子で駆け出している。もうしばらくすれば、待機席に押しかけてくるだろう。

「ふむ、そのようだな」

一方のファードレイは、特に何の感情も湧いた様子もなく、貴賓席の方をチラ見しただけで、すぐにそのギョロつく視線をノゾムに戻す。

「まあ、来たとしても無視すればよい。それより、注目の試合が始まるぞ」

「え……？」

行われていた模擬戦はいつの間にか終わっていた。

武技園に三つ設けられた舞台からは全ての生徒が降り、代わりに中央の舞台に白銀の鎧《よろい》を纏った一人の偉丈夫、ジハードが上がる。

「いったい何を？」

「二十年前の大侵攻、その時の英雄であるジハードとの模擬戦じゃよ。誰が選ばれ、どのくらい奮戦するのか、この場で一番の注目のカードじゃ。おまけに、愛剣である顎落としも持ってくるとは」

舞台に上がったジハードは右手に大剣、左手に全身を隠せるほどのタワーシールドを持っている。

だが何より異彩を放っているのは、彼が背負った巨大な漆黒の剣だった。

マルスの大剣よりもさらに大きく、肉厚な片刃の巨剣。重量を考えれば、普通の人間では持ち上げることすら不可能であろう。

巨剣・顎落とし。

ジハード・ラウンデルの愛剣であり、二十年前の大侵攻から共に幾多の困難をなぎ倒してきた、彼を象徴する剣である。

「ほほ、まさかこの程度の模擬戦に、あのタングラール製の巨剣を持ち出すとはな。十年以上この地にいる私も、一度も見たことはない。あれは人間相手に振るうようなものではないからな」

ファードレイ曰《いわ》く、ジハードは学園での授業においても、あの顎落としを使うことはないらしい。

元々強大な魔獣を想定した得物であり、そもそも手加減など不可能な代物だからだそうだ。

「しかし、この場でそれを持ってきた。相当期待している者がいると見える」

ジハード・ラウンデルはこのソルミナティ学園の責任者であるが、彼が勇名を馳《は》せるようになったのは、二十年前の大侵攻、その後のフルークトゥス作戦における活躍によるものだ。

大侵攻の時、彼は大陸東側の小国に属する騎士であった。

魔獣の蹂躙《じゅうりん》により、国は崩壊。それでも彼は敗走しながらも、なんとか残された民を守り続けた。

その後、各国が協力して行われた大反抗作戦「フルークトゥス作戦」において、デルタ地帯から中央山脈南西部までを開放。その後、彼は各国の精鋭を集めて作られた騎士団『銀虹騎士団』の第三部隊を指揮する指揮官となり、人類圏に残った魔獣の討伐を指揮し続けた。

彼を語る上で最も有名なエピソードが、六凶『剛波の智竜』との激戦である。当時指揮していた銀虹騎士団第三部隊が壊滅する中、彼は件《くだん》の魔獣と戦い、その下顎を切り落とす。

結果、魔獣はその戦闘能力の大半を失い、敗走。以降、人前に姿を現すことはなくなったらしい。

この逸話から、彼の愛剣は『顎落とし』と呼ばれるようになったのだ。

そんな彼が本気で臨もうとする相手とは、どんな生徒なのだろうか。順当に考えれば、アイリスディーナを始めとしたAランクの誰かだろう。

武技園内に満ちる期待が高まる中、ジハードの視線が待機席で座っていたノゾムに向けられた。

「……ん？」

「ほう……」

どうしてジハードと目が合うのだろう。ノゾムは一瞬呆けたような表情を浮かべ、続いて彼の意図を察して目をぱちくりさせる。

いや、多分違うだろう。そんなわけない。そんな心の中の呟きを否定するように、彼にこの場で待つように指示していたアンリが戻ってくる。

「はい、ノゾム君、出番ですよ～」

「出番って……」

「もちろん、模擬戦の出番ですよ～。ほらほら、早く～～！」

いつもよりニコニコとした表情のアンリは、ノゾムの手を取り、そのまま中央のアリーナへと引っ張っていく。アイリスディーナ達一階級の生徒は呼ばれてもいない。

「あ、あの、アンリ先生。これはどういう……」

「それじゃ、頑張ってね～～！」

そして彼女はノゾムをアリーナへと引っ張り上げると、満面の笑みと共にさっさと去ってしまった。

「お、おおお……」

強烈な視線の雨。今までにない注目に晒され、ノゾムの胃がキリキリと痛み始めた。

「あ、あのジハード先生、どうして俺がここに？」

「アンリ先生の提案だ。もっとも、私も内心楽しみにしていた」

どうやらこの場で戦うことになったのは、アンリ先生が原因らしい。

ノゾムがチラリと横目で後ろを見れば、元凶である担任が可愛《かわい》らしく拳を振り上げて応援している。

アンリの傍にはアイリスディーナ達もいた。彼女達もまた、この状況に驚いている様子。

「かの東方の大剣豪、シノ・ミカグラ。彼女の全てを受け継いだ最後の直弟子。その話を聞いた時から一剣士として、君とは手合わせしてみたいと思っていた」

一方、ジハードは意味深な笑みを浮かべながら背負っていた『顎落とし』を地面に突き刺し、体をほぐすように肩を揺らし始める。

「師匠のこと、誰から聞いたんですか？」

「メーナ・マナートからだ。彼女は私の戦友でね。驚いたかね？」

「ええ、少し……」

ノゾムはちらりとメーナがいる貴賓席へと視線を向ける。凄腕のメイドは相も変わらず、しれっとした表情でソミアの傍に控えていた。

ノゾムの驚きをよそに、ジハードは己の体に気を纏い始める。

大気が揺らぐほどの濃密な気。背筋に走る悪寒に、ノゾムの目を細めた。

心拍は速まり、体は自然と戦闘状態へと移行。動揺しつつも気圧される様子のないノゾムの姿に、壮年の英雄は笑みを浮かべると、アリーナの脇にいるインダに目配せをする。

インダがジハードの視線に頷き、右手をかざす。すると、石床の一部が彼女の腰ほどの高さまでせりあがってきた。彼女が指に魔力を帯びさせ、台座の上に走らせると、アリーナを覆うように四重の光の壁が出現する。観客席や待機席を守るためにこの武技園に設置された特別な機構であり、上級魔法すらも防ぎきる魔法障壁を四つも展開する儀式魔法だ。

さらに、アリーナの硬い石床が崩れ始めた。崩れた石床は湿り気のある土となり、その土の中から次々に石の尖塔《せんとう》が屹立《きつりつ》。その姿と色合いが、地面に根を張る木々の姿へと変わっていく。

「これは……」

周囲の様相は一変。そこは彼がよく知る、スパシムの森の中と同じ光景だった。

この武技園のもう一つの機能。それは、多種多様な環境を儀式魔法により再現すること。

当然、森の中だけでなく、水辺や砂漠、高山の断崖絶壁などの環境も再現可能である。

ノゾムはそっと、足元の土に走る木の根に触れた。

指の腹に走る、硬く冷たい石の感触。石床が変化したとは思えないほど、精巧な疑似木だった。

「見慣れた光景だろう？　君は思うがまま、力を振るえばいい。もちろん、あの力も……」

あの力。ジハードの意味深な口調の一言に、ノゾムはゴクリと息を飲む。

（ジハード先生は、俺が能力抑圧を解除できることを知っていても、ティアマットのことは知らないはずだ……）

「これは大きなチャンスだ。君自身が、『最下位』という周囲の印象を覆す、絶好の機会」

それは強烈な誘惑の言葉だった。能力抑圧の解放、滅龍王の源素。先の六凶『輝冠の大百足』との戦いで使った力を使えば、それだけで彼自身に蔓延《まんえん》した噂を大きく変えることができるだろう。

だが、それは同時に、ノゾムが龍殺しであることが知られる可能性が、劇的に上がるということ。

「では、行くぞ」

動揺が治まらないうちに、ジハードがノゾムに肉薄。本来両手剣として使われるはずの大剣を、片手一本で楽々と振りかぶり、風を裂くような強烈な一撃を打ち下ろすのだった。

CHAPTER 4

第四章

繋がれたままの強さで

Ryuusa no Ori
Kokoro no
Naka no Kokoro

「ジハード先生も酔狂だな。特総演習ではまぐれで何とか生き残ったけど、いくらなんでもあの英雄の相手にはならないさ……」

光の障壁に守られた待機席の一画。一階級の面々が集まった場所で、ケンは相対するジハードとノゾムを眺めながら、そう鼻白む。

彼の隣では、リサが虚《うつ》ろな表情を浮かべながらアリーナに立つノゾムを見つめていた。

「そもそも、あの最低野郎が、ジハード先生の相手に選ばれること自体がおかしい。まるであの最底辺が、この学年の代表として相応《ふさわ》しいみたいじゃないか」

「ええ、本当にそうね……」

「今朝だって、いきなり女子寮で待ち伏せしているんだから、まるでストーカーだ。なんで退学処分にならないんだろうな」

光のない視線と共に放たれるリサの冷たい言葉。メフィと同化させた彼女の言動に、周囲の他の生徒達もヒソヒソと騒ぎ始める。その内容は、おおむねケンの言葉に同意するもの。

確かにノゾムの評判は、特総演習前にリサに詰め寄ったことで一時揺らいだが、直《す》ぐに再び地に落ちている。これは、メフィがリサのスパシムの森での記憶を操作した結果だ。

ケンの胸に、黒い歓喜がこみ上げる。

だが、完全にノゾムの評判を落とせたのかと言えば……そういうわけではなかった。

「……煩《うるさ》いな」

ざわついた空気が、凛《りん》とした声に切り裂かれる。

周囲の注目が声の主であるアイリスディーナに集中した。

「で、でもアイリスディーナさん。リサさんって、アイツの幼馴染《おさななじみ》で……」

「ここで、どれだけの人が、実際に彼と言葉を交わした？　どれだけの人が、本当の彼を知っている？　そこの元彼女だって、年単位で彼を知らない」

一人のクラスメートがおずおずと声を上げるが、アイリスディーナは視線も合わせずに彼女の言葉を一蹴する。その瞳は同じくアリーナの上のノゾムに向いているが、メフィに操られているリサにはない強い、力と光に満ちていた。

全幅の信頼と絶大な信用。浮ついた話など歯牙にもかけない。そんな彼女の姿に、先ほどまで噂《うわさ》話に興じていた全ての生徒達は黙り込んでしまう。

否応なしに高まる緊張感。必然として、場の空気はどっちにもつかない曖昧なものへと変わる。

そんな周囲の反応に、ケンは内心臍《ほぞ》を噛《か》む。

ここ最近。特に先の特総演習以降、アイリスディーナ達はノゾムの悪口や流れた噂を耳にする度に、それを否定し続けていた。

結果、最近になって徐々にケンが流した噂に疑問を持つ生徒達が再び増えてきている。

（だが、今回はちょうどいい機会だ。ここで再起不能になってもらうぞ。メフィ……）

(いいよ〜、でもこの娘の精神抑制もあるから、あんまり大したことはできないよ？)

(ああ、事故に見せかけられれば、それでいい)

(任せ……ッ!?)

メフィの言葉と共に、蒼髪《そうはつ》のエルフの少女と瑠璃色の小鳥の姿が、ケンの頭に浮かぶ。輝冠《ひびかんむり》の大百足《むかで》と戦った時、ノゾムと一緒にいた仲間だ。どうやら、監視をしているらしい。これでは、メフィの力を使うことはできない。ケンは舌打ちしながらも、ここでの裏工作を諦める。

そして腕を組んでアリーナの中央に立つ二人に目を向けた。

英雄と一介の生徒の立ち合い。他の生徒も含め、この武技園に来たほぼ全ての者達が、頼りないノゾムの様子に失笑を漏らしている。

だが、ケンは気づいていた。ジハードと向き合うノゾムは戸惑いながらも、緊張はしていない。

脳裏に、忌々《いまいま》しい幼馴染が、輝冠の大百足を退けたときの光景が蘇《よみがえ》る。

ジリジリ……とこみ上げてくる焦燥を押し殺すように、ケンは奥歯を噛み締めた。

†

ジハードが踏み込み、刹那の間に開いていた距離を完全に殺してくる。

膨大な気量に反映された、超高速の瞬脚。動作の入りを感じさせない、完璧な踏み込み。

唐竹に振り下ろされる大剣が、片手で操っているとは思えない常軌を逸した速度で、脳天めがけて落ちてくる。

ノゾムは身を捻《ひね》り、剣の軌道から己の体を外す。振り下ろされた大剣が頬をかすめるように通過。

次の瞬間、ジハードの腕の筋肉が隆起し、大剣の刃筋が水平に切り返された。

「っ!?」

咄嗟《とっさ》に後ろに下がりながら上体を反らす。

胸元をかすめた刃《やいば》が服のボタンを弾《はじ》き飛ばし、上着に一筋の裂け目を刻んだ。

ノゾムの頬に冷や汗が流れる中、ジハードはさらに振り抜いた大剣を引き戻し、突きを放つ。

突風を伴って突き出される切っ先が、一瞬でノゾムの眼前に迫る。

しかし、ノゾムもさしたるもの。上体をかがめながら膝の力を抜く。頭上スレスレを通過していくジハードの大剣。ノゾムはその大剣の腹に、刀を納めたままの鞘《さや》を叩《たた》きつけた。そして伸びきったジハードの右腕を押さえながら、相手の足元に滑り込む。

「む……!?」

「せい！」

ノゾムは掲げたままの刀を鞘引きし抜刀。ジハードの横を駆け抜けながら、がら空きになった脇腹に鋭い一太刀を見舞う。

ジャリン！　という甲高い金属音と共に、ノゾムの腕に返ってくる硬い感触。

彼の斬撃は、ジハードが器用に滑り込ませたタワーシールドで防がれていた。

タワーシールドとは湾曲した巨大な盾。圧倒的な防御力を誇るが、その重量と取り回しの悪さから、本来このような一対一の対人戦に使われるものではない。

そんな盾にもかかわらず、ジハードの防御は驚くほど素早かった。

「ぬうううん！」

ジハードは盾を構えたまま突進。その外見に相応しい剛力でノゾムを突き飛ばしながら、大剣を振りかぶる。再び振り抜かれる大剣。ノゾムは不安定な体勢になりながらも、刀を掲げてジハードの斬撃を逸《そ》らそうと試みる。

「がっ！」

刀と大剣が触れた瞬間、強烈な衝撃がノゾムの全身に襲いかかる。これまで味わったことのない圧力。なんとか刃が直撃することは防ぐものの、ジハードの攻勢が一太刀で終わるはずもない。

「ぐが……！」

迫りくる巨大な影。たたらを踏むノゾムに、タワーシールドによる打撃が直撃。

殴り飛ばされ、地面に叩きつけられる衝撃で視界が歪《ゆが》む中、ノゾムは必死に体を動かして受け身を取り、跳び退《の》く。直後、ノゾムが倒れていた地面に、ジハードの大剣が突き刺さった。

「よく避《よ》けたな」

「はあ、はあ……吹っ飛ばされることには慣れているので……」

刺すような剣気と緊張感。僅かな攻防の中で見せつけられる、圧倒的な実力差。

ノゾムの口元に、自然と笑みが浮かぶ。そんな彼の姿に、ジハードはふっと頬を緩めた。

「楽しそうだな」

「え？」

「なるほど、無意識か。それにしても、いい眼をしている。戦いの流れを読み取るカンも素晴らしい。良い剣士だ。さすが、かの大剣豪最後の弟子、といったところか」

「ど、どうも……」

「だが、まだ足りない。もう少し、見せてもらう。いくぞ」

その言葉を合図に、信じられないほど膨大な気がジハードの足元に集約された。

響き渡る炸裂《さくれつ》音。再び『瞬脚』を発動させたジハードが、再びノゾムめがけて突進してくる。

「ぜい！」

片手とは思えないほどの速度で、袈裟懸《けさが》けに大剣が振り抜かれる。

ノゾムは滑るような体捌《さば》きでジハードの斬撃を躱《かわ》すも、斬撃の雨は途切れることなく襲いくる。

右薙《な》ぎからの逆胴、斬り上げからの打ち下ろし、袈裟懸けから突きの連携。

それは積み上げられた経験と、確かな技術の上に成り立つもの。恵まれた体躯《たいく》と弛《たゆ》まぬ鍛練が織りなす剣技との調和が、ノゾムを一気に追い詰めていく。

「くっ……」

ノゾムは意識を集中させる。目線や全身の筋肉の動きから相手の動作を予測し、剣閃《けんせん》から体の軸を逸らしてひたすら回避に専念。

しかし、剛力で振るわれる刃に意識が傾いた瞬間、ジハードは間髪入れずに盾を構えて突撃を敢行。

「ちい！」

ノゾムは咄嗟に刀を突っ込んでくる盾との間に入れるも、あまりの膂力《りょりょく》差に抵抗することもできずに一気に押し込まれた。

「しま……ぐうっ⁉」

ノゾムの背後に、儀式魔法で生み出された疑似木が迫り、そのまま叩きつけられる。

タワーシールドと岩の木に挟まれ、ノゾムの口から苦悶《くもん》の呻《うめ》きが漏れた。

全身を襲う圧迫感。ジハードは右手の大剣を放り上げると、動けないノゾムの襟首を掴《つか》んで宙に投げる。そして落ちてきた得物を引っ掴むと、そのまま全力で薙ぎ払った。

ノゾムは回る視界の中、直撃だけは防ごうと刀を掲げる。直後、全力疾走してきた馬車に激突されたような衝撃に襲われた。彼の体は木っ端のように地面に水平に吹っ飛ばされ、何度も地面に叩きつけられながら転がり、フィールドの中央付近でようやく止まる。

「ごふ……はあ、はあ」

荒い息を吐きながら、ノゾムは両腕に力を入れてなんとか上体を起こす。

飛ばされる時に頭を打ったのだろうか、地面についている両手が、霞《かす》んで見えていた。

しっかりしろと自分に言い聞かせるように、頭を振って顔を上げる。

ぼやける視界には、武技園の観客席を背にしたジハードが、ゆっくりとした足取りでこちらに近づいてくる姿が映っていた。その姿が、いつも鍛練をつけてくれていた師の姿と被《かぶ》る。

「おいこらノゾム、なんで本気出さない！」

改めてジハードの強さを実感している中、親友の声がアリーナ中に響き渡った。

突然響いた声に驚いたノゾムが待機席に目を向けると、マルスが身を乗り出して叫んでいる。

「お前、さっさと技使えよ！　さっきから上の奴らがキャンキャン煩いんだ。黙らせるためにもさっさと本気出せ！」

上の奴らというのは貴賓席にいる人達のことだろうか？　この都市の有力者に対して無礼千万な言葉遣い。実際に貴賓席にいた何人かが声を荒らげ、マルスと口論を始めている。

「ノゾム、心配するな。相手はジハード殿だ、気を使う必要はないぞ！」

「本気の貴方《あなた》ならいけるわ。頑張って！」

続いて声を上げるのはアイリスディーナとシーナ。高嶺《たかね》の花として貴族からも注目される、秀麗なフランシルト家次期当主。そして精霊に愛された神秘的な種族であり、アルカザム唯一のエルフであるシーナ。二人の有名人が上げる声援に、貴賓席にいる者達もざわつき始める。

ノゾムは今一度、ジハードに目を向ける。

彼は二十年前の大侵攻時、その手に持つ巨剣で押し寄せる魔獣達を切り裂き、兵士達の精神的支柱となった剣士の一人。そして、ノゾムの師匠、シノと同格の実力者。

（考えてみたら、この学園で、師匠の技をまともに使ったことってほとんどなかったな……）

ミカグラ流の技は殺傷力の高いものが多いし、元々ノゾム自身が逃げていたこともあり、学んだ技をまともに披露したのは、この前の特総演習の時くらいだった。

「いいんだよな、使っても……っていうか、使わないと俺の命がヤバい？」

目視すら難しい気術・幻無を同じ技で相殺してきた化け物師匠。その後、呆けている間に殺意に溢れた一太刀を食らったことを、今でもノゾムは覚えている。そんな師匠と同等の怪物を前にし、ノゾムの思考が変な方向に流れ始めた。

もちろんそれはノゾムの考えすぎなのだが、心身に刻まれたトラウマ故に彼は気づかない。

ついでに、自分も師匠に同じことをやり返したことも、しっかり頭から抜けていたりする。

「ノゾムさ～～ん！　がんばって～～！」

「ソミアちゃん……」

脂汗をかき始めたノゾムの意識を元に戻したのは、観客席にいるソミアの声援だった。

彼女の隣に控える侍女も静かな、しかしハッキリと武技園に響く声をかけてくる。

「ノゾム様、遠慮は不要です。どうせ殺そうと思っても殺せません、気にするだけ野暮です」

メーナの言葉に、ジハードが珍しくムスッとした表情を浮かべた。

「友よ、随分と酷《ひど》い物言いではないか？」

「腹に穴が開いたまま、三日間魔獣と戦っていたのは誰ですか？　ということでノゾム様、本気でお願いします」

メーナのあんまりな言葉に、ジハードは他から見ても分かるほど大きな溜息《ためいき》を吐《つ》いていた。

「いいなノゾム、手加減なんかする必要ないからな！」

「ジハード先生の剣戟《けんげき》に怯むな！　怯めば一気に押し潰されるぞ！」

「貴方の技量はジハード先生に決して劣らないわ！　自信を持って！」

「ノゾム君！　思いっきりやっちゃって！」

そんな中、マルスやアイリスディーナだけでなく、ケヴィンやカランティ、十階級のジン達もノゾムに向けて声援を送っていた。

独りきりだった時には感じることのなかった熱い何かが、胸の奥からこみ上げてくる。

「ふう……」

目を閉じ、全身の力を抜く。まだ模擬戦は続いている。武装したジハードを前にして無謀ともいえる行動。しかし、今のノゾムは別に寝転がろうが、構わないと思えていた。

軽い気持ちで刀を一振り。ヒュッ！　と小気味いい音が耳に響く。

決して速くはない剣筋。だが、今ならそれだけで鋼鉄すら両断できそうな気がする。

体の痺《しび》れもなくなった。全身に力が漲《みなぎ》り、駆け出したらどこまででも行けそうだった。

「いいのか？」

「ええ、大丈夫です。今度は、こちらから行きます……ふっ！」

先ほどまで圧倒されていたにもかかわらず、ノゾムは怯むことなく前進を選択。瞬間的に気を高め、両足に叩き込んで爆発。気術・瞬脚で一直線にジハードめがけて駆け出していく。

振り抜かれる大剣が袈裟懸けに繰り出されたそれは、ノゾム自身の速度もあり、瞬く間に彼の眼前に迫る。

「しっ！」

だが、その肉厚の刃がノゾムを捉えることはなかった。

彼の体がぶれ、滑らかな曲線軌道を描きながら、ジハードの剣閃から逸れていく。

瞬脚・曲舞。体幹の捻りや絶妙なバランス感覚で、本来直線にしか動けない瞬脚に、変幻自在な曲線移動を可能とする技。ジハードの懐に飛び込んだノゾムが、横薙ぎに刀を振るう。

ノゾムが振り抜いた刀はジハードの盾にしっかりと阻まれ、ギャリリ！　と耳障りな音が響く。

「ふう……っ！」

金属の火花が散る中、ノゾムはジハードの脇を駆け抜ける。防がれるのを確信していた動きだ。

背後に回り込んだノゾムは、振り向きざまにジハードの背中めがけて、逆袈裟に刀を横に振り抜く。

しかし、ジハードもさしたるもの。即座に振り向き、大剣を薙ぎ払ってきた。

空気が弾けたような衝撃と共に、弾ける激突音。

一瞬拮抗する刀と大剣。しかし、膂力差から大剣の刃は即座にノゾムの『無銘《むめい》』を押し込み始める。

「ふっ……！」

だが突然、ジハードの腕にかかっていた負荷が、ノゾムの姿と共にふっと消えた。

「っ!?」

激突の瞬間、ノゾムは全身を緩ませ、体を落としていた。大剣を支点に刃を下に滑らせながら、ジハードの脇をすり抜け、一閃を繰り出す。シャリン！　と涼やかな音と共に、交差する両者。

振り返った英雄が纏う白銀の鎧。その脇腹に一筋の跡が刻まれていた。

ミカグラ流・巻爪。打ち合った瞬間に体を落とし、相手の脇をすり抜けながら斬撃を放つ技。『発振』と同じく、気を使わない純粋な剣技の一つである。

「ジハード先生に……一太刀入れた？」

「嘘、だろ……」

驚きと当惑が、武技園の中に満ちる。当然だ、最底辺と呼ばれた生徒が、大陸中の誰もが英雄と認める剣士から、剣で一本を取ったのだから。

「……取られたのは、本当に久しぶりだ」

ジハードは口元に自嘲にも似た笑みを浮かべつつも、戦意をさらに高ぶらせながら踏み込む。

その速度は、先ほどよりもさらに速い。

「まだまだあるのだろう？　君の剣、もっと私に見せてくれ」

繰り出される横薙ぎの一閃。ノゾムもまた即座に刀を繰り出し、大剣を迎撃しようとする。

元々絶望的な膂力差のある両者。普通に考えれば、ノゾムにジハードの轟撃《ごうげき》を受けることは不可能。

ただ吹き飛ばされる未来しか想像できないだろう。

だが、先の一幕を見てしまった観客たちはこう思ってしまう。もしかしたら……と。

「しっ……！」

そして、現実は彼らの期待通りになった。

切り返される大剣、迎撃する刀。激突が二度、三度と繰り返され、その全てでジハードの剣戟は逸らされた。そして四度目の激突の瞬間、受け流したノゾムの刀の軌道が変化し、ジハードの顔面めがけて落ちてくる。

「っ⁉」

反射的にタワーシールドでノゾムの刃を弾き返す。歴戦の英雄の表情が、一瞬驚愕《きょうがく》に染まった。

（今の一太刀、私の剣を完全に受け流した上で、そのまま攻撃に転じていた……）

ミカグラ流・柳太刀。相手の一撃を逸らしつつ攻撃に転じる、攻防一体の刀術。

先ほどの『巻爪』と同じく、これもまた気を使わない、純粋な刀術である。

卓越した技に目を奪われるも、ジハードはすぐさま攻撃を再開。五度、六度と斬撃を繰り出すが、やはり完璧に受け流された。

ジハードの轟剣は、片手の一振りであろうと、簡単に相手の得物を両断できる威力を秘めている。

だが、ノゾムは臆することなく自分から踏み込み、その勢いすら斬撃に乗せて大剣を迎撃した。

襲いくる衝撃に時に抗《あらが》い、時にワザと流されながら、完璧に間合いを調整。鋭い瞳で大剣の軌道を見据え、迷いなく振り抜く刀で、的確に両者の斬撃が釣り合う均衡点を捉え続ける。

（素晴らしい剣技だ。打ち合う度に私の剣と彼の体が、互いに外れていく。この完璧な受け流しに、さらにあの『返しの太刀』が加わる。人に、このような動きができるのか……）

受けに回って受け流せないからこそ、攻撃的に受け流す。ここに『柳太刀』が加わることで、攻撃、防御、回避の三体が完全に調和する。

（ぐ……!?　さらに、精度を増してきたか！）

ここにきて『柳太刀』の頻度が徐々に増してくる。

五太刀に一刀だったのが、四太刀に一度になり、最後には二度に一度は反撃が繰り出される。

ジハードとて、もはや手は抜いていない。持ち前の経験を存分に活かし、騙《だま》しや透かしを入れてノゾムを惑わそうとする。

だが、その全てはノゾムに完全に防がれ、むしろ反撃の頻度はより増していく。

極限の集中力と、思考を微塵《みじん》も狂いなく、即座に反映させることができる肉体が成せる絶技。

また、ノゾムが持つ得物の影響も大きい。

『無銘』

ノゾムが師から受け継いだ業物。とある名匠によって作られたその刀は、無茶なノゾムの要求にしっかりと応えてくれる。優れた武器と、それを完全に活かしきる技量。その二つをもって、ノゾムはジハードと真正面から互角に打ち合うことを可能としていた。

互いに一歩も引かずに斬り結ぶ。気がつけば、四十を超える斬撃が両者の間で激突していた。

アリーナの中央で激突する両者に、誰もが言葉を失っていた。

「なんだよ……。これ……」

誰かが思わず漏らした声が、周りの空気に溶けていく。

だがそれは、この場にいた誰もが思っていたことだった。

「…………」

カミラも呆然《ぼうぜん》としたまま言葉を失い、ケンにいたっては、まるでありえないものを見るような目で、眼前で繰り広げられている戦いを見つめている。

ケンは、ノゾムが秘めた絶大な力を知っている。膨大な気と、強烈な殺意を伴った精霊と思われる者の力。しかし、今のノゾムはその力を一切使っていないにもかかわらず、あの英雄と互角に打ち合っていた。

（ふざけるな、ふざけるな！　こんなこと、あるはずがない！）

その事実が、さらにケンを打ちのめす。

特別な力を授かったからだと思っていた。だが、その思いとは裏腹に、こうして、ジハードと並ぶほどの剣技を見せつけられている。まるで、あの絶大な力を持つに相応しい者であると告げるように。

ケンは思わず、隣にたたずむリサを見る。

彼女は目を大きく見開き、食い入るようにアリーナの中央で刃を交えるノゾムを見つめていた。

伽藍洞《がらんどう》だった瞳に、明確な意志の光が戻り始めている。

「ノゾム……」

さらに、そんなリサの口から、ノゾムの名前が漏れ出した。

メフィが同化している状態ではありえないはずの反応。ケンは思わず顔を引き攣らせる。

(メフィ、これはどういうことだ!?)

(わ、わかんない！　突然、意識が覚醒して……この！)

ケンが慌てて思念を通じてメフィに呼びかける、しかし、パートナーの小精霊にとっても、この事態は予想外らしい。二人が動揺する中、リサの様子はさらに不安定なものになっていく。

「でも、ノゾムは、私との約束を捨てて……ううっ!?」

記憶が錯綜《さくそう》しているのか、リサは胸元に手を当て、頭痛に耐えるように顔を顰める。

胸の奥で虫が這《は》い回るような痛みと不快感。心臓が激しく拍動し、頭の中で過去の光景が繰り返しフラッシュバックする。

ノゾムと約束を交わした時。裏切られ、打ちひしがれた時。そして彼を異性として意識し始めた、最初の瞬間。

アイツは私を裏切った……でも、どうしてまだ学園にいるのだろう。

さっさと目の前からいなくなって欲しい……でもどうして、彼から目を逸らせないんだろう。

アイツへの思いは、怒りしかないはず……でもどうして、こんなに胸が苦しくなるんだろう。

「ノゾム頑張れ！　技量は拮抗しているぞ！」

「おいそこで……ああ、なんでもっと踏み込まないんだよ！」

「ま、マルス君、落ち着いて……」

遠くから、ノゾムを応援するアイリスディーナ達の声が響いてくる。

どうして彼女達は、あんな男を応援しているのだろう……でもどうして、自分は彼女達と同じように声を出せないんだろう。矛盾する想いがせめぎ合い、リサは混乱し続ける。

心の乱れは体にも表れ始めていた。目の焦点は定まらず、体はフラフラと力なく揺れる。

（くそ……！）

ケンはリサの肩を抱いて支えると同時に、同化しているメフィに己の魔力を注ぐ。

しかし、リサの動揺は治まらない。体を震わせながら、自分を支えているケンのことなど見向きもしない。それがどうしようもなく、ケンの自尊心を傷つけていく。

早く終われ、さっさと倒されてしまえ。

ドロドロとした殺意すら漂わせながら、ケンはノゾムを睨みつけ続けた。


想像を絶した膂力と卓越した技の応酬。周囲の視線を釘《くぎ》付けにしながら、刃を交え続ける二人。しかし、その天秤《てんびん》は徐々にジハードに傾き始めていた。

「確かに異常な技量だ。だが……時間の問題だな」

ジハードの言葉にノゾムの顔が歪む。

互角に打ち合いながらも、相手の守りを突破できていない。盾の防御があまりにも堅牢すぎるのだ。

そして、能力抑圧を持つノゾムの継戦能力は、著しくい低い。

この均衡も長くは続かず、どちらが先に綻びが生じさせるのかは明白だった。

「だが、十分見せてもらった。君の実力は疑いようがない。私とここまで打ち合える人間はこの学園でもほぼおらず、一太刀入れることができた生徒に限っては、絶無だったのだから」

低く、落ち着きのある声。だが、その声色にはノゾムに対する純粋な賛辞があった。

その賛辞に、ノゾムが感じたのは、湧き上がるような喜び。

今までこの学園に残っていたのは、褒めて欲しかったわけじゃない。誰かに感謝されたかったわけでもない。只、逃げ続けたかっただけだ。

シノの無茶苦茶な鍛練に耐えられたのも、その根幹にあるものは逃避。褒められるような理由じゃない。それでも、英雄と呼ばれ、尊敬を集めている人物からの素直な賞賛はノゾムの胸を打った。

「まだだ……」

心に満ちていく充足感。しかし、ノゾムは首を振る。まだ全てを出し切っていない。そう言うようにノゾムは全力で刀を振り抜き、迫りくる大剣を迎撃。そのまま一気に踏み込む。

「むっ⁉」

迫るノゾムを迎え撃とうと、切り返した一刀。ノゾムが掲げた刀と激突した瞬間、ジハードの腕にかかる圧力がふっと消えた。

「先ほどの技か……！」

ミカグラ流・巻爪。しかし、既にその技を一度見たジハードは、ノゾムが下に潜り込む前に自分から腰を落とし、下からかち上げるように体を押し込んだ。

ノゾムは脇の下をくぐる前に勢いを止められ、逆に一気に押し返されそうになる。

「ふっ……」

しかし、ノゾムもさるもの。全身にかかる強烈な圧力を前に無理に抗うことはせず、左足を前に出しながら、そのままくるりと体を半回転。ジハードのかち上げを流しながら、背後に回り込む。

そして背中合わせのまま、左手で剣帯の鞘を取り、その鞘尻をジハードの背に向ける。順手に持たれていた刀が、くるりと逆手に持ち直された。

「むっ⁉」

ノゾムの奇妙な行動に、ジハードの直感が警報を鳴らす。長年の経験に基づき、歴戦の英雄は振り向きつつ、タワーシールドをノゾムと己の間に滑り込ませた。

その盾の中心に、ノゾムの鞘の鞘尻が、納刀と同時に叩きつけられる。

直後、ジハードの腕に痺れるほどの衝撃が走った。

「ぬぐ⁉」

気術・破振打ち。鞘と込めた気による打撃で、相手の内臓組織を破壊する浸透勁《けい》。

挿し込まれた刀の衝撃と気の爆発が重なり、ジハードは思わず盾を取り落としそうになる。

本来なら防御ごと相手の内臓を破壊する技。しかし、ジハード相手では少し動きを鈍らせる程度。

だが、ノゾムには十分だった。打ち込んだ『破振打ち』の勢いを利用し、刀を鞘に納めたまま独楽《こま》のように体を回転させる。そして、鞘に納めた刃に再び気を注ぎ込み、極限まで研ぎ澄ます。

一方のジハードは、痺れる腕を叱咤《しった》して盾を構え直し、膨大な気を注ぎ込む。

濃密な気がタワーシールドを包み込み、まるで巨大な城壁が立ち上がったかのような圧力をノゾムにかけてくる。がっしりと両足を地面につけ、盾を構えるその姿は「来るなら来てみろ！」というジハードの意志を雄弁に語っていた。

「ふううう！」

鯉口《こいぐち》を切り、一閃。抜き放たれた静謐《せいひつ》な一刀が、ジハードの盾めがけて牙をむく。

気術・幻無。

ノゾムの最も信頼する気術。極圧縮された気刃はジハードの濃密な気をまるで紙のよう斬り裂き、タワーシールドに一筋の傷を刻む。

「なっ!?」

ジハードの口から、思わず動揺の声が漏れる。今のタワーシールドには、上級魔法すら防ぎきれるだけの気を込めていたはずなのだ。にもかかわらず、その盾に容易《たやす》く傷を入れられた。

「せええい！」

ジハードが驚嘆する中、ノゾムが刃を返す。逆袈裟に振るわれた刃が、再び盾に傷を刻んだ。

「くっ……！」

舞い散る火花と共にタワーシールドが悲鳴を上げる中、ジハードは右手に持った大剣を掲げた。このままでは盾を断ち切られる。ならば、盾が壊される前に、相手を戦闘不能にするしかない。

幸い、盾と剣を使う利点は、攻防を瞬時に入れ替えることができること。明確な攻撃の意志に乗った今のノゾムは、先ほどのような受け流しをすぐにはできないだろう。

次の一撃を凌《しの》ぎ切り、相手が刃を振り抜いた瞬間に大剣を叩き込む。ジハードもまた必殺の意志を決め、ノゾムの三太刀目に備える。

しかし、次の瞬間、盾の向こうで膨れ上がった剣気に、ジハードの意識は今度こそ白一色に染め上げられた。

「な、なんだと!?」

盾の陰から覗いたジハード目に飛び込んできたのは、刀の切っ先をこちらに向け、まるで弩弓《どきゅう》を構えるようにその身を引き絞っているノゾムの姿。鋭い眼光がタワーシールドに隠れるジハードを捉え、掲げる刃には今までとは比較にならないほどの超圧縮された気が付されている。

ジハードの背中にざわつくような悪寒が走る。それは生物が身の危険が迫った時に感じる防衛本能。この学園に来てからはなかった、しかし、二十年前には日常のように感じていた、死がすぐ後ろに迫ってくる感覚。

直後、引き絞られた刃が解き放たれた。閃光のごとき突きが、一直線にタワーシールドに迫る。

ジハードは咄嗟に盾をノゾムめがけて放り投げながら、突き入れられるノゾムの刀の軌道に割り込ませるように大剣を掲げた。『無銘』の切っ先が十字に刻まれた傷の中心を捉え、同時に極限まで研ぎ澄まされた刃が解放される。

気術・芯穿《しんうが》ち。

解放された気刃が一瞬で盾を貫き、同時に無数の刃となって炸裂。

宙に浮いた盾に大穴を穿ち、無数の金属片を舞い散らせながら、炸裂したノゾムの気刃がまっすぐにジハードに襲いかかった。

†

誰もが、眼前の名状しがたい光景に、言葉を失っていた。

アリーナの中央に立つ二人の足元には、砕かれた無数の金属片が散らばっている。

ノゾムの気術・芯穿ちによって破壊されたタワーシールドの破片。

気量の少ないノゾムのことだから、おそらく幻無のように少ない気で効率よくダメージを与えるような技だと思うのだが、それにしたって、これは酷い殺傷力だった。

「マジでやらかしやがった……。アイリスディーナ、あの技、見たことあるか？」

「いや、ないな。だが、あの構えは見覚えがある。シーナ君は？」

「私達がアビスグリーフと戦った時に見たわ。あの漆黒の魔獣の体を一瞬で撃ち抜いて、抉り飛ばしていた」

『精霊の俺から見ても、ドン引きの威力だったぞ』

思わず漏らしたマルスの言葉にアイリスディーナが答え、シーナの説明に彼女達は冷や汗を流す。

抑圧状態でもジハードのタワーシールドを穿つのだ。解放状態であの技を放たれれば、肉片すら残らなかったかもしれない。

「ティアマットに惑わされた時のノゾムが、今の技を放っていたら、私達は……」

「今さらの話だが、俺達マジで危なかったのな……」

マルスとティマが震えた声を漏らす中、他の仲間達も今さらながら当時のことを思い出し、冷や汗を流していた。

「……凄い」

そんな中、カミラもまた、アリーナのノゾムの姿に目を奪われていた。

脳裏に、今朝女子寮の前で待っていたノゾムの姿が思い起こされる。

する必要のないはずの謝罪を述べ、自らを貶《おとし》めた者を前にしても浮かべていた、穏やかな表情。

そんな彼の言葉に面食らったものの、直ぐにこちらを騙すための演技だと警戒していた。

恨んでいたはずだから、憎んでいたはずだから。

しかし、こうして刀を振るう彼の姿が、疑惑をあっと言う間に流していく。

消え去っていく冷たい澱《よど》みに変わり、湧き上がってくる確かな熱。

(彼なら、今のリサを……助けられるかもしれない)

その結果、自分がどうなるか。すぐに予想はついた。糾弾され、最悪の場合、祖国に送り返されるかもしれない。あれほど恐怖を覚えていた、忌まわしい故郷へ。

でも、不思議と体は震えない。逆に、刻一刻と、胸の奥の火種は大きくなっていく。

過去を乗り越え、前を見据えるその姿。絶望の闇に飲まれていた少女の胸に、小さな火が灯された。


ともすれば自分達が食らっていた『芯穿ち』の殺傷力に仲間達が戦々恐々としていることなど知らず、ノゾムはただ呆れたように溜息を漏らしていた。

「無傷ですか……」

気の残滓《ざんし》と砕けた金属片が舞う中から、ジハードが姿を現す。その手に掲げられた大剣には無数の傷と輝《ひび》が刻まれているものの、彼自身に特に目立つ傷は見受けられない。

『芯穿ち』はその特性上、打ち込んだ気刃が炸裂すると貫通力が減じてしまう。実際、ノゾムの芯穿ちはジハードが掲げた大剣の手前で炸裂しており、結果、彼の守りを貫きれなかった。

「盾を打ち抜かれ、剣まで砕かれるか。私も耄碌《もうろく》したのかもな」

とはいえ、大剣が受けたダメージは深刻。至近距離で炸裂した気刃が、肉厚な大剣の剣身を深々と抉っていた。

ジハードが、無残に刀身を抉られた大剣を放り捨てる。

限界を迎えていた大剣は地面に落ちた瞬間、パリンと乾いた音を立てて真っ二つに折れてしまった。

砕けてしまった大剣に申し訳なさそうな顔を向けたジハードは、ふと自分が身に着けている鎧に目を落とす。白銀のミスリルの鎧に、芯穿ちの余波による無数の傷が刻まれていた。

「それに、この鎧に二度も傷を入れられたのも、随分と久しぶりだ」

口元に苦笑を浮かべ、ジハードは己の鎧をひと撫《な》でする。カリカリと爪が引っかかる音が静かな武技園に流れていく。学生相手に得物を砕かれ、自慢の鎧に傷をつけられるなど、ジハード自身も予想しなかったことだろう。事実、アイリスディーナを始めとした同級生だけでなく、観客席にいる賓客や先輩達、教師陣すら、心ここにあらずの状態だった。

「まさか、ここまでやられるとはな……」

「いや、無傷なのに、何を言っているんですか。ちょっと理不尽すぎません？」

一方のノゾムとしては、自分の持つ技の中でも決め技といえる気術。それも異なる種類のものを三連続で叩き込んだのに、無傷で凌がれたのだ。さすがにちょっと凹《へこ》んでしまう。

先の立ち合いでジハードから一本取っていたことも、彼を気落ちさせることに繋がっている。

おまけにノゾムはここまでの戦闘で相当の気を消費しており、体に倦怠《けんたい》感を覚えつつあった。

せめて顔に一筋の傷くらいあってもいいじゃないか、と心の中で悪態をついてみるが、相手が師匠クラスの化け物だと思い出し、再び溜息を漏らす。

「これならば、やはり私も相応の得物を手にする必要があるな……」

ジハードの視線がチラリと地面に突き刺さる黒い巨剣『顎落とし』に向いた。

ノゾムの体に戦慄が走る。抱いた危機感に急《せ》かされるまま、全身を包む倦怠感を振り払い、ジハードに踏み込む。そして、腰だめにした刀を躊躇《ちゅうちょ》なく振り抜いた。

だが彼の刀がジハードの体を捉えるかと思われた瞬間、ノゾムの視界から相手の姿が掻き消えた。

斬撃が空を切る。

「っ、上か！」

ノゾムがバッと顔を上げると、そこには文字通り天に向かって跳躍しているジハードの姿があった。跳んだ彼の行き先は、やはり彼の愛剣。

全身鎧を着込んでいるはずの人間が見せたありえない跳躍に一瞬目を奪われながらも、ノゾムはすぐさま気を持ち直し、ジハードの着地点めがけて気刃を放つ。大気を切り裂きながら飛翔していく刃は、ジハードが地面に両足をつける瞬間、絶妙のタイミングで着弾した。

「……ダメ、か」

だが、ノゾムの気刃がジハードの体を捉えることはなかった。タイミングは完璧だったものの、ジハードは着地と同時に『顎落とし』の柄《つか》を掴み、気を流し込みながら巨剣の陰に滑り込んでいた。

歴戦の英雄と共に長きにわたる戦いを切り抜けてきた巨剣は、鋼鉄すらも容易く切り裂くノゾムの幻無を易々《やすやす》と弾き返し、傷一つない姿で屹立している。

「ふむ、対応も早いな」

感心した口調でジハードは無造作に顎落としを地面から引き抜き、調子を確かめるように軽く一振りする。それだけで体を押されるような風圧がノゾムに圧《お》しかかってきた。

「……うむ」

巨剣の切っ先にまで気が行き渡る。その瞬間、まるで見物人のように地面に突き立てられていた『顎落とし』は、この戦いの確かな参戦者となった。

スッとノゾムに向けられるジハードの視線。猛禽《もうきん》を思わせる鋭い眼差《まなざ》しとその手に携えた顎落としが、先ほどよりも遥《はる》かに強烈な威圧感を持ってノゾムに叩きつけられる。

今までとは比較にならない剣気。ノゾムの背筋に冷たい汗が流れる中、ジハードはおもむろにその手に持つ巨剣を持ち上げた。

使い手の身の丈よりも巨大な鉄塊が、小枝のように容易く振り上げられる。

その光景は、あまりに現実味がなく、ノゾムですら一瞬呆けてしまうようなものだった。

「……ぬん！」

ジハードは小さく息を吐くと、瞬脚を発動。まっすぐノゾムに向かってくるジハードの速度は、あれほどの巨剣を抱えているとは思えないほど速かった。『顎落とし』が、唐竹に振り下ろされる。

背筋に走る危機感に促されるまま、ノゾムは咄嗟に横に飛ぶ。

空を切った巨剣が地面に打ちつけられ、ズドン！　という衝撃が轟音と共にアリーナ中に伝搬した。

疑似木が揺れ、衝撃で巻き上げられた土煙がノゾムを飲み込み、視界を塞ぐ。

ジハードの姿を見失ったノゾムは静かに心を必死に落ち着けながら、意識を集中させた。

肌の産毛が感じる風の流れ、踏みしめる土の音、視界に映る土煙の微細な変化。あの森の中で培ってきた術を全て使い、ジハードの気配を探る。

「……」

重心を全く動かさず、その腕に徐々に重く感じるようになってきた己の刀を感じながらも、ノゾムはじっと相手が動くその瞬間を待つ。

静かに流れていく時間。耳の奥にキーンという耳鳴りが響く。

そして地面を踏みしめたノゾムの足が、舞い散った砂利を僅かに鳴らした瞬間、風が動いた。

ジャリ……という土を踏む僅かな音と共に、背後で強大な気が爆発。続いて、横合いから何かが唸《うな》りを上げて迫ってくる。

「くっ⁉」

咄嗟にノゾムは地面に体がつくほど低くしゃがみ込む。直後、巨大な鉄塊が彼の頭上を通過していった。引き千切られた大気がノゾムの髪を巻き上げ、激しくかき乱す。

ノゾムが視線だけを上に向ければ、巨大な鉄塊を振り抜いたジハードの姿。押しつぶすほどの重圧感を前にして、額に冷や汗が流れる。

巨大な質量を伴って振るわれる一撃。それはただの一太刀で、能力抑圧の影響下にあるノゾムには打ち合うことすら許されないことを実感させた。ならば……。

「はあああああ！」

ジハードの裂撃を前にしながらも、ノゾムはすぐさま、自分から一歩踏み込む。

身体能力で劣る以上、彼がジハードの刃圏から逃れることは無理。しかし、先の打ち合いのように受け流すことも、もはや不可能。であるなら、ただでさえ少ない気を消費することになろうとも、相手の勢いに飲まれないよう、反撃に出るしかない。

「ほう！」

前に踏み込んできたノゾムに、ジハードは「やはりな」と目を輝かせる。

大抵の相手は顎落としの威圧感の前に尻込みし、その威力を目の当たりにすれば、戦意喪失する。

だが、ノゾムは僅かな迷いもなく、反撃に打って出た。たとえそれしか方法がないと分かっていても、それを実際に実行できる人間がどれだけいるだろうか。

口元に笑みを浮かべながらも、ジハードは今しがた振り抜いた巨剣を引き戻し、盾のように掲げた。

長年、彼と共に苦難を乗り越えてきた黒い巨剣は、無傷でノゾムの刃を受け止める。

「くそっ！」

ノゾムは理不尽な頑丈さを誇る『顎落とし』に悪態をつきながらも、二度、三度と刃を振るう。

気を付されたノゾムの刃が光の軌跡を描きながら、巨剣を斬りつけるも、桁外れの重量と硬さを持ち、さらにジハードの膨大な量の気を送り込まれた顎落としは、その全てを弾き返す。

それでもノゾムはジハードの動きを抑えるために刀を振るう。振るい続けるしかなかった。

「ふむ、先の打ち合いでも分かってはいたが、集中力も桁違いだな。この気刃を、これほど長時間維持できるとは……むん！」

掲げた巨剣越しにノゾムの様子を覗きながら口元に笑みを浮かべつつ、ジハードは驚きの行動に出た。繰り出され続けるノゾムの斬撃。その中から一太刀を選び取り、気を込めた小手で弾き返してきたのだ。手の平に返ってきた強烈な衝撃に、ノゾムは思わず刀を取り落としそうになる。

（ぐ……これは、鋼体功!?）

気術・鋼体功。相手の攻撃を気による強化と衝撃で弾き返す気術。

さすがに刃筋を立てられるのはマズいのか、刀の側面を打ってきたが、そもそも普通に考えれば、鉄すら容易く両断する刃を素手で弾こうなどとは考えない。

しかしジハードは、彼が持つ膨大な気と、数多くの戦場を駆けた経験と目、そして的確な判断で、それを可能とした。驚きの行動にノゾムが目を見開く中、ジハードは手を伸ばし、相手の胸倉を掴み上げると、そのまま彼を空中に放り投げる。

「くっ!?」

空中で無防備になったノゾムめがけて、顎落としが振り下ろされる。

背筋が凍りつくような威圧感と共に巨大な刃が眼前に迫る中、ノゾムは必死に全身の筋肉を捻り、体を回転させる。そして刀を全力で振り下ろされた『顎落とし』の側面に叩き付けた。

そのまま反動で体を横に滑らせ、ノゾムはなんとか巨剣の斬線から逃れる。

直後、巨剣が地面を砕き、四方八方に散った衝撃波がノゾムを吹き飛ばす。

「ぐう！」

紙一重の回避を成功させた余韻もなく、ノゾムは受け身をとってすぐさま立ち上がる。

「はあ、はあ、はあ……」

荒い息が口から漏れる。緊張からではなく、純粋に気と肉体に限界が近づいていた。

「そろそろか。よく保《も》ったというべきだろうが、限界が近いようだな」

そんな隙を、歴戦の戦士が見逃すはずもない。

ジハードの身の丈以上の巨大さを誇る『顎落とし』が、ノゾムめがけて立て続けに襲いかかる。

既に手加減はない。巨大な巨剣の質量と慣性を利用し、自分自身の体すら剣の一部として扱い、たとえ地面に剣を叩きつけてしまったとしても、地面ごと抉り飛ばして強引に連撃へと持っていく。

持ち前の桁外れの筋力と気量、そして戦場で培ってきた膨大な経験で可能とした剣舞。

時に獣のように、時に流麗な舞踏のようにジハードが顎落としを振るう一方、ノゾムの動きは前半と比べて明らかに鈍っていた。減少し続ける気とそれに伴う倦怠感、自由に動かなくなってくる己の体。それに反して、ジハードの斬撃はさらに勢いを増していく。

「はあ、はあ……くっ!?」

巨剣が地面を抉り飛ばす度に、飛び散る石礫《いしつぶて》がノゾムの体に叩きつけられ、急激な気の消費に呼吸が荒れていく。刀に付された気刃も陽炎《かげろう》のようにユラユラと不安定に乱れ始めていた。

そして、ついに限界が訪れる。

突然膝の力が抜け、体がよろめき、動きが止まる。次の瞬間には、眼前に黒い巨塊が迫っていた。

「くう!?」

ノゾムは咄嗟に崩れかけていた体勢を自分から崩し、地面を転がって巨剣の下をくぐり抜ける。

頭上をジハードの顎落としが、唸りを上げて通り過ぎた。巨剣が巻き起こす突風を全身で感じながらも、ノゾムはなんとか立ち上がって刀を振り上げようとする。

しかし、ノゾムが顔を上げた瞬間、彼の腹部にジハードの拳が深々とめり込んでいた。

「があ!?」

ノゾムの目が見開かれ、声のない叫びが彼の口から漏れ出した。

腹部に打ち込まれた衝撃でノゾムの体が一瞬浮き上がる。さらに続けて、ジハードが打ち込んだ拳に気を叩き込んで解放。密着状態で炸裂した気が彼を吹き飛ばす。

宙を舞ったノゾムは何度も地面に叩きつけられながら、フィールド端の魔法障壁にぶつかってようやく止まった。

「が、あ、ぐう……」

うつ伏せのまま倒れ伏し、呻き声を上げながらも、ノゾムは体を起こそうと両腕に力を入れる。

だが、その意思に反し、腕は生まれたての小鹿のように弱々しく震えていた。

「はあ、はあ、はあ……」

なんとか上体だけを起こすものの、既に体は限界。息が荒れ、まともに気も練れなくなっていた。

そして、ダメ押しとなる事態が発生する。

フィールド内で今までにないほど気の奔流が噴出。驚愕の表情を顔に貼りつけたノゾムが見たものは、巨剣を振り上げてこちらを睨みつけているジハードの姿だった。

大地に打ち込まれた両足が地面を砕き、盛り上がった全身の筋肉がミスリル製の鎧の中でミシミシと音を立てている。

掲げた巨剣にはノゾム自身が芥子粒《けしつぶ》と思えるような膨大な気が注がれ、眩《まばゆ》い光を放っていた。

「っ!?」

本能が喧《やかま》しいほどの警鐘を鳴らし、心臓が破裂しそうなほどの速さで鼓動する。

掲げたジハードの巨剣に収束された気は、今にも爆発しそうなほど高まっている。

明らかに異常を思える光景を前にして、ノゾムは自らの両足にありったけの力を込めて、その場から跳び退こうとする。

「あっ……」

しかし、ノゾムの脚は彼の意思に反して動いてくれず、彼はその場に蹲《うずくま》るように倒れ込んでしまう。

そして、ジハードが顎落としを振り下ろした。重戦士としても特に大柄な彼の体をすっぽり覆ってしまうほどの巨大な気刃が、ノゾムめがけて放たれる。

気術・一刀
ジハードが唯一、自ら名をつけた技。単純に気を剣に込めて振り下ろすだけの一撃だが、ジハードの異常とも言える量の気を込めた一撃は、そんな単純な斬撃を至高の一太刀へと変える。

余計な小細工は不要といわんばかりに、進路上の存在全てを粉微塵に粉砕しながら、一直線に疾走する気刃。それはティマの全力魔法すら上回る威力を秘めていた。

「マズ……」

気刃が放たれた瞬間、ノゾムは完全に回避することが無理だと分かってしまった。

直進してくる『一刀』の周囲には気刃本体から漏れ出した余剰の気と、真空の刃が張りついている。

たとえ気刃を紙一重で避けることができても、渦巻く気と真空刃に切り裂かれてしまうだろう。

「くっ！」

それでもノゾムは抗おうと、既に目の前に迫っている『一刀』を前に、残り少ない気を絞り出して両足に集束。襲ってくる眩暈《めまい》と、全身を襲う倦怠感に堪えながら、地面に身を投げ出す。

次の瞬間、衝撃波が襲いかかり、彼の身体を宙に吹き飛ばしていた。

‡

極大の気刃はフィールドに張られていた四重の魔法障壁のうち三枚を破壊。直後に観客席は、まるで地震に見舞われたかのような衝撃が走った。

舞い上がっていた煙が晴れ、アリーナの様子が露《あら》わになる。その光景に、誰もが言葉を失っていた。

深々と刻まれた一筋の傷痕。生えていた疑似木は外側になぎ倒され、そのほとんどが砕けている。

そして、倒れた疑似木の上に、ノゾムの姿があった。倒れ伏した彼の体はピクリとも動かない。

「あっ……」

リサの口から、乾いた声が漏れた。瞳はこれでもかと見開かれ、顔は蒼白となっている。

『っ、なんで!?』

同化しているメフィが動揺する中、必死に封じていた彼女の感情が噴き出す。全身が氷湖に落ちたように冷えていく中、心臓だけが激しく早鐘を打つ。

「あ、ああ……」

地面に横たわるノゾム。その姿に、リサの脳裏に父の死が蘇る。

まるで蝋《ろう》人形のように真っ白く、冷たくなってしまった父。母は泣き崩れ、そして……。

「た、助けないと！」

「リサ!?」

リサはケンの手を振り払い、駆け出した。彼の懇願にも似た声も、頭の中で何か騒いでいる声も今は遠く、これまで彼に抱いていた怒りも、悲しみも、そして戸惑いも確執も忘れて。

早く助けないと死んでしまう！

彼女の心を占めるのはその想いだけだった。

しかし、リサが踏み出した足は、その瞬間に止められることになった。彼女の目の前を、二人の少女が一目散に走り抜けていったから。

「ノゾム！」

「ミムル、急いでノルン先生を！」

「あっ……」

アイリスディーナとシーナの悲鳴にも似た叫びが、リサの耳に突き刺さる。

寂しさと空虚を漂わせた声が漏れ、黒い感情が、溢れた衝動を一瞬で冷やしてしまう。

『あ～あ、やっぱりね。貴方の代わりはいるんだよ』

リサの心が委縮した隙を突き、メフィは精神への干渉を強める。そして、感情と一緒に思い出しそうになった記憶を、瞬く間に封じ終えた。

「私、いったいどうして……」

動揺の声を漏らすリサの視線が、再びノゾムに駆け寄ろうとするアイリスディーナ達を捉える。

その表情は先ほどまでの切羽詰まったものではなく、冷たい無表情へと変わっていた。

（馬鹿な人達、どうせ私と同じように裏切られるだけなのに……）

呆れと憐憫《れんびん》を抱きながら、くるりと踵《きびす》を返して、ケン達の元に戻ろうとする。

その時、ガラスのように虚ろな瞳から、ハラリと一筋の涙が溢れ出した。

（あ、れ？　なんで？）

思わず手を伸ばして、頬を伝う滴を拭う。手の平についた涙は、なぜかとても熱かった。

‡

倒れたノゾムに駆け寄ろうとするアイリスディーナ達は、アリーナを囲う最後の魔法障壁に行く手を阻まれていた。

「インダ先生、早く障壁を解除してください！」

「分かっています。少し待ちなさい」

切羽詰まったアイリスディーナの叫びに急かされながら、インダは魔法障壁の操作盤に指を走らせる。障壁の傍には保健医であるノルンが、担架を準備して待機していた。

心配のあまり、障壁の前でまだかまだかと落ち着きなく右往左往しながら、障壁の解除を待ち続けるアイリスディーナとシーナ。だが二人の目に、とんでもない光景が飛び込んでくる。

「痛っうう！」

「……な!?」

倒れていたノゾムが、フラフラとしながらも自分の足で立ち上がったのだ。

彼が身に着けていた制服は所々赤い斑点が滲《にじ》み、額はかなり深く切ったのか、ドクドクと血がとめどなく流れている。

「外したとはいえ、すぐには動けぬはずなのだが……」

誰もが言葉を失う中、ジハードの呟きが静寂に満ちたアリーナに響く。

極大の気刃はノゾムの脇を駆け抜け、彼の身体を吹き飛ばすだけに留《とど》まっていた。ジハードが意図的に外したのだ。

もっとも、これだけの威力ならば余波だけでも十分すぎるほどのダメージを与える。気刃に纏わりついた真空刃が体を裂き、暴風が確実にその意識を断つ。

だが、ノゾムは意識を失うどころか、自分の足で立ち上がった。

文字通り骨の髄まで染みついた危機察知能力が、思考の余地がない反射の領域で、的確に体を動かした。彼はあの僅かな間で、ジハードの一刀に纏わりついた真空刃の隙間を見抜き、自分の体を無理やりねじ込んでいたのだ。

「本当にしぶとい。それほど仕込んだ師を称《たた》えるべきか、それとも、その歳《とし》でここまでの領域に至った君に脱帽すべきか……」

もっとも、そうでなければ伝説の龍殺しになり、さらにあの六凶を退けることなどできないだろう。

これでまだ本当の意味で全力ではないのだから、ジハードから見たこの生徒は本当に規格外である。

「はあ、はあ……」

ジハードは呆れにも似た感嘆を抱いているが、一方のノゾムには称賛に応えている余裕はなかった。

全身が震え、視界も暗く、狭くなり始めた。耳もよく聞こえない。限界まで消耗した気と、負ったダメージにより、五感が機能しなくなってきていた。

「模擬戦はそこまでです。二人とも、剣を納めてください」

インダの声がアリーナに響く。周りでこの模擬戦に目を奪われていた者達全員が大きく息を吐く。

この場にいた誰もが、息をすることすら忘れるほどの激闘だった。

だがジハードは未《いま》だに愛剣を納めず、ノゾムから目を逸らそうとしない。

ノゾムもまた血に塗《まみ》れた鞘を握りしめ、右手に持っていた刀を納めて腰を落とす。

「ノゾム・バウンティス！　模擬戦は終わりです、退きなさい！」

叱りつけるようなインダの声がアリーナに響くが、ノゾムはその声に一切の反応を示さない。

突出した集中力を持つノゾムの全神経が、眼前に佇む強者に向けられているのだ。さらに急激な気の消費と負傷により、今の彼は極限状態となっている。戦いに無関係な情報は、無意識のうちに一切シャットアウトされていた。

もっとも、聞こえていたとしてもノゾムは退かなかっただろう。

彼が目を背けていたのは、リサやケンのことだけではない。この学園そのものからも目を背けてきた。実際、そのことをシノから指摘されたこともある。

だが、リサたちと向き合うと決めた以上、この学園とも再び向き合わなければならない。

ならば、最後まで胸を張って立ち上がらなければならない。

ノゾムの目に自分の体に巻きついた不可視の鎖が映る。その鎖を握りしめたところで、彼はフィールドの外に駆け寄っていたアイリスディーナ達に気づいた。

心配のあまり潤んだ彼女達の瞳。そんな目をさせてしまい、申し訳ないと思いつつも、やはり喜びの感情もまた湧き立つ。

ティアマットに惑わされたとはいえ、一度は殺意と共に刃を向けてしまった。それでもこうして、案じてくれる。それだけで、体の奥から力が湧き上がってくる。こんな力を、使わなくても。

そしてノゾムは、握りしめていた不可視の鎖を手放した。

培ってきた技と、支えてくれた人達から受け取った想い。それに答えることは、自分の内に秘めた暴力的な力を使うことではないのだから。

そしておもむろに、足元に落ちていた石を拾い上げる。

砕かれた疑似木の欠片《かけら》。まるで針のように尖《とが》った鋭い石片。それに気を注ぎ込み、圧縮していく。

いったい、何を考えているのか。ジハードを含めた、武技園の中の誰もが訝《いぶか》しむ中、ノゾムは振り向きながら、気を込めた石片を投擲《とうてき》した。

石片はジハードの一刀で不安定になっていた最後の結界を貫き、インダの前にせり上がっていた制御盤に突き刺さる。

「なっ……!?」

次の瞬間、制御盤がバチバチと火花を散らしながら、ボンボンと小爆発を繰り返し始めた。アリーナの結界と環境制御を司っていた魔力は行き場を失い、制御盤の内部に刻まれていた術式を破壊しながら暴れ回る。

「なんてことを……!?」

インダが声にならない悲鳴を上げ、ジハードもまた顔を引き攣らせる。

次の瞬間、ノゾムとジハードが立っていたアリーナの森が突如として崩れ去ったかと思うと、まるで荒天の海のように荒れ狂い始めた。

それはまるで、突然目の前に地震と嵐が同時に襲ってきたかのような光景。地面は隆起と陥没を繰り返し、アリーナの地下から漏れ出した魔力がまるで間欠泉のように噴き出し始める。崩れて砂と化した疑似木は噴き出した魔力と混ざり合い、局所的な砂嵐となってアリーナを飲み込んでいく。

誰もが突然の事態に動揺する中、ノゾムは地を蹴る。

「っ……！」

「ちょ、待ちなさい、ノゾム・バウンティス！」

戦意を滾《たぎ》らせ、インダの制止すら振り切りながら迫るノゾムを前にして、ジハードもまた巨剣を構え直して迎撃。迫るノゾムを側面から吹き飛ばすように『顎落とし』が振り抜かれる。

「っ!?」

だが、ジハードの巨剣はノゾムを捉えることはなかった。突然目に前にせり出した地面が、ジハードの巨剣をその身で押し止める。その間に、隆起した地面に乗ったノゾムはジハードの頭上から襲いかかってきた。振り下ろされる刃には、当然のように極限まで圧縮した気刃が付与されている。

「くっ!?」

頭上から迫り来る刃を、ジハードは反射的に掲げたミスリルの小手で弾き返す。刹那でもタイミングを見誤れば、腕を落とされかねないほど鋭い刃。それを不意の事態でも弾き返せる技量は、さすがといえる。さらにジハードは、隆起した地面にめり込んでいた巨剣を、着地したノゾムめがけて力ずくで振り抜く。隆起した地面を砕かれ、土くれと石礫が撒《ま》き散らされる。

しかし、ジハードの横薙ぎはノゾムを捉えることはなかった。

「むう……!?」

今度はジハードの足元の地面が陥没を始めた。凹み、落ち込む砂に足を取られ、振るった横薙ぎが一瞬鈍る。その間にノゾムは跳躍。顎落としの刃圏から逃れると、砂嵐の中に消えていく。

数秒後、背後から襲ってきた剣気に、ジハードは咄嗟に巨剣を掲げながら振り向く。その時には既に、彼の眼前にノゾムの刃が迫っていた。

響く金属音。ノゾムの『無銘』が火花を散らしながら、ジハードの頬を浅く裂く。

「ぐっ⁉」

苦悶の声が、ジハードの口から漏れる。彼は反撃とばかりに刃を返すが、再び隆起した地面に刃を止められてしまう。その間にノゾムは再度離脱。足を取られているジハードを横目に、三度、瞬脚・曲舞で反対側から襲いかかる。

立て続けに襲いくる刃。ジハードは愛剣だけでは防ぎきれず、ミスリルの鎧と気術・鋼体功を併用してどうにか防ぎ続ける。

（この男……！）

ジハードは戦慄する。隆起と陥没を繰り返し、荒れ狂うアリーナ。常人なら立つことすらままならないその中を、ノゾムは縦横無尽に駆け回っていた。

脳裏に、メーナから聞かされていたノゾムの話が蘇る。

（あの方は、自身のイメージと実際の肉体制御にズレが微塵もありません。己がどのような状態であろうと、その時にできる最高の動きを、寸分の狂いもなく体現できます）

実際に刃を交えた戦友の言葉に、ジハードは実感と共に納得する。

荒れ狂う地面も、視界を覆う砂嵐も関係ない。まるで水面を走るアメンボか、断崖絶壁を駆け回る山羊《やぎ》、もしくは豹《ひょう》を思わせる姿。不安定な二足歩行をしている生物の動きではない。

「ぐっ……」

ジハードは亀のように守りを固めることしかできていなかった。彼とて、重力から逃れる術《すべ》は持っていない。自身の意志とは関係なしに荒れる地面に足を取られ、立て続けに鎧に傷を刻まれていく。

（しかし、それも限界か……）

追い詰められている状況。それでもジハードの優れた目はノゾムの顔に浮かぶ濃い疲労の色を見抜いている。顔色は既に青く、明らかに気が枯渇しかけていた。

（いや、そもそも能力抑圧をかけたまま、ここまで戦えること自体が異常だな）

心の中で、今日何度目かも分からない嘆息を漏らしながら、気を全力で気を猛《たけ》らせる。

もはや、手加減など不要。むしろ、下手をすれば己が食われる状況だ。

アリーナ中を荒れ狂う砂嵐を押しのけ、気の奔流がジハードを中心に吹き荒れ始めた。

彼は大樹のように太い両足から、地面に向けて全力で気を叩き込む。

「むん！」

跳躍。荒れ狂う地面を吹き飛ばしながら、ジハードは十メルほどの高さまで到達すると、携えた『顎落とし』に気を叩き込む。

地面で濃い疲労の色を浮かべていたノゾムの顔が、驚きに染まる。アリーナの傍で暴走する儀式魔法をどうにか治めようと四苦八苦していたインダもまた、顔を引き攣らせながら叫んだ。

「た、退避！　待機席の生徒達は全力で守りを固めなさい！」

直後、落下してきたジハードが、巨剣を振り下ろす。

気術・一刀。

直後、大爆発と共に、武技園に激震が走った。解放された気の刃がアリーナを砕き、その地下に刻まれていた術式を地面ごと抉り飛ばす。

「うわあああああ！」

「きゃあああああ！」

巻き上げられた大量と土砂と衝撃に、待機席や観客席から悲鳴が飛ぶ。

一方、ジハードは土煙の中、表情を引き締めたまま油断なく『顎落とし』を構え直す。

飛び交う悲鳴とは正反対に、先ほどまで荒れ狂っていたアリーナの中は、嘘のように静まり返っていた。気術・一刀が、武技園地下に施されていた術式を完全に破壊したからだ。

耳障りな声を無視し、意識を研ぎ澄ますジハード。直後、背後の土煙から影が飛び出してきた。

「やはり、避けていたか！」

巨剣を掲げて振り返りながら、ジハードは口元を吊《つ》り上げて嗤《わら》う。

先の『一刀』は元々、アリーナに施されていた儀式魔法の術式を破壊するために放った一撃。ジハード自身、もう余波程度で、この凄腕の剣士を仕留められるなどとは思っていない。

しかし、それでもとうに限界だろう。たとえあの鋭い気刃を維持していたとしても、身体強化すらもうできないはず。

後は、ノゾムの最後の一太刀を弾き返し、トドメの一撃を打ち込んで終わり。

そう考えていたジハードだが、続いて目に飛び込んできた光景に目を見開く。

「むっ!?」

繰り出されたのは気を込めた刀ではなく、拳。気を付されていたはずの刀は腰の鞘に納められ、振り抜かれた正拳がジハードの巨剣を叩く。

予想外の光景にジハードが驚く中、ノゾムはさらに打ち込んだ右手を引き、今度は左拳を打ち上げるように振り抜く。その勢いのまま体を捻り、回し蹴りを放つと、肘打ちや掌底等、体のあらゆる部位を使い、舞のようにような動きでジハードを攻め立て始める。

「ほう、見事なものだな……だが、あまりにも非力」

円を基本とした動きを上下左右に、迷いなく繋げられていく舞。

しかし、ジハードはノゾムの動きそのものには感心しても、判断は下策だと断じた。

ただの気刃は通用しないと判断して奇策に走ったのだろうが、どのような策であれ、今のノゾムにはそれを通す最低限の力すらない。下手な奇策は、己の身を危うくするだけなのだ。

「判断を誤ったか。まあ若いのだ。それも仕方ないか……なに？」

ノゾムの拳を受け止めながらも嘆息していたジハードだが、自分の手が伝えてくる違和感に首を傾げた。先ほどから巨剣越しに感じていた衝撃。未だに弱々しいながらも、段々と増しつつある。

巨剣越しに様子を覗えば、そこには渦巻く光の尾を纏ったノゾムの姿があった。

「これは魔力光……。まさか、儀式体術か!?」

儀式体術・輪廻回天。

詠唱式と陣式、そのどちらにも属さない特殊な魔法術式であり、己の動きそのものを術式として成立させて魔法を発現する技法。

武の型そのものが儀式魔法として成立し、周囲の魔力をかき集めながら、彼の体に際限なく強化魔法を発動。ノゾムの気術と融合し、さらにその効果を引き上げていく。

本来相反するはずの気と魔力。しかし、互いはせめぎ合うことなく、むしろ調和しながら混ざり合うそれは、魔気併用術と呼ばれる超高等技術。

「……なるほど、嵌《は》められたか」

アリーナ中の魔力が渦を巻きながら、ノゾムに収束していく。キラキラと粉雪のように輝く魔力光はとても幻想的で、その光景はまるでダイヤモンドダストのようだった。

巨剣越しに感じるノゾムの打撃は、やがてジハードでも無視できないほどに高まり、今ではズシン！　ズシン！　と体の芯に響くような音を立てていた。

「だが、惜しかったな」

しかし、それでもジハードの守りを突破するには至らない。ノゾムの舞自体に問題があるわけではない。今彼の体の収束している魔力は、一流の魔法使い達の魔力と比べても遜色ないものだ。

だが、やはり能力抑圧の影響が大きかった。身に纏う魔気に対して強化の効果があまりに低く、城壁のようなジハードの守りを突破できずにいた。

そして、いつまでも続くかと思われたノゾムの舞も終わりを迎える。

「ああああああ！」

裂帛《れっぱく》の気合を込めながらノゾムが大きく上体を捻り、全ての力を乗せるように回し蹴りを振り抜く。

同時に、ジハードは、全身の気を一気に高め、衝撃に備える。

そしてノゾムの脚は、ジハードの顎落としを捉えることなく、地面を打った。

「なに!?」

巻き上げられた土煙がジハードの視界を覆う。直後、ノゾムは儀式体術で高まった魔気全てを左手に乗せ、さらに一歩を踏み出した。

儀式体術を途中で中断したことで魔気がノゾムの制御を離れ、術者に牙をむく。左腕の皮が裂け、筋肉が千切れていくも、彼は痛みを無視し、ジハードが掲げた顎落としに左手を叩きつける。

　そして、同時に精神力で押し止めていた魔気を全て解放。解き放たれた濁流のような力がジハードの顎落としを飲み込み、ついに岩のような巨剣を跳ね上げた。

「ぬうう!?」

　ジハードの無防備な上体が晒された。ノゾムは即座に手を腰の刀に添え、鯉口を切って踏み込む。擦れるような一呼吸と共に、踏み込んだ足に限界まで力を込め、同時に遺《のこ》されていた気を全て絞り出して極強化。肘、腰、体幹と、筋肉の連動に合わせて圧縮した気を巡らせていく。

　薄れていた視界の九割が、完全に暗闇に包まれる。空っけつになったところに、さらに気を絞り出す暴挙の代償。それでも彼は、己の直感に従うまま、最高の一太刀を放つ。

　ミカグラ流、幻無・閃。

　閃光と共に透徹の一太刀が、恐ろしいほどの正確さでジハードの胴に迫る。

「ちいい！」

　しかし、ジハードもさしたるもの。反射的に手首を返し、巨剣の上下をくるりと反転させて、無理やり幻無・閃の軌道に割り込ませる。

　直後、雷鳴のような激突音と共に、痺れるほどの衝撃がジハードの腕に襲いかかった。

「くっ!?　おおおおおおおおおお!!」

　死に体とは思えないほど強烈な一撃、思わず絶叫が漏れる。

　能力抑圧がありながら、自分をここまで追い詰めたノゾムに恐怖すら覚えていた。

しかし、これで本当に最後のはず。そしてジハードの思惑通り、巨剣にかかる圧力が一気に緩む。

その瞬間、彼はここぞとばかりに刃を立て、力ずくでノゾムを斬り飛ばそうとする。

ジハード自身、気づいていなかったが、既に手加減など頭から消し飛んでいた。

「っ!?」

ノゾムの体が突然沈み、ジハードの視界から消える。

ミカグラ流・巻爪。

斬り結んだ相手の力を流しながら踏み込み、胴を斬る刀術。輪廻回天と幻無・閃に意識を奪われていたジハードは、一度破った技であるからこそ、明らかに反応が遅れた。

（あの儀式体術も、居合も、全て布石!?）

巨剣の下に潜り込んだノゾムの刃が迫る中、ジハードは反射的に跳びながら身を翻す。

少しでも、ノゾムの刃から体を離そうとする、必死の動きだった。その脇を銀閃が駆け抜ける。

シュン……と空を切る音と共に、何かが弧を描いて飛ぶ。続いて、紅《あか》い飛沫《しぶき》が宙を舞った。

「ぐう!?」

それは、両断されたジハードの左腕だった。なんとか胴体への一撃は避けたものの、片腕だけはノゾムの刃圏から逃しきれなかったのだ。現実を認識した瞬間、失われた腕に激痛が走る。

「ぐうう……おおおおおおおお！」

喉の奥から怒号を吐きながら、ジハードは残った右手一本で巨剣を振り抜く。

大振りの、苦し紛れの薙ぎ払い。しかし、限界まで力を使い果たしたノゾムに、この反撃を躱す余力は残されていなかった。

唸りを上げて巨剣が迫る。だが、ジハードの刃がノゾムの背中を捉える直前、突如として、ノゾムとジハードの間に無数の魔法陣が展開。幾重にも重なった陣が壁を成し、ジハードの巨剣を受け止めた。ジハードの顔が、驚きに染まる。

「双方、剣を納めてください！」

直後、アリーナを包んでいた障壁が解除され、アイリスディーナとインダが慌てふためきながら、駆け寄ってきた。

僅かに残っていた聴覚がようやくインダの制止を捉え、ノゾムはほっと息を吐き、体を起こそうとする。だが、全身に力が入らず、その場に崩れ落ちてしまった。

手から離れた『無銘』が地面に落ち、カランと乾いた音を立てる。

「ノゾム！」

「ジハード先生、血が……！」

「私の方は大丈夫だ」

アイリスディーナがノゾムに縋《すが》りつき、インダがジハードの切り落とされた左腕を見て、顔を強張らせる。そんな副官の顔を前に、ジハードは左腕に気を集中させながら、筋肉を収縮。勢いよく流れ出ていた血を止める。そんな彼に、石の杖を携えた老人が歩み寄る。ファードレイだ。

「すさまじい戦いだったな」

「ファードレイ殿。あの防壁は貴方が？」

「うむ、さすがにあれ以上続けさせるわけにはいかぬからな。介入させてもらった。二人とも、早く治療を受けるといい。特に、そちらの生徒は、もう限界だろう？」

「だい、じょうぶです。大丈夫……」

「体が冷たい……。ノルン先生、早く！」

ノゾムは意識こそ失っていなかったが、その顔色は蒼白。心配かけまいと浮かべた笑みも引き攣り、切迫した様子であることは明らかだった。

「ふむ、気を使いすぎたな。とにかく、体温の維持を」

「だ、大丈夫だよアイリス。まだ、意識を失うほどじゃないし……」

「うるさい！　君は黙っていろ！」

「ジハード殿、君もすぐに治療が必要だ。この生徒と一緒にきなさい」

「分かっています。インダ先生、後をお願いします」

「は、はい！」

アイリスディーナに連れられていくノゾムに続いて、ジハードも切り落とされた左腕を拾い、ファードレイと共に武技園を後にする。そして、この模擬戦にあまりの被害に、合同授業は延期。残されたインダは青い顔で事後処理に奔走することになるのだった。

✣

武技園を出たノゾムとジハードは、学園の保健室ではなく、グローアウルム機関の医療施設に搬送された。こちらの方が、医療設備や人材が整っているというのが理由である。

「…………」

二人が搬送された処置室の前で、アイリスディーナが落ち着きのない表情で右往左往していた。

彼女の傍には、心配して駆けつけてきた他の仲間達や、妹のソミアや従者のメーナ、それに教師であるアンリやノルン達もいる。

「アイ、落ち着いて。大丈夫だよ」

「そうだぜ、別に意識を失ったわけじゃねえんだ」

「分かってる、分かってる……！」

「姉様……」

ソミアは焦燥した姉の姿に胸を痛め、メーナはそんな二人を静かに見守っている。

やがて、処置室の扉が開き、治療を担当したファードレイと医師達が出てきた。

「処置は問題なく終わった。二人とも、もう問題ないだろう」

治療が終わったと聞くや否や、アイリスディーナは処置室に駆け込む。

緊張した面持ちで飛び込んだ彼女の目に飛び込んできたのは……。

「いやあ、完全に叩き潰されました。あれだけ状況整えたのに反撃できるとか、ちょっとおかしくありません？」

「君が言えるか？　私ですら碌に動けなくなるような環境で、よくもまあ、あそこまで自由に駆け回れるものだ」

「そこはほら、能力抑圧のこともあって、不自由が常でしたので……。どんな時でも、自分ができる最善の動きを、一瞬で把握しないといけなかったんですよ」

「それは私も同じだ。いくら怪我を負おうが、反撃しなければならない環境にいた故の性《さが》だ。ところで、痛みや違和感はあるかい？」

「いえ、全く。ジハード先生の方はどうです？」

「問題ない。時間はかかるだろうが、後遺症なく治るらしい。さすがはファードレイ殿といったところか……」

和気藹々《あいあい》といった様子のノゾムとジハードだった。

二人は治療に使われたベッドの上に腰かけ、リラックスした様子で会話をしている。

焦りと不安に苛《さいな》まれていたアイリスディーナは、その予想外の状況に、思わずぽかんとした表情で固まってしまう。

「ん？　あ、アイリス、お疲れ様。大丈夫だったよ」

アイリスディーナに気づいたノゾムは軽い調子で声をかける。しかし、彼女は無言。やがて、驚きの顔を無表情へと変え、全身から怒気を滲ませ始めた。ノゾムの額から汗が流れ落ちる。

「え、ええっと、アイリスさん。どうかしましたか？　なんで黙ってるんで……うわ!?」

次の瞬間、アイリスディーナは手近な台の上にあった布を引っ掴み、ノゾムに向かって力いっぱい放り投げていた。ノゾムが驚く中、彼女はさらに近くにあった消毒液の瓶を掴んで振りかぶる。

「ちょっ、アイリス！　いったいなに!?」

「煩い！　人の気も知らないで！」

反射的に頭を下げたノゾムの頭上を消毒液が通過し、壁に激突。盛大な音を当てて割れ、鼻を突く刺激臭が漂う。そんな中、アイリスディーナの八つ当たりは止まらない。

アタフタしているノゾムめがけて、近くのものを手あたり次第に投げつけ続ける。

「危ない！　当たる、当たるって！　おいみんな、アイリスを止めてくれ！」

ピンセット、ガーゼ、包帯など、次々と飛んでくる小物類。ベッドから動けないノゾムは身を縮こまらせるしかなく、後ろにいる仲間達に助けを求める。

だが、彼らは狼狽《うろた》えるノゾムと怒り心頭なアイリスディーナを一瞥すると、大きく溜息を吐くのみ。

「いや、これはさすがになあ……」

「ノゾム君、さすがにちょっと……」

「ノゾム、夫婦喧嘩は犬も食わないって言うで」

マルス、ティマが呆れ、フェオがからかう中、ノゾムの目に、今度は水桶《みずおけ》を投げようとしているアイリスディーナの姿が映る。

「ちょ、待っ……！」

ノゾムが声を上げる前に、アイリスディーナは水桶を投擲。水桶は中身をぶちまけながら、弧を描いてノゾムの頭に落ちていった。

「へ、へ、へっくし！」

数分後、処置室の中は微妙な空気に満ちていた。ノゾムは全身から水を滴らせながらくしゃみをし、アイリスディーナはぶすっと頬を膨らませながら、病室の端でそっぽを向いている。

マルス達も微妙な顔で、ずぶ濡《ぬ》れになったノゾムを見下ろしていた。

ちなみに、一緒に治療を受けていたジハードは、もうこの処置室の中にはいない。傷が塞がったことを確認に来たインダによって、左腕を吊ったまま連れていかれた。

「さてノゾム君、一応、ファードレイ殿から診察結果を確認してきた。とりあえず、聞きなさい」

ノルンから診察結果が告げられる。大小様々な打撲、筋肉の断裂。内臓などの各種臓器を含めた、全身機能の著しい衰弱。正直、無傷のところを探す方が難しいとのことだ。

「原因は分かっていると思うが、特に最後の抜刀術がマズかった。極端な気の消費。そこからさらに気を引き出す暴挙。結果、全身の動きの調和が一瞬乱れ、自分自身の体を傷つけた」

幻無・閃のことだろう。抜刀に合わせ、動いている筋肉を極端に強化。それを連動させ、使い手が出せる最大威力を引き出す技。確かに『使い手にとっての最高の一太刀』を可能とするが、ちょっと気の制御を失敗すれば、自滅する可能性がある。

実際、ノゾムが袖をまくると、痛みが全身に走り、腕は内出血により、所々紫色に変色していた。

最悪の場合、全身の筋肉が破断し、骨から内臓までもが破壊されていた可能性もあるそうだ。

「そうですね、それは間違いありません。あの技にはそれだけのリスクがありますから」

明確な危険性を述べても、ノゾムの返答はそっけない。

その平坦な声色に、インダは渋い表情を浮かべる。

「そこまでやって届かないんですから、師匠といいジハード先生といい、あのクラスの人達は本当に出鱈目《でたらめ》だ」

「貴方がそれを言うのかしら……？」

その言葉にシーナが肩を落とし、マルス達はむしろより一層微妙な表情を浮かべた。アイリスディーナに至っては、目じりが吊り上がり、さらなる怒気を全身から放ち始める。

精巧な人形のように整った容貌も相まって、その迫力は近くにいた親友のティマが、思わずスス……ッと半歩距離を開けるほど。

「前々から思っておりましたが、ノゾム様も大概です。本質的には、あの体力馬鹿と同等ですよ？」

「いや、メーナさん、酷くないですか？」

「酷くありません。正当な評価です」

メーナの言葉にマルス達がウンウンと一斉に頷く。多勢に無勢となったノゾムは逃げるように視線を宙に漂わせながら、頬を掻いていた。そんな中、ノルンは改めてノゾムに釘を刺す。

「どちらにせよ、あの技は控えるべきだ。危険性が高すぎる」

「でも、普段から力で圧倒できない俺には、いざという時にはどうしても師匠の技が必要なんです」

「分かっている。『君の事情』を考慮すれば、その技を使うなとは言えない。でも、そもそもあそこまでやり合う必要はなかったのではないか？」

「そうだ、いくらなんでも無茶しすぎだ！　危うく取り返しのつかない事態になるかもしれなかったんだぞ！」

ノルンの言に続いて、アイリスディーナが肩を怒らせながらノゾムに詰め寄ってきた。

突然の大声に、ノゾムは思わず目を見開く。

「ゴ、ゴメン。ジハード先生と剣を交えていたら、なんか懐かしくなっちゃってつい。師匠と鍛錬していた時は、あんな感じだったから」

「だからと言って、やりすぎだ！」

ノゾムが謝罪しても、アイリスディーナの怒りは治まらない。普段の冷静さはどこに行ったのやら。グイっと顔がくっつくほど身を乗り出しながら、叱りつけてくる。

他の仲間達もオロオロして狼狽えている。それほど、今の彼女の様子は尋常ではなかった。

「また、あんなに血塗れになって……」

そして昂《たか》ぶった彼女の感情が一気に落ち込む。そしてジワリと瞳を涙で潤ませると、グスグスと目を押さえてぐずり始めた。

『あ～あ～。泣かせた～～』

「酷いんだ、酷いんだ～～」

「ちょっ！」

ミムルとラズワードのからかうような声が響き、ノゾムは一瞬慌てるも、二人の軽い言葉はすぐに重い沈黙に取って代わられた。

普段から凛とした表情を崩さないアイリスディーナがここまで感情を露わにするところを見れば、彼女がどれだけ心配していたかはすぐに見て取れる。

だからこそノゾムは、ただ頭を下げることしかできなかった。

「その、ゴメン、アイリス。心配させちゃって」

「……イヤだ、許さない」

まるで子供のように拗《す》ねた態度を見せつつも、辛《つら》そうに顔を歪めているアイリスディーナを見て、ノゾムは胸を射抜かれたような痛みを覚える。

「この前だって、無理したじゃないか。どうしていつも心配させるんだ……」

アイリスディーナの脳裏に蘇る、倒れ伏したノゾムの姿。

ティアマットに操られかけながらもその幻惑を振り切り、さらに六凶という規格外の魔獣を退けたノゾムは重傷を負った。

衰弱しきった体と、戻らない意識。いつ命の灯が消えてもおかしくないという状況に陥ったのだ。

そしてなんとか目覚めるもその後しばらくは、視覚や聴覚などの五感に影響が出ていた。

その時の恐怖が蘇り、アイリスディーナの心を締めつける。そして彼女はまるで怯《おび》える子供のように腕を抱え、瞳を涙で濡らしたまま俯《うつむ》いてしまった。

「言い訳かもしれないけど。俺、ずっと逃げてきただろ？　リサ達だけじゃなく、この学園からも」

ノゾムはそんな彼女の様子に心を痛めながらも、せめて自分の思いはきちんと伝えなければと、未だに俯いているアイリディーナを真正面から見つめながら、ゆっくりと口を開く。

「あの時、この学園の生徒達が見ていた。もう一度、向き合うと決めた以上、あそこで逃げたくなかったんだ」

多くの人が見ている場だった。今までのノゾムなら周りから向けられる軽蔑の視線や、心ない言葉で自分の殻に閉じこもり、何もできなかった。何もしようとしなかっただろう。

「だから、全力でジハード先生にぶつかった」

アンリ先生からこの模擬戦の話を聞いた時は驚いたけどと付け加え、ノゾムはアンリに視線を向ける。彼女は笑みを浮かべながら、Ｖサインを送っていた。

「それに、またケンが流したデマもある。以前のように、流されるままなのはダメだ。事実無根の噂が再び定着する前に、行動する必要もあった」

年月が重なった噂というのは、勝手に独り歩きしていくものだ。

そして確証のなかったはずの噂は、いつの間にか真実として認識され、まかり通るようになってしまう。実際、過去のノゾムの悪評がそれだ。

立証も反証もできないそれを拭うことは、容易ではない。だが、逆に証拠がないからこそ、その他大勢が思い込んでいるだけで、根っこは曖昧なまま。

そしてノゾムの悪評を支えている要素は『無能である』と『浮気をするような人でなし』の二点のみ。今回の模擬戦はそのうちの一つを、吹き飛ばすための起爆剤となりえる。

「だから、師匠から教わった技を惜しみなく使ったんだ。まあ、師匠との手合わせを思い出したということも大きいけどね。だから、ええっと、その……」

「……とりあえず、その頭、拭くわよ」

「えっ？　わぷ！」

アイリスディーナの表情を窺《うかが》っていたノゾムの頭に、シーナがタオルを投げつける。

彼女は未だに水滴が滴る彼の頭を拭きながら、アイリスディーナに視線を向けた。

「そんな拗ねてもしょうがないでしょ。確かに、これからのことを考えれば、必要だったと思うわ」

「それは……分っている」

肩を竦めるシーナに、アイリスディーナもゆっくりと頷く。

「それに、今回は羽目を外してしまっても仕方なかったわよ。大切な人と一緒にいた頃を、思い出してしまったのだから」

普段から学園で気術を使わないようにしてきたノゾムにとって、思いっきり自分の気術を使える初めての相手だった。彼の師と修練をしていた時と同じように。

アイリスディーナも、彼が師との思い出を楽しそうに話してくれたことを覚えている。だからこそ、彼が羽目を外してしまったことも理解はできる。

それでも、胸が詰まるような思いをどうしても拭いきれずにいた。

「その、また心配させてゴメン……」

申し訳なさそうに頭を下げ続けるノゾムを前に、アイリスディーナもいい加減後ろめたさを覚えてきた。まだ胸の奥に悶々としたものは残っているが、それでも彼の口から本意を聞けたのだ。

「……いや、私こそすまない。確かに、学園でのノゾムの評価はほとんど変わっていなかったんだ。それを考えれば、今回の話は有効だ」

もちろん、アイリスディーナもこれまで何もしていなかったわけではない。

ノゾムと一緒にいることを訝しむ者は多かったし、実際詰問してくる者もいた。その度にアイリスディーナはノゾムの悪評を否定し続けていたが、それでも二年の間にこびりついた周囲の認識を覆すことはまだできていない。そんな無力な自分を自覚し、今度はアイリスディーナの顔に影が差す。

「アイリス、ありがとう。心配してくれて……」

しかし、そんな彼女の影を、ノゾムの声が優しく払う。

安堵《あんど》の笑みを浮かべる彼を前に、アイリスディーナの顔が急激に熱を帯びてくる。

トクン……と、親族が高鳴り、胸が締めつけられる感覚が彼女を襲う。それは、先ほどノゾムの身を案じていた時に感じていた苦しさとは違う、陶酔にも似た甘い痺れを伴うもの。

「い、いや！　き、気にしないでくれ！」

「むっ……」

視線が泳ぎ、思わず声に力が入る。そんなアイリスディーナの様子を見ていたシーナが眉を顰めた。

面白くない。そんな湧き上がる感情のまま、ノゾムの頭を拭いていた手に力を込める。

「痛っ、痛たた！　シーナさん、痛い！」

「……ふん！」

ノゾムの苦情を無視してガシガシと彼の頭を拭き終ると、シーナはツンとそっぽを向いてベッドから離れる。ミムルとラズワードがニヤニヤとした笑みを浮かべているが、シーナがジロリと睨みつけると、慌てて目を逸らしてそそくさと後ろに下がっていく。

「そういえば懐かしいって言っていたけど、お前と師匠の打ち合いってあんな感じだったのか？」

「あそこまで極端なことはしなかったけどね。幻無とかはギリギリ避けれるくらいの精度で放ってくることはあったよ。破振打ちとかは、死なない程度に手加減してくれるくらい？」

　とりあえず、話を変えるようにマルスが尋ねてきたので、ノゾムは師匠との涙が滲むような思い出を語っていく。段々、皆の頬が引き攣ってくる様子を眺めながら、彼は苦笑を浮かべていた。

「それに、確かに顎落としは使っていたけれど、ジハード先生も途中まではキチンと手加減してくれたよ。あのバカでっかい気刃も直接当ててこなかったし……」

「そういうレベルの問題か!?」

「まあ、師匠クラスと模擬戦しようと思ったら、そのくらい覚悟しないといけないんじゃないかな？」

　そんなノゾムの言葉に絶句するアイリスディーナ達。改めて彼女達は、今回の模擬戦が異常を極めた原因を認識して、頭を抱える。

「とにかく、今日はもう遅い。今日はここまでにして、アイリスディーナ君達はもう帰りなさい。一応、今晩は私がここに泊まって、彼の様子を見ておくから」

「分かりました。ノルン先生、お願いします。それじゃあノゾム、大人しくしているんだぞ」

「少なくとも、怪我が治るまでは大人しくしていなさい。騒いだりしちゃだめよ」

「いや、子供じゃないんだから……」

「それからノゾム君、君は数日入院となる。経過観察が必要だからな。このまま病室に直行だ」

アイリスディーナとシーナの言葉に不満げなノゾム。ノルンはそんな彼の腕を取って立たせる。

ガッチリと腕を抱えるその様は、病人の補助というより、囚人の連行のように見えた。

「あ、あの。一応、自分で歩けますので……」

抗議を無視して病室へと連れていかれるノゾムを一瞥し、アイリスディーナ達は帰路に就く。

その顔は、ここに来た時とは真逆の、晴れやかなものだった。

‡

帰っていく彼の仲間から逃れるように、廊下の脇に身を隠す。

ここで話をするのは、難しいだろう。でも、ちゃんと向き合わないといけない。

間違えた道を、正さないといけない。耳の奥に、処置室での彼の言葉が蘇る。

今の彼なら、きっとリサを……。私は覚悟を決め、灰色の混じった紅髪を翻した。

CHAPTER 5

第五章

崩壊への加速

Ryuusa no Ori Kokoro no Naka no Kokoro

数日の検査入院を終えたノゾムは、ようやく今日から登校を許された。

「やれやれ、やっと解放されたよ……」

学園への道を歩きながら、ノゾムはホッと息を漏らす。経過観察とはいえ、安静を言いつけられていたこともあり、入院中は退屈で仕方なかったのだ。

「でも、あの噂《うわさ》ってまだ完全には払拭しきってないしな。どうしようか……」

ノゾムが弱いという話は今回の模擬戦で打ち砕くことができたとは思うのだが、問題はリサを裏切った最低野郎という方だ。こちらに関しては今回の模擬戦で何の影響もないとノゾムは考えている。

「まあ、考えても仕方ない。とにかく学園に行こう」

学園へ到着したノゾムは、とりあえず彼は教室に向かう。

既に時間は二限目。廊下に人通りはなく、ノゾムの足音だけがだだっ広い廊下に木霊《こだま》していた。

ふと、ノゾムが窓の外に目を向けると、一学年の生徒たちが基礎訓練に勤しんでいる。

木剣を持って素振りをしたり、武器の扱い方を教えられているその姿は、二年前のノゾム達と同じ。

彼自身、故郷では特訓と称して木剣を振り回していたが、きちんと扱い方を習ったのはここが最初。

よく見ると、剣を振るう生徒達の中に、先日下水道でノゾムが助けたエルドル達の姿もある。

（ということは、このクラスは一学年一階級か……）

そのまま訓練場を横目で眺めながら、ノゾムは廊下を進む。やがて、一学年の教室近くを通った時、二限目終了を告げる鐘が鳴った。

「さっきの授業、分かった？」

「ううん、全然！」

あちこちの教室から、一学年の生徒達が賑《にぎ》やかな声を響かせながら出てくる。

ノゾムが今いるのは、ちょうど一学年の教室と渡り廊下を繋《つな》ぐ十字路。必然として、教室から出てきた下級生達は、ノゾムがいる場所へと向かってくることになる。

そして教室から出てきた女子生徒の一人と、ノゾムの目が合った。

「あっ……」

「ん？」

ノゾムを見てハッとした表情を浮かべる女子生徒。面識のない少女の妙な反応に彼は首を傾《かし》げる。

よく見れば、彼女と一緒にいる他の生徒達も、なぜか驚いたような表情でノゾムを見つめていた。

はじめは自分の悪い噂を知っているからの反応なのだろうかと考えたノゾムだが、彼女達の視線には、蔑みとか嘲りなどの負の感情が感じられない。

その時最初に目が合った女子生徒がおずおずと前に進み出てきた。

「あ、あの。ノゾム・バウンティス先輩、ですよね……？」

「そう、だけど……」

少女はモジモジしながら、己の指を胸の前で絡めつつ、見上げるようにノゾムの様子を窺《うかが》っていた。

恐る恐るといった雰囲気でノゾムに話しかけてくる下級生に、ノゾムもぎこちない言葉を返す。

「その、ちょっとお聞きしたいことがあるんですけど、能力抑圧持ちだって聞いていたんですけど、本当なんですか……？」

首を傾げながらも、ノゾムは小さく頷《うなず》く。その返答に、目の前の少女は突然満面の笑みを浮かべ、ズイッと身を乗り出す。彼女の瞳にはキラキラとした憧憬の光が輝いていた。

「あ、あの！　この前の模擬戦、見ていました！」

「そ、そう……」

妙に力のこもった下級生の言葉に、ノゾムは思わず腰が引けてしまう。

一方、興奮した少女はそんな彼の様子に気づかぬまま、堰《せき》を切ったように言葉を続ける。

「すごく感動しました！　能力抑圧で満足に動けないのにあのジハード先生と渡り合うなんて！」

「いや、別に渡り合ったわけじゃ……」

変なところで感覚がずれているノゾムと違い、目の前の少女は正常な感覚を持ち合わせた一般生徒。英雄とまで呼ばれたジハードに愛剣を抜かせ、さらにその片腕を奪うほどの活躍を見せたのだ。憧れで脚色された部分も相まって、彼女にはノゾムはジハードに匹敵する実力者に映っていた。

「私、この学園に入学はできたんですけど、なかなか思うようにいかなくて……。魔法も気術も私よりずっと上手《うま》い人ばかりで……」

突然、少女は落ち込んだ表情を見せる。

確かにこの学園は大陸中から多くの才能ある生徒達を集めている。だが故郷では神童ともてはやされても、ここに来て現実を突きつけられる者も多い。この少女もそんな人間の一人なのだろう。

だが、少女の落ち込んだ表情はすぐに一転し、再び熱のこもった目をノゾムに向ける。

「でも！　あの時のノゾム先輩の姿を見て分かったんです！　たとえ力で勝てなくても、できることはいっぱいあるんだって！　私、才能あまりありませんし！　クラスも十階級ですけど、そんなの関係ないって思えるようになりました！」

「そ、そうなんだ……」

戸惑うノゾムを置き去りにして、少女はさらにヒートアップしていく。

そして感極まった様子で、いきなりノゾムの手を取った。

「はあ!?」

「私、ノゾム先輩のこと、応援しています！　頑張ってください！」

「あ、ありがとう……」

手を離し、ぺこりとお辞儀をすると、少女は一目散に友達のところに戻っていく。

戻ってきた少女を歓迎した仲間達が何やらキャーキャーと騒いでいるが、ノゾムは全く状況についていけずに呆然《ぼうぜん》としていた。

「あ、あれ？　なんか変だな……」

「そうでもないさ。彼女達の反応は、至極まっとうなものだよ」

今までにない周囲の反応にノゾムが戸惑う中、ノルンが含みのある笑みを浮かべて声をかけてきた。

「ノルン先生、これってどういうことですか？」

「ノゾム君が入院している間、学園では君の話でもちきりでね。下級生の間では特に話題で、みんな興味津々なのさ」

驚いたノゾムが今一度、一学年の教室前の廊下に目を向けると、教室の中や廊下からこちらを窺う多くの下級生たちの姿が見えた。

「当然、リサ君の噂についても聞かれたからね。尋ねられる度にあの噂は出鱈目《でたらめ》で、根も葉もないものだと言っておいたんだ。下級生達はあの噂を聞いてから日が浅いからね。君がジハード先生相手に奮戦している姿を見て、噂に出てくるような卑劣漢ではないと、信じてくれたんだよ」

自分が寝ている間に起こっていた出来事に、ノゾムは目を見開く。

だが、次にノルンが口にした内容に、彼は完全に言葉を失った。

「何より大きかったのはアイリスディーナ君の姿だな」

「え？」

「君が倒れた直後、アイリスディーナ君達は真っ先に駆け寄り、必死に君を助けようと心を砕いた」

ノルン曰《いわ》く、誰もが憧れていた存在であり、教師からも一目置かれている彼女達が必死になって助けようとするその姿が、下級生達の心に響いたとのこと。

「さらに言うなら、君はこの前エルドル君達を助けていただろう？　彼らがその時の話を周りにいた同級生達にしていたことも大きかった。実際に身近な人達が助けられた話を聞いて、君は噂されているような冷血漢でないと、みんな気づいたんだよ」

「そうだったんですか……」

アイリスディーナ達やノルン先生達、そしてエルドル達から聞いた生のノゾムの姿。それらが下級生達から、刷り込まれたノゾムの虚像を拭い去ったのだ。

だが、先ほどまで微笑《ほほえ》んでいたノルンが、突然表情を曇らせた。

「ただ、あの噂が流れ始めた頃から在籍している三、四学年生についてはまだ懐疑的なところがあるけど……」

入学したての一学年生や噂が流れた当時を知らない二学年生はともかく、あの噂を長く耳にしていた生徒達については、そのデマを完全に払拭することはできていないらしい。

ノゾムとジハードが模擬戦をしてから数日しか経《た》っていないことを考えれば、数年間蔓延《まんえん》していた噂を覆すには、まだ足りないのだろう。

「いえ、今までのことを考えれば、十分です。本当に……十分すぎますよ」

奮闘してくれた仲間達の姿を思い浮かべながら、彼女達の想《おも》いがノゾムの胸を突く。

心に満ちているのは今までにないほどの充足感。口元に自然と笑みが浮かぶ。

「それでは、私は保健室に戻る。君も早く教室に行くといい。クラスの皆も心配していたからね」

「はい、ありがとうございました」

ノルンが踵《きびす》を返して去っていくその背中を、感謝の気持ちで見送るノゾム。そんな彼の背中に、女性の声が響いてきた。

「よかった、無事だったのね」

「その声、カミラ……？」

声のする方に目を向けるが、人影はない。周囲に視線を巡らせても、人の気配は全く感じ取れなかった。どうやら、遠くから声だけを飛ばしているらしい。

「放課後、少し、付き合って。話したいことがあるの」

「……奇遇だな。俺も話したいことがある」

「よかった……。それじゃ中央公園で会いましょう」

放課後の中央公園。周囲は既に暗くなり、ポツポツと雨も降り始めていた。

普段は人気《ひとけ》の多い公園の外周にも通行人は疎《まば》らで、林エリアには当然人気は皆無。そんな林エリアに生えた木の根元でノゾムは雨宿りをしながら、カミラの到着を待っていた。

がさりと草木をかき分ける音と共に、鳶《とび》色の髪の少女が姿を現す。

「よかった、来てくれた……」

「話があるんだろ？　俺も話をしたいと思っていた」

しばしの沈黙。カミラは一度目を瞑《つぶ》り、一呼吸入れると、静かに口を開く。

「…………あまり時間もないから、まず、私から話すわ。どうして、ケンに協力していたのか」

「時間がない？」

「私、星影の監視対象なの。一年の時から、ずっと……」

「星影？」

「この都市が保有する諜報《ちょうほう》組織。別にあってても不思議じゃないでしょ？　確かにこの都市は研究結果とかを各国に公開しているけど、犯罪者や違法組織に対してはそうじゃないわ」

カミラの言う通りである。

問題は、どうしてそんな諜報組織に彼女が監視されているのかというところ。

カミラは一度下を向き、心の準備をするように下唇を舐《な》めると、滔々《とうとう》と言葉を紡ぎ始める。

「私、ちょっと特殊な家の出なの。帝国の……」

「帝国の……？」

クレマツォーネ帝国は、アークミル大陸南西部を支配している巨大帝国。大陸でも随一の国力を持つ大国だ。一方で、このアルカザムの運営に関しては、一歩引いた立ち位置を保っている。

これは、フォルスィーナ王国と小国同盟、そしてスマヒャ連合を警戒してのこと。

大侵攻以前、帝国はアークミル大陸の中で最も強大な覇権国であり、周辺国家に対して様々な威圧的要求を突きつけてきた。

だが、覇権国は外敵がいない故に、内憂を抱えやすい。クレマツォーネ帝国もその例に漏れず、政治的分裂を常に抱え、その上に大侵攻によって、大きくその国力を落としてしまった。

今では周辺国家が結束した場合、独力でこれを排除することは難しく、衰退した帝国は、やむを得ず周辺国家との協調路線に舵《かじ》を切ったという経緯がある。

「うん。学園の記録では、出身はデルタ地帯の自由都市。実際に住んではいたけど、子供の頃は帝国にいたの」

そのため、アルカザムにいる帝国の者達は、様々な理由で祖国を離れた人間も多い。

当然、訳ありの者達もいる。カミラもまた、そんな中の一人だったのだ。

「そしてリサとも、ちょっと関係があって……」

そう言うと、カミラは懐に手を伸ばす。取り出されたのは、虹色の櫛《くし》。魔力を帯びた、明らかに魔法の道具と思われる横櫛だった。

「それは……」

「虹光冠の貝櫛。通した髪の持ち主の髪色や容姿を変化させる魔法道具」

年季が入って、所々欠けた、虹色の櫛。カミラはそれを、横に流した己の髪に通し始める。

すると、彼女の鳶色の髪が根元から紅《あか》く、徐々にくすんだ灰色へと変化。

瞳の色も変わり、その顔立ちはノゾムも知っている人とよく似ていた。

「その髪色、リサによく似てる。まさか……」

「うん。そういうこと。私とリサは、従妹《いとこ》同士なの」

いきなりの告白にノゾムは目を見開くも、一度深呼吸をして動揺する心を落ち着ける。

「リサは、このことを知っているのか？」

「知らないわ、従妹がいることも。そもそも知っていたら、私と一緒にいたいと思うはずがない」

「どうしてだ？」

「リサのお父さんが死んだのは、私達のせいだから……」

その言葉を、ノゾムは一瞬理解できなかった。

リサの父はノゾムと出会う前に亡くなったと聞いているが、その原因は知らない。

ただ、亡くなった父の存在はリサの中ではとても大きく、彼女が冒険者を目指し、そしてアルカザム来るきっかけになっている。

どういうことだろうか？

ノゾムの疑問の視線に、カミラは眉を顰《ひそ》めて下を向きながら、絞り出すように言葉を続ける。

「冒険者だったリサのお父さん、そして私の母は兄妹《きょうだい》で、帝国の貴族だった。帝国についてはどこまで知っているの?」

ノゾムは教科書以上のことはほどんと知らなかった。

大陸南西部を数百年支配している大国。砂と岩、そして草原と火山の国。歴史的にも文化的にも大陸中に影響を与え続けている土地。また、アルカザム建設に協力しながらも、距離を置いていること。

「あとは、宗教的に他の国のような精霊信仰じゃなくて、龍殺しを信仰しているところ……」

この大陸で主に信仰されているのは、地水火風、そして光闇の六属性の精霊たちを中心にした精霊信仰だ。

ただ、帝国は違う。その建国過程から精霊ではなく、龍殺しという人間が神格化されている。

これは初代皇帝である龍殺しが群雄割拠していた各部族を平定した結果、繁栄したからだ。

そして彼は数多《あまた》の女性と子をなし、それぞれの部族に役割と特権を与えた。

龍殺しであるノゾムとしても気になる国ではあるが、ひとまずカミラの話に耳を傾ける。

「元々、叔父様は好奇心が強く、貴族としても割と適当と言うか、身分をあまり気にしない性格だったらしいの。だから実家と折り合いが悪く、成人してすぐに家を出た。そして、冒険者となった後、リサのお母さんと出会って、子供をもうけたらしいわ」

外の世界への憧れ。その辺りは、リサとよく似ているなとノゾムは感じる。

「そんな母と叔父だけど、兄妹の仲は凄《すご》くよかったらしいの。母が成人して他家に嫁いだ後も、こっそりと近況を手紙でやり取りをしていたらしいわ。でも……」

カミラの声色が沈み、視線が下を向く。

「母は、私が生まれて数年後、帝国を出奔した。何があったのかは分からない。でも、居場所がなくなったのは間違いないわ。母は嫁ぎ先で私を産んだ後、子供を産めなくなっていたらしいから」

帝国は血筋を重視する国家であり、貴族の女性は多くの子供を産むことを望まれる。

そのため、子供が産めなくなった女性の地位が相対的に低くなる傾向にあった。カミラの母もそういった女性の一人だったらしい。

「帝国にいた時のことは、よく覚えていない。でも、暗闇に包まれた砂漠を、母が必死になって追手から逃げていたのは覚えている。そんな私達を、助けてくれた人のことも……」

捕まったら殺される。そんな鬼気迫る表情で、カミラの母は幼い我が子を抱えて追跡者達から逃亡していた。そして刃《やいば》が母を捉える直前、二人を守るように紅髪の男性が割り込んできた。

「リーンバック・ハウンズ。リサのお父さんで、母の兄。命の恩人。でも、叔父様は……」

追手をなんとか退けたリーンバックだが、その時に負った傷が原因で、ほどなくして命を落としてしまう。逃走中だったこともあり、カミラ達は遺品すら取ることができず、忸怩《じくじ》たる思いを抱えながら逃走を継続。そのおかげで、母娘二人はデルタ地帯の自由都市に逃げ延び、そこでなんとか生きていくことができたらしい。

一方、亡くなったリーンバックの亡骸《なきがら》はその後リサ達に発見され、彼女は父の死を知ることになる。

そして、リサは母と妹の三人で、母の故郷であるオイレ村に戻ったというのが、事の顛末《てんまつ》だ。

「私は、私達はリサのお父さんを殺してしまった。だから、今度は私が守ろうと思ったの……」

「……初めから、そのつもりでアルカザムに？」

「いいえ、まさか。ここに来た最初の目的は、母が私を守るため。そして自分を守れる力をつけるため。そのために、母の遺品を使って、髪色を変えたりしたんだし……」

「遺品って。じゃあ、君の母さんは……」

「……私がこの学園に来る直前に、流行《はや》り病で亡くなったわ」

そう言って、カミラは寂しそうに手に持った虹色の櫛を撫《な》でる。

「頼れる人なんていない。だから他人なんて信用していなかった。ここで、リサと会うまでは……」

カミラは元々、その突き放すような言動から、一年の時はクラスでもかなり浮いた存在だった。

そんな彼女に最初に声をかけたのが、リサ。命の恩人の娘だったのだ。

「リサのことは、帝国から逃げる僅かな間に、リーンバック様から聞いていたの。同い年の娘がいる。もしよければ、仲良くしてやって欲しいとも……」

それは、どれほど奇跡的な偶然だろう。恩人の命を犠牲にして生き延び、そして唯一の肉親すら失ったところに、会う可能性のほとんどない『家族』と巡り合ったのだ。

「本当に、叔父様によく似ていた。屈託のない笑顔も、誰かに力を分け与えられるその温かい心も。だから、私はリサを……数少ない家族を守りたかった」

それは、ノゾムが持っていた、彼女の夢を支えたいという願いと、よく似ていた。

「でも、私はそれができなかった。アイツに、ケンとメフィに私の正体を知られたから……」

カミラの正体を何らかの方法で知ったケンは、ノゾムを陥れるために協力を強要した。

「一年の夏。あなたに能力抑圧のアビリティが発現した頃、アイツは私を呼び出して脅してきた。正体を帝国の実家にバラされたくなかったら、自分に協力しろって。星影の存在について知ったのも、監視されていると知ったのもその時……」

突きつけられた悪意に、母諸共《もろとも》殺されそうになった過去がフラッシュバックした。

抵抗しようにも、相手は精霊と契約できる人間という規格外の存在。自分の出自が露見していることに対する疑心暗鬼も相まって、彼女は憔悴《しょうすい》の果てに、ケンに協力してしまったという。

当然、罪悪感に苛《さいな》まれた。それでも逃げなかったのは、せめてリサだけはどうにか守らなければと思っていたから。

「ケンの奴は、どうやって君の過去を知ったんだ？」

「多分、星影に情報を探らせたんだと思う。精霊と契約できる人間となれば、絶対にどこかの誰かが裏で力を貸すと思うから。実際にケンが、フードをかぶった男達と何かやり取りしているのを見たことあるし……」

「おい、じゃあこうして会うのも……」

「正直、危ないと思う……」

下を向き、一瞬諦めたような表情を浮かべるカミラ。だがすぐに気を持ち直し、顔を上げる。

「私のことはいいわ。問題はリサのことよ。彼女は今、メフィとケンの手で記憶を変えられているの。スパシムの森でのことも、最初から貴方《あなた》が来なかったことになっている」

ノゾム自身、なんとなく予感はしていた。

スパシムの森で戦った時、あの精霊はノゾムの精神を破壊し、廃人にしようとしてきた。

そして、皹冠《ひびかんむり》の大百足《むかで》という規格外の存在すらも操ってみせた。あのラズワードをして、異常と言わしめる精神操作能力だ。記憶を操作することも、容易《たやす》くできるだろう。

そこまで考え、ノゾムは一度大きく息を吐く。

「なぜ、今になって俺に話を？」

「今のノゾムなら……リサを傷つけることはないなって、思うから。あの時、スパシムの森でリサに剣を向けた時とは違うって。それと、アイリスディーナさん達の姿を見たから、かな？」

　カミラの脳裏に先日の合同授業のことが蘇《よみがえ》る。

　精も魂も尽きるまで戦い、崩れ落ちたノゾムに駆け寄る黒髪の少女たち。真に想うからこそ見せる、必死な表情。自分には遠く、縁のない、だからこそ焦がれる、遠い昔に見た光景。

「あんなに真摯に、誰かを想って行動している人、私は、二人しか見たことがない。叔父様と母様。そんなふうに思われているってことはきっと、貴方は信じられる人なんだって」

　現状はある程度知ることができた。だがあと一つ、ノゾムには確かめたいことがあった。

「じゃあ、最後の一つ。リサは、こうなる前、ちゃんと夢を追えていた？」

「それは……」

　お父さんのような冒険者になって未知のものを、キラキラしたものを見てみたい。

　それが、リサがオイレ村を出た理由だった。

　そんな彼女を支えようと、ノゾムもケンも彼女と同じように故郷を後にした。

「カミラ、答えてくれないか？」

　まっすぐなノゾムの視線に、カミラは俯き、小さく首を振る。

「……リサは私達が貴方を陥れた後、誰とも深く繋がることができなくなってしまった。ケンとも、私とも、誰とも」

　ある種の対人恐怖症。日常生活は送れるが、誰かと深く繋がることができない。そんな状態になってしまったと、カミラはノゾムに伝える。

「そう、か……」

「本当に、ごめんなさい。貴方にもリサにも……私は取り返しのつかないことをしてしまった」

声と体を震わせ、頭を下げるカミラを前に、ノゾムは大きく息を吐きながら天を仰いだ。

ノゾム達の夢は、とっくに壊れていた。己の逃避に気づこうとしなかったが故の過ち、崩れた絆《きずな》を、嘘《うそ》という糊《のり》で張りつけて誤魔化し続けた代償だ。

分かってはいたが、こうして突きつけられると、胸に矢を受けたような痛みと苦しさに襲われる。

ノゾムは顔を上げ、重々しい口調で項垂《うなだ》れるカミラに語りかける。

「気にするな……とは到底言えない」

下手な慰めなどに意味はないだろうし、彼自身する気もない。

それでも、ノゾムは彼女一人に責任を押しつけるつもりもなかった。

「でも、間違えたのは俺も同じだ。自分の逃避にすら目を逸《そ》らし、二年間を無駄にした」

「だから、それは私達が……」

「違う。確かに俺は陥れられたが、向けられた悪評に、最後の最後で背を向けたのは俺なんだ」

綺麗《きれい》だったはずの夢。しかし、それはいつしか消え、自分が逃げるための言い訳になっていた。

だが、逃避に気づき、もう一度向き合おうとして、そして現実を突きつけられたからこそ、新しく胸に湧き上がる想いがある。

「俺は……俺達はリサの夢を支えたくてここに来た。でも、逆に彼女の障害になっているのなら……」

壊すべきだ。偽りの、嘘で塗り固めたこの関係を。完全に。

「ケンの奴は、これからどうすると思う？」

「分からない。でもきっと、碌《ろく》なことをしないと思うわ。アイツはリサに異常なほど固執してる。特に森で貴方に負けてからは、相当焦ってる……」

ノゾムに対して蔑視の感情しか抱いていなかったケンだが、スパシムの森で敗れて以降は冷静さを欠くようになっている。

カミラの話では、何をするか分からない。追い詰められた凶悪犯と同じか、それ以上の危険性を孕《はら》んでいるらしい。

「……とにかく、リサの操作された記憶を元に戻す必要があるな」

「でも、どうにかって、どうやって……」

「手はある。シーナさんと、ラズワードの力を借りる。力を取り戻したエルフと精霊なら、リサの記憶を元に戻せるんじゃないか？」

「あ……」

精霊という規格外の存在を従えたケンは、確かに学園の中でも特異な存在だろう。

だが、今はシーナとラズワードがいる。

精神操作に関して、ラズワードはメフィに及ばないと言っていたが、ノゾムには他にもトムやアイリスディーナ、ティマを始めとした頼れる仲間達がいた。

「希望はある。絶望する必要なんてない。だからカミラ、リサを助けるために、力を貸してくれないか？」

過去の確執を超え、ノゾムはまっすぐとカミラを見つめながら手を差し出す。

伸ばされた手を茫然《ぼうぜん》と見つめていた彼女の瞳から、はらりと一筋の涙がこぼれ落ちる。

「う、ふぐ……ごめ、なさい……」

口を覆い、彼女は泣き崩れる。溢《あふ》れる嗚咽《おえつ》を漏らす彼女を、ノゾムは黙って見守っていた。

やがて、カミラはゆっくりと顔を上げる。その瞳は先ほどまでの陰鬱な闇を幾分残しながらも、確かな意志の光を輝かせていた。

「全部終わったら、私はリサに絶交されるわね」

「安心していい。俺は多分殴られる」

「ありがとう、ノゾム。私の声を、想いを拾ってくれて……」

取り返しのつかない過去。それでも、今やるべきことをする。その気持ちを新たに、カミラはノゾムの手を握り返した。

「じゃあ、今すぐ動きましょう。時間がないわ」

「ああ、そうだな」

精霊による記憶操作が、リサの精神にどれだけ負荷をかけ続けているのか分からない。おまけにケンと彼に協力している星影の存在もある。早急に動く必要があった。

しかしその時、日の落ちた林の中に声が響いた。

『そうさせるわけにはいかないな～』

「アンタ……!?」

「ケンと契約している精霊か……」

メフィと呼ばれた水の小精霊の声に、カミラは目を見開く。ノゾムはカミラと背中合わせになって、周囲に目を走らせた。

(姿が見えない。徹底的に姿を隠す算段か)

鎛冠の大百足に憑依《ひょうい》して戦った際、ノゾムから痛い一撃をもらったためか、遠くから声だけを飛ばしているようだった。

『あ～～あ。やっぱりこうなっちゃったか。肉親まで裏切るなんて、リサも悲しむんじゃないかな？』

「よく言うわ……！」

煽《あお》るようなメフィのセリフをカミラが吐き捨てる中、ノゾムは闇の奥に隠れているであろう小精霊の気配を探し続けていた。相手は超常の力を操る精霊の一角。その力のやっかいさは、ノゾムは骨身に染みている。

しかし、肝心の精霊の気配は微塵《みじん》も感じ取れない。よく見れば周囲を薄い源素が霧のように包み込み、遠くから聞こえてくるはずの街の喧騒《けんそう》が消えている。

おそらく気配を隠匿し、周囲から己を隔絶する精霊の術だろう。

静けさと共に張り詰めていく緊張感。冷たい夕暮れの風が木々の枝葉を鳴らし、伸びていた影は既に闇と同化しかけている。その時、不意に正面の茂みから、小さな複数の影が飛び出してきた。

「っ、カミラ、伏せろ！」

隣のカミラを伏せさせながら、ノゾムは反射的に鞘《さや》に納めた刀で飛び出してきた物体を弾《はじ》き返す。

それは、黒く塗られた投剣だった。直後、黒い外套《がいとう》をかぶった人影達が飛び出してきた。

その数三。懐から黒塗りの短刀を引き抜き、一斉にノゾム達に襲いかかってくる。

三本の黒い線が、ノゾムめがけて走る。狙いは右大腿、右首筋、左脇腹。既に強化魔法がかけられているのか、疾風のように彼の急所に迫ってくる。

黒に塗られた剣身も相まって、常人には視認することすら不可能な一撃だ。

「ふっ！」

その斬撃を、ノゾムは抜き打ちの一閃《いっせん》で全て斬り飛ばした。刹那の間に練られた極刃が滑らかな曲線を描き、魔力で強化された剣身を乾いた枝を切るように纏《まと》めて両断。

続けてノゾムは腰だめになり、両手に気を送り込み圧縮。両腕を突き出すと同時に解放する。

気術・震砲。放たれた強烈な衝撃波が、三人の星影を纏めて吹き飛ばす。襲撃者達はすぐさま受け身を取って立ち上がるが、三人のうち、二人のフードがはだけ、粗野な男の顔が露《あら》わになる。

「こいつらが星影か。しかし、なんで襲ってきた？　あの精霊がいる以上、ケンの奴が何か企んでいるんだとは思うが……。カミラ、そっちは大丈夫か？」

「ええ、大丈夫……っ、ノゾム、下がって！」

フードをかぶったままの星影が右手をかざし、その手の平に炎の塊を生み出していた。

直後、一瞬で人の身の丈ほどまでに巨大化した魔法が、ノゾムとカミラに向かって放たれる。

「ぐうう……！」

彼女もまた、一階級に属するほどの実力者。素早く紡がれた詠唱が魔法障壁を展開し、炎弾を受け止める。しかし、予想以上の威力に、カミラは苦悶《くもん》の声を漏らし、魔法障壁は炎弾と相殺される形で霧散する。明らかに、数節の詠唱で放たれた魔法の威力ではなかった。

ランクで区分するなら、間違いなくAランクに属する強者。他の二名も、劣らぬ実力者だろう。

隠密を司る組織の構成員にしても、異常な力量だった。

だが、ノゾムとカミラの心胆を寒からしめたのは、そのフードの奥から覗《のぞ》く、空っぽな瞳だった。

(相当な手練れ、でもなんだ、あの空虚な目は……)

対峙《たいじ》する星影達からは、殺意や戦意、恐怖や緊張などの、人間らしい感情が一切感じられない。

まるで心をどこかに置き忘れたか、初めから喪心しているような虚《うつ》ろな気配。隠密、裏工作など、陰に潜む者としてはある意味理想ともいえるような佇《たたず》まいだが、あまりにも無機質すぎた。

「なるほど、精神を支配するか消すかして、意のままに使える手駒にしているのか。本当に碌でもない精霊だな……！」

『あ～ひっどいな～。でもいいじゃん。別に知らない人間がどうなろうと。そもそも、アナタの方がもっとひどいじゃない。元とはいえ、自分本位の怒りで恋人を殺そうとしたんだから～』

ケラケラと小馬鹿にしたような声が、林の中に響く。つくづくこの精霊は、人の神経を逆なでするのが好きらしい。

「そっちこそ、契約者と同じ臆病者で痛がりなくせに、口だけは達者だな。六凶なんて規格外の存在に憑依しながら、たった一撃もらっただけで逃げ出すんだから」

『……こいつ！』

逆にノゾムに煽り返され、メフィは操る星影三人を再び差し向けてきた。

ノゾムはカミラに目配せすると、全身に気を巡らせ、迫る星影を迎え撃つ。

メフィに操られた星影達は、近距離では得物ごと両断されることを恐れたのか、遠くから攻めてたてる戦術に切り替えた。

派手な炎弾や魔力弾を不規則に放ちながら、その陰に紛れ、意識の間隙を縫うように死角から投剣を投げつける。

「ふっ、し！」

『な、なんで……』

それを、ノゾムは的確に弾き返す。

「たとえ爆炎に紛れようが、気で聴力を強化すれば、その音に重なった風切り音を聞き分けることはできるさ」

一定以上の力量を持つ相手に対して、音が出る武器というのは不利に働く場合がある。

音が聞こえる方向、大きさ、音質。それらから軌道を読み取れば、捌《さば》くことは可能だとノゾムは語る。もっとも、こんなことができる者など、本当にごく僅かだ。

それこそ、数十年以上武の道に没頭して、ようやくその片鱗《へんりん》を掴《つか》めるかどうかというレベル。

『くっ……！』

「ふっ！」

メフィの動揺が人形達に伝播し、動きが一瞬鈍る。その隙にノゾムは影の一人に一気に間合いを詰めて『無銘《むめい》』の峰を叩《たた》き込む。

「ガッ!?」

ゴキリ！　と骨が砕ける音と共に、影の一人が倒れ込む。残り二人。

『なっ!?』

「しっ！」

攻めから守りへの急な転換に対応しきれず、さらにもう一人の影がノゾムに打ち倒される。

人形にされた星影本人に能力はあれど、操者がその力を発揮できなければ意味はない。

残り一人。最後の影は、先ほど強力な炎弾を放ってきた者だ。

この者は特に強くメフィの干渉を受けているのか、フードの影から覗く無機質だった双瞳に、強い動揺と怒りの色が混じっていた。

影は外套から二振りの曲刀を取り出して構える。投げナイフと同じく闇と同化するような黒い双刀。

同時に影の体から魔力が噴き出し、その体に纏わりついた。身体強化の魔法。それも相当に高度で強力な魔法だ。

さらに強化魔法は影の得物までにも及び、濃密な魔力が黒い刀身を包み込む。

影が踏み込んでくる。その速度は、あのアイリスディーナすらも上回った。

『っ！』

猛烈な勢いで繰り出される双刀。剣戟《けんげき》は濃密な魔力で熱を帯び、まるで炎の渦のようにノゾムに襲いかかった。

「ふ、しっ！」

その双刀の嵐を、ノゾムは『無銘』一本で迎撃する。

ミカグラ流・柳太刀。一太刀で捌きと打ち込みを同時に行うミカグラ流の技。

卓越したノゾムの刀術は打ち込まれる相手の初太刀を逸らし、二の太刀を強制的に受けに回らせる。

一合、二合、三合を超え、十、二十と打ち合うも、ノゾムはその場から全く押し込まれることなく、相手の斬撃全てを叩き落とす。

あのシノ・ミカグラをして同格と評した刀捌きが、相手との圧倒的な速度と膂力《りょりょく》差を相殺していた。

そして、さらに時を重ねるごとに、状況は一方へと傾き始める。

『く……』

「得物が限界に近いな」

打ち合いが三十を超えたあたりで、影の双刀が悲鳴を上げ始めた。削られた鉄片が舞い、既に刀身に無数の傷が刻まれている。ノゾムの気刃『幻無・纏《まとい》』が、影の濃密な魔力を斬り裂き、徐々に双刀にダメージを蓄積していったのだ。そして、三十五合目で、ついに相当に限界が訪れる。

「ふっ！」

一際鋭いノゾムの一閃が、影の双刀の刀身を半ばから両断。さらに彼は完全に無防備になった影の腹に峰打ちを叩き込み、吹き飛ばす。

「ノゾム、メフィがいたわ。その木よ！」

『っ！』

カミラの声が響き、彼女は一本の木を指さす。よく見れば、僅かに源素の輝きを帯びていた。彼女はノゾムが戦っている間、ずっと息を殺して、周囲に満ちるメフィの力の痕跡を探っていたのだ。

『カミラ、お前！』

「しっ！」

カミラが指示した木に、ノゾムが気刃を飛ばす。

気刃が木に着弾する直前、水色の小さい精霊が、木の幹から飛び出していた。

輝冠の大百足に憑依していた時にノゾムにぶった斬られたことを思い出したのか、相当慌てた様子。

ノゾムの気刃はメフィの髪を一房斬り飛ばしたものの、決め手にはならず、間一髪でなんとか回避に成功したメフィは、背を向けて一目散に遁走《とんそう》を開始する。

「逃がさないわよ！」

逃亡するメフィに対して、カミラの魔法が発動。水の小精霊の周囲を魔力障壁が囲み、その動きを封じる。

『この……邪魔！』

しかし、頂上の存在である精霊を封じるには足りない。甲高い罵声と共にメフィの体から噴き出した源素により、彼女を拘束していた魔法はあっという間に砕かれてしまう。

足止めできた時間は、僅か数秒。だが、その数秒の間に、ノゾムはメフィの逃走先に回り込んでいた。水の小精霊が目を見開く中、構えた刀身に再度気を送り込む。

先ほど斬り飛ばした小精霊の髪は、治ることなく霧散した。精霊といえど、体を構成する源素を失い続ければ動けなくなる。そして、ノゾムが一閃を放とうとしたその時……。

『……な～んてね！』

「っ！」

ノゾムの横に突進してくる人の気配が出現する。ノゾムが吹き飛ばした双刀使いの影だ。

反射的に迎撃しようとノゾムが『無銘』を斬り返そうとしたその時、フードに隠れていた影の顔が露わになり、彼は思わず目を見開いた。

（リ、リサ!?）

闇の中になびく紅色の髪。双刀使いの影は、なんとリサだった。振り抜こうとしたノゾムの刀が、凍りついたように止まる。一方、リサは無機質な表情のまま手の平に魔力を集束すると、強烈な炎を呆然としていたノゾムに叩き込む。

「ぐああああああ！」

至近距離で炎魔法の爆発を食らったノゾムは大きく吹き飛ばされ、地面に叩きつけられた。

「ノゾム……きゃあ！」

ノゾムを吹き飛ばしたリサはそのままカミラに向かって突っ込むと、彼女が持っていた杖《つえ》を弾き飛ばし、手をひねり上げて拘束してしまう。

『ふう、危なかった～。保険がまだ効いてよかったよ～。勝手に連れてきたからケンに文句言われるかもしれないけど、まあ、いっか！』

リサを保険と物のように言い切ると、メフィはふぅ～～、と安堵《あんど》の息を漏らす。

『それにしても、本当にバカだよね～。一度は殺そうと思ったんだから、そのまま斬り捨てればよかったのに。さて、あんまり遅くなると感づかれちゃうから、さっさと終わらせよっか！』

「あぐっ⁉」

「カミラ⁉」

カミラのくぐもった声と共に、彼女の腹部から切っ先を赤く濡《ぬ》らした黒い刀身が飛び出してくる。

彼女の腹部を貫いた曲刀から滴る血が渦を巻きながら宙を舞い、一か所に集束していく。

集まった血液は両手で抱えられるほどの球体を作り上げる。淡く不気味な光を放つそれは、まさに血の宝玉と呼ぶに相応《ふさわ》しい外見をしていた。

血球が完成するとカミラの腹部を貫いていた刃が引き抜かれ、彼女の体がドサリと地面に倒れ伏した。

『う～ん、やっぱり純度が低いな～。でもこれで必要な二つの物のうち、一つは手に入ったと』

メフィは彼女の血で作られた宝玉を眺めながら、にんまりと幼い顔を歪《ゆが》ませると、その血の宝玉を自分の体に押し当てた。

ずぶりと宝玉が小精霊の体にめり込み、溶けるように同化していく。次の瞬間、メフィの体から膨大な量の源素が噴き出した。おそらく、カミラの魔力を、血を介して吸収したのだろう。

メフィは満足そうに今しがた自分が刺させたカミラを見下ろす。

カミラは未《いま》だに倒れたまま。その地面には、宝玉と同じどす黒い色の血が広がっている。

そんな光景を、ぼんやりと見下ろしていたリサ。彼女の焦点の定まらない目が見開かれ、急速に意思の光が戻ってくる。

「え、あれ……カミラ？」

目の前の光景が理解できないのか、呆《ほう》けたような声がリサの口から漏れる。視線は倒れるカミラと彼女を貫いた曲刀を何度も行き来し、茫然としていた表情が、徐々に凍りついていく。

信じられない、信じたくない。そんな感情が見て取れる表情。しかし、いくら頭で否定しても、粘つく血の感触と鼻を突く錆鉄《さびてつ》の匂いは冷酷に、リサに真実を突きつけていた。

「ノゾム、私、なにを……」

『あちゃ～。また意識戻っちゃったよ。やっぱりこの血筋は力のかかりが悪いな～～』

「あなたは、ケンと一緒にいた……」

リサの目が、ようやく隣に浮くメフィの姿を捉えた。

『は～い、愚かなお姫様。眠っていればよかったのに、目が覚めちゃったんだね～』

「なに、を……いったい何をしたのよ！」

『なにって、分かってるでしょ～。何度も何度も見てきたんだから』

次の瞬間、リサの脳裏にこれまで歪められていた記憶が弾ける。

ノゾムからの手紙、不自然な幼馴染《おさななじみ》と親友の行動。そして、スパシムの森での対峙。

それだけではない。精神を封じられていた時のカミラとケン、そしてメフィのやり取りすらもフラッシュバックしてきた。

心が無視していても、耳には刻まれていた記憶。それが否応なしに、真実を彼女に突きつける。

「あ、ああ。いや、いや……」

黒い曲刀がリサの手から離れ、カランと乾いた音を立てて地面に落ちる。

全身に怖気《おぞけ》が走る中、こみ上げる動揺に頭だけは沸騰していく。

今までノゾムに叩きつけていた嫌悪と憎悪、罵声が全て跳ね返り、彼女の心にのしかかっていた。

「違う、私は、私は……！」

頭を抱えて首を振るリサ。そんな彼女に、メフィが酷薄な笑みを浮かべながら近づいていく。

「いや、いや！　来ないで！」

近づいてくる小精霊に後ずさりながら叫ぶも、この精霊がそんな懇願を受け入れるはずがない。

むしろ、メフィはその酷薄な笑みを一層醜く歪め、青く輝く手の平をリサに向けると光の塊になり、リサと同化、彼女の精神を再び封じ込める。

『ふう、危ない危ない。ケンに黙って連れてきたから、ここで逃がすと本当に面倒になっちゃうよ。

まあ、なかなかそそられる顔だったけどね。それじゃ、最後に、後始末っと！』

「っ、お前……！」

『おっと、あの力を使うのはナシだよ。私はこの娘と同化している。お姫様を傷つけたいのかな？』

ノゾムが声を荒げて躍りかかろうとするも、リサと同化したメフィは得意げな口調で彼の機先を制する。輝冠の大百足と同じく、リサはただメフィに操られているだけ。ノゾムは勢いを削がれ、立ち止まるしかなかった。

『さて、それじゃあ、お暇《いとま》するね。ああ、追いかけてきゃダメだよ。多分、無理だと思うけど！』

懊悩《おうのう》している中、メフィはリサの体を操り、足元に落ちていた曲刀を拾い上げると、パチン！　と指を鳴らす。次の瞬間、周囲の林を覆いつくしていたメフィの源素が霧散した。

遠くから聞こえる街の喧騒。それに紛れて、ガチャガチャと耳障りな金属音が響いてくる。

「おい、こっちだ！　誰かいるぞ！」

「突入しろ！　こちらもすぐに応援に行く！」

「な、なんだ!?」

『それじゃあね、忌々《いまいま》しくて目障りな玩具《おもちゃ》』

複数の金属音に紛れて聞こえてくる、複数の人間の叫び声。

ノゾムが戸惑う中、メフィは嘲笑しながら、己の力を隆起させた。メフィが同化したリサの体から水の源素が噴き出し、霧のように彼女の体を包み込む。

「っ、待て……！」

逃げようとするメフィに対し、ノゾムは叫びながら駆け出し、手を伸ばす。

しかし、ノゾムの手は空を切り、源素の霧は霧散。そこにメフィ達の姿は、影も形もなかった。完全に逃げられた。

「くそ！」

ノゾムは悔しそうに吐き捨てるも、すぐに意識を切り替え、カミラの元に駆け寄る。

「カミラ、しっかりしろ！」

「うう……。そう、か。完全に、嵌《は》められた、わ。初めから、私を釣り餌にして……」

ノゾムは両手で傷口を押さえるも、流れ出る血は止まらず、血が広がる地面をさらに紅く染めていく。後ろから刺された傷は胴体を貫通しており、明らかに命に係わる重傷だった。

ノゾムは急いで腰のポーチから常備しているポーションを彼女にかけるが、傷が深すぎて出血が止まらない。急いでどこか治療できるところに運び込む必要がある。

「今すぐ、リサを、追いかけて。助けてあげて……。早く、手遅れに、なる前に……」

「何を言ってる、重傷なんだぞ!?」

「あいつら、きっと初めから、全部承知の上で、私を泳がせていた。このままじゃ、リサの心が、あの二人に壊されて、いいように弄ばれる。お願い、手遅れに、なる前に……」

懇願しながら、カミラは懐から、血に濡れた紙を取り出す。そこには『市民区主冠動水路第三連絡路』と書かれている。

「これは……」

「ケンの隠れ家……急いで……」

カミラはそのまま、意識を失ってしまう。

ノゾムが渡された紙を懐にしまい、治療を続けようとしたその時、ガチャガチャと鎧《よろい》を鳴らしながら、複数の衛兵が林の影から飛び出してきた。

彼らは槍《やり》や棒を手に持ち、腰には長剣を下げている。明らかに何らかの通報を受けて出動してきた様子だった。

「こ、これは……」

衛兵達の目がノゾムと、倒れ伏すカミラの姿を捉える。

直後、彼らはノゾムを取り囲むと、その手に持つ得物を突きつけてきた。

「殺しだ、捕らえろ！」

「動くな！　武器を捨てろ！」

「ちょ、ちょっと待っ……」

ノゾムが弁明しようとする暇なく、衛兵たちはノゾムを打ち据えてカミラから引き剥がすと、そのまま彼を拘束してしまった。

「ぐ、俺じゃない！　いや、それよりも彼女の治療を……！」

「黙っていろ！」

拘束されたノゾムを見下ろしていた衛兵の一人が、槍の柄尻を彼の側頭部に叩き込む。

強烈な衝撃が頭に走る。意識が朦朧《もうろう》とする中、地面に倒れるカミラに衛兵たちが駆け寄っていく。

「これはマズい……。おい、薬を持ってこい！」

「酷《ひど》いことをしやがる」

衛兵たちに応急処置を施されながら、カミラが運ばれていく。

衛兵達から敵意を向けられる中、拘束されたノゾムは武器を奪われ、力ずくで連行されていった。


「どういうことだ！」

アイリスディーナの激高が、フランシルト邸に木霊する。

時間は昼すぎ。広々とした応接室には、ソミアやメーナだけでなく、マルスやティマ、そしてシーナ、ミムル、トムの姿もあり、皆一様に難しい表情を浮かべている。

彼らは午後の授業を放棄して、この場に集まっていた。

理由は、ノゾムが衛兵に拘束されたことを知ったから。容疑は殺人未遂。

当初、学園側はこの話を秘密にしていたようだが、なにせノゾムは、あのジハード・ラウンデルと接戦を繰り広げた期待の星。故に、情報はどこからともなく漏れ、そしてセンセーショナルな話題として、僅か半日で学園中に知れ渡った。

この話に対する反応は様々。やっぱりと言う者。明確には判断を下さず、意見を保留する者。そして、信じられないと否定する者。アイリスディーナ達は当然、最後の者達だ。

「ノゾム君は行政区の衛兵隊本部で拘束されているみたい。会えないか行ってみたけど、捜査中ってことで追い返されたわ」

シーナの言葉に、アイリスディーナは腕を組んで唇を噛《か》み締める。

アルカザムの司法、行政は各国からは独立しており、いくら故国で権力があろうと、特別扱いはされない。特に犯罪の捜査ともなれば、容疑者の逃亡や証拠隠滅などを防ぐために拘束し、外部との連絡を絶つことは普通である。

「アルカザムの捜査機関は、他国と比較しても優秀だよ。非効率な拷問なんかをすることはないと思うけど……」

「だが、絶対ではありません。捜査の手法として、拷問は未だ禁止されておりません」

トムの発言に、メーナが言葉をかぶせる。

そもそも、拷問は一部の国の中では非効率な捜査方法とされている。痛みや苦しみから逃れようと、出鱈目な情報を吐く事例があるからだ。

正確な情報なくして、正しい捜査はできない。しかし慣例として、各国の捜査機関の捜査規定の中に拷問という手段は残っており、それはこのアルカザムでも同じだった。

そしてその裁量権は、捜査を担当する衛兵の一存で決定できた。各国との折衝の末に残った、アルカザムの問題点の一つである。

「とにかく、何が起きているのかを確認する必要がある」

こみ上げる不安と焦り。それを振り払うように、アイリスディーナは口を開く。

しかし、それが簡単でないことは、この場にいる誰もが理解していた。なにせ彼女達は既に、学園側にも衛兵側にも、事態の説明を求めて押しかけた後だからだ。

結果は門前払い。学園側も衛兵隊側も無言を貫いているというのが現状だった。

「一応、ラズが衛兵隊本部を探ってるわ。何か分かればいいけど……」

『戻ったぜ』

「ラズ……！」

そんな話をしているうちに、窓の外からラズワードが応接間の中に入ってくる。精霊らしく窓を開けずにガラスを透過しながら室内に入ってきた風の小精霊は、パタパタとその瑠璃色の羽を羽ばたかせながらシーナの肩に止まる。

「何か分かったか!?　ノゾムの様子は!?」

『悪《わ》りぃ、本部の建物の中には入れたんだが、牢屋《ろうや》がある地下には結界が張られていてダメだった』

「そう……」

アイリスディーナが声を荒らげながらラズワードに詰め寄るが、彼の返答は芳しくなかった。

衛兵隊本部の牢屋は、重犯罪者を一時的に収容できるように造られている。当然、魔法的な隔離装置も施されていた。

また、それは儀式魔法都市として作られた経緯からすさまじい堅牢さを誇っていると言われていたが、精霊であるラズワードすら手出しできなかったことを考えると、その噂に間違いはないらしい。

「捜査中の衛兵隊本部に行っても、間違いなく門前払いされるだけ。学園も表立っては何も言ってこない。となると……」

衛兵隊が捜査中の容疑者を解放するはずはなく、同時に第三者の接触を許すはずはない。

アルカザムの一機関でしかない学園も同様で、捜査中ということでコメントを避けている。

ならば、どうすればいいのか。しばしの間、無言で思案顔を浮かべていたアイリスディーナの視線が、壮年のメイドに向けられる。

「メーナ……」

「なんでしょうか？」

「少し、確認したいことがある」

幼い頃から見守ってきたアイリスディーナの強い視線に、母親代わりだったメイドは戦慄を覚えながらも、静かに笑みを浮かべた。

‡

ソルミナティ学園のとある一室。他の部屋と比べても一際煌《きら》びやかな執務室で、ジハードは衛兵隊本部から来た報告に、苦虫を噛み潰したような顔で唸《うな》っていた。

彼の執務机の上には、一枚の通達書。そこには件《くだん》の生徒を、殺人未遂で拘束した旨が書かれている。

「困ったことになったな……」

「はい、こちらが炙《あぶ》り出しをする前に、手を打ってきました」

ジハードの執務室の中には、彼と副官であるインダの声が響く。室内にはノゾムをジハードと引き合わせたアンリ、そして星影の一員であるフェオの姿もあった。アンリは執務室の書棚の前でソワソワしており、フェオはめんどくさそうな表情で腕を組んで壁にもたれている。

「多分、ノゾムがジハードのおっさんとやり合った姿に焦って、早急に潰そうとしたんやないか？」

「それにしても、あまりにも稚拙で早急な行動ではないですか？　今までずっと精霊の落胤《らくいん》であることを隠してきた者の行動とは考えにくいのですが……」

フェオの推測に、インダは疑念を呈する。

確かにこれまでのケン・ノーティスの行動は、非常に慎重と言えた。

己のアビリティと契約している精霊の隠匿。裏で協力者を作り、星影を手駒として使う。

いくら優秀なソルミナティ学園の優等生といえど、普通の学生にできる行動ではなく、それほどの能力があるなら、もっと慎重に行動したはずだと。

「メフィっちゅう精霊の入れ知恵の可能性は？　精霊として若いゆうても、数十年は生きとるんや」

「それに、優秀だった者が予想外の事態に直面したことで、これまでの冷静さを完全に失うこともある。特に能力はあれど、経験が少ない若い頃は顕著だ」

そんなインダの言葉にフェオは肩を竦《すく》め、ジハードは執務机の上の通達書を睨《にら》み続ける。

三人が喧々諤々《けんけんがくがく》と推論を語り合う中、焦れたアンリが声を張り上げた。

「そんなことより、早くノゾム君を解放しましょうよ～！　彼は何もしていないんですから～～！」

アンリにとって最も大事なのは、ノゾムの身の安全だ。

今回の逮捕劇は、あまりにもタイミングが良すぎる。その上、今の彼は仲間達から引き離され、隔離された状況。再びケンが動く可能性は高く、早急に牢から出してあげる必要があった。

だが現実は思うようにいかず、教え子とは面会すら許してもらえない状況である。

「インダ先生、カミラ・ヴェックノーズの方は？」

「現在、グローアウルム機関内の病室にて治療中です。今は彼女の事情を鑑み、ノルン先生に付き添いをしてもらっています」

腹を刺されたカミラは相当な出血をしていたが、幸い一命をとりとめることができた。

適切な応急処置を早期に行えたことが、大きな理由である。

「それから、彼女の調査を行ったところ、面白いことが分かりました。こちらを……」

インダは続いて、懐から紙の束を取り出してジハードに手渡す。

彼は手渡された報告書に素早く目を通すと、得心したように唸る。

「なるほどな、星影側の状況はこれで分かった。後は、衛兵本部に拘束されているノゾム君か。しかし、衛兵隊本部の反応は芳しくない」

学園と衛兵隊とでは、同じアルカザム内の機構とはいえ、そもそもの管轄が違う。学園には校外で起こった事件の捜査権はないのだ。できるのは、抗議と事実確認くらいだろう。

「どうします？」

「こうなった以上、すぐに動く。アンリ先生はノルン先生のところに行った後、衛兵隊本部で……」

その時、ガチャリと執務室のドアが開き、一人の女性が許可もなく室内に入ってきた。

黒を基調とした長いロングスカートのメイド服を纏った、壮年の女性。

ジハードの戦友であり、少し前にも顔を合わせたフランシルト家のメイド、メーナであった。

「どうも、ジハード。数日ぶりですね」

「はあ、メーナか。悪いが、今は忙しいのだ。昔話なら後に……」

「いいえ、私の要件も、今貴方が困っていることに関してです。正確には私の主《あるじ》が、ですが」

そう言って、メーナは執務室の扉の脇に寄ると、静かに頭を下げる。

「皆様方、どうぞ」

メーナの言葉に促されるように執務室に入ってきたのは、アイリスディーナを始めとしたノゾムの仲間達だった。彼女達の登場に、ジハードは目を細める。

「何の用かな？」

「ノゾムについて、貴方達が把握していること全てを話していただきたい」

ジハードの視線が、アイリスディーナの後ろに控えるメーナに向く。

「彼女の手引きか？」

「いいえ、私が問い詰めました。なぜ、学園に用があったのかを。このメイドは少し前にノゾムと手合わせをしたり、用もないはずなのに学園を訪れたりしていましたから。そこから二十年前の戦友であるジハード先生との繋がりを結びつけることは、さほど難しくありません」

続いて、アイリスディーナの視線が、執務室の端で状況を見守っていたアンリ先生に向く。

「それに、ここには輝冠の大百足と戦ったアンリ先生もいます。彼女も学園の教師。ノゾムについて、報告していないと考えるのは無理がある」

「ふむ、確かに私はノゾム君の気質やその力の根源について、調査をしていた。六凶を退けるほどの存在ともなれば、調べないわけにはいかない。かの魔獣の恐ろしさは、何度も戦った私自身がよく知っているからな」

もっとも、最初は純粋な興味だけだったがなと付け加えながら、ジハードは執務室の背もたれに身を預けて天井を見上げる。

「ジハード先生。貴方もノゾムの正体について、既に知っているのでしょう？」

確信を匂わせたアイリスディーナの言葉に、ジハードは沈黙を貫く。

その態度に彼らがノゾムの正体を既に知っていることを確信し、アイリスディーナは情報を伝えたであろうアンリを睨みつける。強い非難の色を帯びた視線だった。

「そう責めるな。彼女はできるだけ正体が露見しない方法で、彼の後ろ盾を必要としていただけだ。そしてその賭けは、見事に勝ったよ」

「もちろん、それも察しています」

ジハードがアンリを庇《かば》うと、アイリスディーナはあっさりと視線を外した。彼女としても、初めからアンリがノゾムの意思に反する行動を取るとは思っていない。

先ほどアンリに向けた威圧も、逆にジハードの反応を確かめるためにしたことだ。

「ですがもし、ノゾムの秘密をいたずらにばら撒《ま》き、彼を陥れるようなことがあるなら……」

次の瞬間、先ほどアンリに向けたものとは比較にならないほど強烈な視線がジハードに向けられる。

よく見れば、アイリスディーナの体からは薄い黒色の魔力が漂っていた。

まるで背筋に氷柱を突き刺されたような寒気に、ジハードの傍《そば》に控えていたインダは思わず腰に下げ、迎撃の構えを見せてしまう。

「ふむ、いい眼だ。万の言葉よりも、ずっと説得力がある。安心したまえ。私は彼の力になることを決めている。実際、彼が抱えている存在を知る学園関係者は、直接輝冠の大百足と戦った者以外では、私とインダ先生しかいない」

アイリスディーナの視線に射抜かれても、歴戦の英雄の態度は毛ほども揺るぎはしない。

一方、彼女もまた、問い詰めるような眼を止めることはしなかった。

ノゾムはその卓越した剣技と戦闘能力に反して、このような政治的な駆け引きの経験がない。

お人好《よ》しな本人の性格も相まって、悪意を隠すような輩《やから》に利用される可能性は十分あるのだ。

だからこそ、アイリスディーナは確かめなければと思っていた。この英雄がノゾムの後ろ盾になった理由を。

「ジハード先生がノゾムの後ろ盾になったのは、教育者だからですか？　それとも、魔獣に殺された仲間の復讐《ふくしゅう》のため？」

「一教育者として。そしてあれほどの領域に至った彼を尊敬する、一剣士としてだ」

ジハードが戦場を離れ、この学園に来たのは、未来を担う若者達のため。

そしてノゾムはジハードにとって、この大陸の未来のために代えがたい存在だった。

武技園で刃を交えたあの時、彼はその気になれば、もっと簡単にジハードを追い詰めることができたはずなのだ。その身に宿した、龍の力を使えば。

しかし、彼はその力を使わなかった。奇跡で手に入れてしまった力ではなく、己の意思で積み重ねてきた研鑽《けんさん》のみでジハードと戦うことを決めた。

交わした会話はほとんどない。だがその事実さえあれば、ジハードがノゾムを信じるには十分すぎた。人の本音は、口からではなく、その行動に出るのだから。

『おい、嬢ちゃん』

「アイリスディーナさん、ジハード先生が嘘をついている様子はないわ。少なくとも、私もラズも悪意は感じられない」

ラズワードとシーナが割り込んでくる。

そんな二人の言葉に、アイリスディーナは深く息を吐き、ようやく緊張を解いた。

「……分かりました。信じます。ジハード先生、数々の無礼な発言と行動、どうかご容赦を」

「いや、気にしなくていい。むしろ、こちらを信じてくれて感謝する。君達から見れば、私は友人の影を探る怪しい存在に映っても仕方ないからな」

　実際、ジハードはアイリスディーナ達とは違い、ノゾムから自身の秘密を打ち明けられていないのだ。警戒されるのは当然と言えた。場の空気が落ち着いたところで、ジハードは本題に入る。

「実のところ、ケン・ノーティスの背後にこの都市の、そして学園関係者がいることは想像できていた。ただ、それがどこの誰であるのかが、まだはっきりしていない」

「となると、あの小精霊とケン・ノーティスを捕まえるしかありませんね」

「しかし現在、ケン・ノーティスもあの小精霊も行方が知れません。あと、リサさんも……」

　インダが補足をすると、アイリスディーナは目を細めた。

「どういうことです？」

「学園の女子寮を確認しましたが、昨日から彼女が寮に戻っていないことが分かりました。おそらく、ケン・ノーティスとメフィと呼ばれている小精霊が彼女を誘拐したと思われます」

「都市の外に出た可能性は？」

「時間を考えれば、それはまだだろう。都市内にいると考えるのが妥当だ。そこで、君達に協力を頼みたい。特に、彼女とその相棒である小精霊には」

「私達、ですか？」

　ジハードの目がシーナとラズワードに向けられた。誰もが納得したような表情を浮かべる。

　ケン・ノーティスが精霊の落胤と呼ばれる存在であり、精霊と契約していることはここにいる誰もが知っている。エルフであり、同じく精霊と契約しているシーナに協力を求めるのは当然と言えた。

「ノゾム君のためなら、協力することはやぶさかではありません。ただし、学園側はどう行動するつもりなのですか？」

「彼の秘密は今後も秘匿し続ける。ケン・ノーティスに関しては捕らえ、彼に協力していた者を炙り出すつもりだ。他にも彼には、確かめなければならないことがある」

ケンの行動の多くは、アルカザムの中で相当な力を持つ協力者がいなければ成しえないこと。

精霊の存在や、彼自身が精霊の落胤であることを秘匿できていたことなどが、その理由だ。

「鎛冠の大百足の一件、ですか？」

アイリスディーナの言葉に、ジハードは重々しく頷く。

あれほどの魔獣が、この広いスパシムの森の中で、偶然アルカザム近郊にいたということが不自然なのだ。しかし、六凶ほどの魔獣を捕らえることなど可能なのだろうか？

そんなことができるのであれば、その技術などはとっくに公開され、六凶の脅威もとうに去っているだろう。情報が少なく、推察すら難しい。不明な点が多すぎる今、その答えを探るためにも、煇冠の大百足を操っていた精霊とその契約者の捕縛は、ジハード達にとって絶対に必要だった。

「現状の最優先事項は、ケン・ノーティスの捕縛だ」

「ですが、問題の彼はいったいどこに……」

「居場所の見当はついている。彼が契約しているのは水の精霊だ。それが力を得やすく、契約者と共に移動する上で適した場所となると、候補は一つ」

そう言って、ジハードは人差し指を下へと向けた。

CHAPTER

第六章 穴の奥底へ

Ryuusa no Ori
Kokoro no
Naka no Kokoro

衛兵隊本部は行政区の中心地に存在する四階建ての施設だ。

アルカザムの防衛と治安維持を担う衛兵達の本拠地。その地下三階の留置所に、ノゾムは囚《とら》われていた。

重犯罪者を捕らえるための牢屋《ろうや》。留置所は四方を分厚い石組みの壁が囲み、一方の壁にだけ、小さな鉄格子がついた分厚い金属製の扉がある。

牢屋同士の間隔も広く取られ、さらには一つ一つの牢屋全体を結界が覆っており、石壁や扉の強度を高め、音などが外に漏れることを防いでいる。

天井に設けられた魔力灯が唯一の明かりであり、牢屋の中を薄暗く照らしていた。

(予想以上に早く行動してきた。おまけに、俺を捕まえるまでの段取りも的確。これは、予想以上に強い後ろ盾がケンにいるな)

牢屋の中で、ノゾムは独り冷たい壁に背を預けて瞑目《めいもく》し、思案に耽《ふけ》る。

輝冠《ひびかんむり》の大百足《むかで》がメフィと呼ばれていた小精霊によって操られていたことからある程度は予想できたが、今回の一件で、ノゾムは確信を得た。

ケンに協力している者がいる。それも、この学園の裏にかなり精通している者達だ。星影などという諜報《ちょうほう》機関の人間を傀儡《かいらい》として使うほどの。衛兵が完璧なタイミングで来たことを考慮すれば、彼らもケンか、その協力者が裏で糸を引いていたと考えるのが妥当だ。

（俺一人で解決するのは無理だな。アンリ先生、そしてジハード先生に協力を仰ぐ必要がある）

ケンはいったい、どれほどの数の手駒を作ったのか。相手の総数が分からない以上、このまま拘束され続けているのはよくない。

（カミラは大丈夫だろうか……）

重傷を負ったカミラは、応急手当を受けた後、搬送されていった。どこに連れていかれたのか分からない。今のノゾムには、ただ彼女の無事を祈るしかできなかった。

（彼女をあんな形で切り捨てたってことは、ケンの奴はもうなりふり構わなくなっている。でも、完全なやけっぱちでもない……。何か手があるんだな）

ケンは数年間、自分に協力させていたカミラをあっさり捨てた。元々、過去をネタに脅して協力させていたとはいえ、殺すような行動を取るあたり、本当に追い詰められているのだろう。

（とにかく、ここから出る手段を考えないといけないな）

ノゾムはおもむろに、背を預けている壁を拳の裏で叩《たた》いてみる。コンコンという固い音と共に、僅かに魔力光の波紋が牢屋の壁面に広がる。魔法や気術で破壊されないための工夫であり、外からの音も聞こえない。結界が音を完全に遮断していた。

（俺には鍵開けの技術はないし。出るには力ずくってことになってしまう）

そうなれば、今度こそ本当の犯罪者になってしまう。完全にケンの思い通りだ。

どうすれば、この牢屋を出られるか。思案に耽る中、ノゾムの全身にビリッとした感覚が走った。

産毛が逆立つような悪寒に、廊下に面した牢屋の壁を睨《にら》みつける。

廊下の奥から、何かが近づいてくる。それも、敵意を抱いた何かが。魔獣が跋扈《ばっこ》するスパシムの森で鍛え上げられた第六感が、音が聞こえずとも、この牢屋に近づいてくる存在を捉えていた。

ノゾムは背を壁に預けたまま腰を床に下ろすと、下を向く。気落ちして動けなくなっているような雰囲気を醸し出す中、明らかに普通ではない気配を纏《まと》った訪問者が牢屋の前で止まった。

「……………」

無言の視線が、入口のドアにある小さな鉄格子の窓から、中を窺《うかが》ってくる。そして、下を向いて動かないノゾムの姿を確かめると、格子の隙間から左手を差し入れてきた。

伸ばされた手の平が、魔力光で輝く。

「っ⁉」

そして、魔法が発動する直前、ノゾムは一瞬で全身を強化すると、差し込まれた手に飛びついた。

ドア越しに闖入者《ちんにゅうしゃ》が驚く中、掴《つか》んだ相手の手を引きながら、肘と手首を極め、魔力光を帯びた手の平を牢屋の外に押し出す。そして、発動した魔法を闖入者の顔面に押し当てた。

「ツ――――――！　ツ、ッ！」

弾《はじ》ける魔力光と共に、濃緑の煙が闖入者の顔を覆った。相手の体から急激に力が抜けていく。

どうやら、麻痺《まひ》の煙を発生させる魔法だったらしい。

ノゾムは再び腕を引き、相手の体をドアに寄りかからせる。そして腕を鉄格子から伸ばし、懐をまさぐる。硬い感触と共に、一本の鍵が出てきた。

その鍵を窓からドアのカギ穴に差し込み捻《ひね》る。ガチャリと音を立てて、牢屋の錠が開いた。

そのまま押し出すように扉を開ける。蝶番《ちょうつがい》を支点にくるりと半回転しながら、闖入者をドア越しに壁に押し当てて拘束。そして、相手の顔を確かめ、ノゾムは思わず目を見開いた。

「……カスケル先生？」

カスケル・マティアート。二学年の時まで、ノゾム達十階級の担任だった学園教師だ。

石壁とドアに挟まれながらも、視線だけはノゾムの方をしっかりと捉えている。どうやら、意識はあるらしい。

しかし、彼の表情には苦しさも悔しさも浮かんでいない。元々貴族出身でプライドが高かったはずの彼には、ありえない反応。その様子に、ノゾムはメフィの介入を確信した。

「意識がない。メフィが操っていたリサや、その手勢と同じ……っ！」

「おい、そこで何をしている！」

そんな時、タイミング悪く巡回している衛兵が、物音を聞きつけてきた。

「やば……」

「脱走だ！　脱走者がいるぞ！」

開いている牢屋の扉、そして廊下に出ているノゾムの姿を見て、衛兵達が大声を上げ、次々と常駐している衛兵達が押し寄せてくる。

今、カスケルの拘束を解くことはできない。精神を操られているなら、たとえ誰がいようとノゾムを殺そうとするだろう。それこそ、周囲の被害など考えず。

（どうする、どうする……）

最悪の場合、衛兵達に被害が広がることになる。

ノゾムが迷ううちにも、衛兵達はノゾムへと殺到しようとし……。

「待て」

重く、威厳のある声に止められた。

衛兵達が一斉に振り向くその先には、黒茶色の短髪で、短い顎鬚《あごひげ》を生やした人物が佇《たたず》んでいる。

アルカザムの衛兵隊。それを指揮する署長だった。

「彼の容疑は晴れた。釈放だ」

「釈放？」

「ああ、そうだ。それから、そっちの男は拘束しておけ。この事件の証人だ」

署長の指示により、操られているカスケルを衛兵達は縄で拘束し、そのままノゾムが先ほど入れられていた牢屋に放り込む。どうやら縄自体が特殊なのか、拘束中、カスケルは何度か魔法を使おうとしていたが、その度に縄が光り、彼の魔力を霧散させていた。

「ノゾム・バウンティス。君はこっちへ。待ち人がいる」

「待ち人？」

署長に促されるまま、衛兵隊本部の玄関ロビーへと案内される。そこには、ノゾムの担任がソワソワしながら待っていた。彼女の隣には、保健医であるノルンの姿もある。

「ノゾムく〜〜ん！」

「よかった。無事のようだね」

部屋に通されたノゾムの姿に、アンリが大声を張り上げながら飛びついてくる。

「むぐう〜〜！」

涙を流し、目の周りを赤く腫らした彼女は、そのままノゾムを思いっきり抱きしめた。フヨフヨと柔らかい女性の象徴が顔に押しつけられる。あまりに気持ちが高ぶっているためか、彼女の体からは気の揺らめきが立ち上っていた。

ノゾムが柔らかさと恥ずかしさ、そしてそれ以上の息苦しさに悲鳴を漏らす中、少し離れて様子を見守っていた署長が口を開く。

「君が容疑者ではないという証拠を持ってきたのは彼女達だ」

「こらアンリ、あまり彼を困らせない」

ノルンが優しく、慣れた手つきでアンリをノゾムから引き剥がす。

「むう～～～！」

「ぷは！　はあ、はあ、はあ……ノルン先生、ありがとうございます」

ようやく解放してもらえたノゾムの呼吸が落ち着いたところで、署長は改めて状況を説明し始めた。

まず、ノゾムにかかっていた殺人容疑は晴れた。カミラの腹部の傷とノゾムの刀の形状が違ったこと、付着していた血の量が推測よりもずっと少ないことが理由だった。

「現在、衛兵隊は学園と協力して、ケン・ノーティスの行方を追うことになった。学園から提供された情報と、カミラ・ヴェックノーズからの証言を取れたからだ」

「っ、カミラは無事なんですか？」

「ああ、幸い、一命をとりとめた。今はグローアウルム機関に併設されている病院にいる」

「よかった……」

彼女の無事に、ノゾムはホッと胸を撫《な》で下ろす。そんな彼の様子に、署長は苦笑を漏らした。

「事情があるとはいえ、陥れてきた相手の無事を喜ぶか。随分とお人よしだな」

「それが、この子にいいところですから～～！」

二人からの生暖かい視線に気恥ずかしくなり、ノゾムは思わず視線を逸《そ》らして頬を掻《か》く。

署長もノゾムがジハードと接戦を繰り広げたことは知っている。その時とはあまりにも違う、年相応の少年の姿に、笑みを深める。

「は、話を戻しましょう！　それで、ケンはどこに……」

「それについても話がある。ついてきたまえ」

‡

ノゾムが連れてこられたのは、行政区にある昇水棟と呼ばれる施設だった。

一本の巨大な塔と、その根元に大小二つの四角い建物が併設された場所。これにより地下から水を吸い上げ、アルカザム各所に張り巡らせた上水路に水を送っている。

都市の四区画にそれぞれ二つずつ、計八か所作られているこの施設は、試験型儀式魔法都市アルカザムの中でも、最先端の技術を惜しみなく投じて造られたもの。

アルカザム周辺には、これほどの都市を維持するための水源が存在しない。

最も近くの河川となるとヴェイン川だが、そこから水を引くには、魔獣の跋扈する森の中をひたすらに切り開いていかなければならず、現実的ではない。

水なくして人はその営みを続けることはできず、そのため『昇水塔』を始めとしたこれらのインフラ機能は、アルカザムの最重要施設の一つだった。

その施設の中でも、飛び抜けて異彩を放つ大きな塔。その前に集まっていた人達の姿を見て、ノゾムは思わず目を見開く。

「みんな……」

「ノゾム！　よかった、怪我《けが》はないか？」

「よう、無事みたいだな」

そこにいたのは、アイリスディーナを始めとしたノゾムの仲間達だった。

駆け寄ってくる彼女達。こちらの無事を確かめるように体をまさぐってくるその手に気恥しさを覚えながらも、心配してくれたその気持ちに喜びながら、安堵《あんど》する。

「ああ、大丈夫。それで……」

「一昨日《おととい》ぶりだな。ノゾム・バウンティス」

ノゾムの視線がアイリスディーナたちの後ろに控えているジハード達に向けられる。

彼の隣には副官であるインダと、なぜかフェオの姿がある。

ジハードから向けられる、ある種の確信を抱いたような視線。ここまで案内してくれたアンリに目を向けると、彼女は申し訳なさそうに小さく頷《うなず》く。

それだけで、ノゾムは自身の秘密がある程度、ジハードに知られていると確信した。

「ええ。それでジハード先生は、どのくらい俺について調べたんです？」

「おおよそ、アンリ先生が知っている範囲のみだ。生憎と時間もなかったし、使える手勢も限られていてね。なにより、その重要性を鑑み、私の胸の内に留《とど》めることにした」

つまり、ノゾムが龍殺しであると知っているということだ。

同時に、周囲を行きかう衛兵達に秘密が知られないような言葉を選び、その上で今は秘密を公にしないと明言する。ノゾムとしてはその言葉を今すぐ信用することは難しいが、龍殺しともなれば、アルカザム側も慎重に動かざるをえないことは、間違いない。

それに、今のノゾムにはやるべきことがある。彼はひとまずジハードの言葉を受け入れ、話を促す。

「感謝する。まず、私の目的は、この都市に巣食う寄生虫達を排除することだ」

「寄生虫……達。ケンの後ろ盾に、心当たりが？」

ノゾムの質問にジハードは頷くと、現状の説明を始めた。

まず、一部の者達がアルカザムの情報を不正に外に漏らしている。これはアルカザム建設以前から問題になっていたが、ケンはその一派と関わりがあるらしい。

「星影、ですか？」

「いや、星影の一部だ。星影は元々、アルカザムが持つ諜報機関だ。この都市に害をなす勢力に手を貸すことは、彼らの活動理由に反する」

「しかし、カミラは自分が星影に監視されていると言っていましたが……」

「逆だな。調べて分かったのだが、星影は彼女の事情を考慮し、秘密裏に保護するということだった。これは、彼女の母方の実家も了承済み。だが、その情報を見つけたケン・ノーティスとその後ろ盾が監視されていると彼女に思い込ませ、猜疑《さいぎ》心を煽《あお》って利用した、というのが真相だ」

そう言って、ジハードはインダが執務室で見せた報告書をノゾムに見せる。そこには確かに、保護対象として、カミラの名前があった。

「どうして、カミラには事情が説明されなかったのですか？」

「彼女の強い他者不信を考慮してだ。元々彼女は魔法で変装してアルカザムに来るほど警戒心が強かった。そんな彼女を下手に刺激して不信感を植えつける必要はないと考え、当時の担当者は彼女が学園を卒業するか、数年の時を経て落ち着いたのち、正式に接触する予定だったらしい」

カミラの性格と心情を考慮しての行動。しかし、それが裏目に出たのだ。

「そして星影の本部は、ケン・ノーティスの正体を把握していなかった。途中で、意図的に情報が握り潰されていたのだ。握り潰していたのは、カスケル・マティアートだ」

「え？」

「彼もまた、星影の一人だ。学園で不審な生徒がいないか監視し、同時に上がってきた情報を精査して星影の本部に報告する連絡員。しかし、彼はこの都市で生きていくことに不満があったらしいな」

カスケルは元々帝国貴族であり、プライドの高い男だった。彼にとってアルカザムへの派遣は、名誉ではなかったらしい。

「結果、彼は帝国に戻り、そこでの地位を得るため、生徒の情報を勝手に都市外に漏らし続けた。それに気づかなかったのは、横の繋《つな》がりが薄い諜報機関の欠点だな」

また、彼の不正が明るみに出たことで、星影は過去の報告を精査し直し、彼と、それに連なる関係者。ついでに、身内の不正を血眼になって探し回っているらしい。

「それから、君を襲った星影の二人だが、その容貌を確認したところ、星影の構成員にはいなかった。おそらくは、都市外から入り込んだ外部協力者の手勢。星影の構成員という言は、カミラと君を追い込むためのブラフだ」

メフィに操られ、リサと共に襲いかかってきたフードの男達。都市内の人間を操るには相応にリスクが伴うことを考えれば、都市外から連れてきた手勢というのは確かに妥当だ。

「だが、カスケルを捕らえて終わりではない。精霊の存在を秘匿するには、彼一人では不可能だ。他にもケン・ノーティスに手を貸し、この都市に害を成している者がいる」

「それで、ケンを捕まえて、その者を見つけ出すと？」

「そうだ。ケン・ノーティスは、今は都市に張り巡らされた水路内に潜伏していると思われる」

ノゾムの脳裏に、メフィに操られているリサの姿が浮かぶ。一刻も早くケンとあの精霊を見つけなければならない。そんな彼の内心を見透かしてか、ジハードはノゾムについてくるよう促すと、昇水棟内に設けられた、ひときわ大きな尖塔《せんとう》の前へと向かっていく。

棟の前には、直径十メル以上の大きな魔法陣が二つも描かれていた。

明らかに大規模な儀式魔法を想定したもの。二つの魔法陣はそれぞれ用途が違うのか、描かれている文字も形状も違う。だがどちらの陣も、握り拳ほどの石が置かれた平台が設置されていた。

ジハードが、地面に描かれた魔法陣を指さしながら口を開く。

「これは、ケン・ノーティスの精霊を見つけ出すための魔法陣だ。同質の存在とその契約者を介して、都市内で特に水の源素が集まっている場所を割り出す」

精霊。その言葉に、ノゾムは傍《そば》に控えるシーナとラズワードに視線を向ける。

二人はノゾムと目が合うと、コクリと小さく、だがしっかりと頷いた。どうやら彼女達は、既にジハードから事の次第を聞き、協力を了承しているらしい。

「こちらは、探索班と通話をするための魔法陣だ。この作戦は都市の各区画で同時に行われる。そのために必要な通話魔法を展開するためのもの。まだ試作型だが、一応、地下に張り巡らされた水路内でも声を届けられ、対象を限定すれば、魔法具を介して視界も共有できる」

「中央の石は……」

「縁石を特殊な加工を施して作ったものだ。通話魔法の要だな。この魔法は、ティマ・ライム君に制御してもらう」

縁石。状態を共有する特殊な石。特総演習でも使われたものだ。

ジハードが今度はティマに目配せすると、彼女は緊張した面持ちながらも、しっかりと頷く。

「おそらく、ケン・ノーティスは契約している精霊と一緒にいるだろう。君の殺害を失敗した今、彼の目的はリサ・ハウンズを連れてアルカザムから脱出しようとするはずだ」

ジハードの話では、既にケンは非公式ではあるが、重犯罪の容疑者として指名手配されているらしい。つまり、もう彼にこの都市に居場所はない。捕まれば都市外追放の上、犯罪者として相応の刑罰が待っている。

「さて、ここからが本題だ。ノゾム・バウンティス、君に依頼がしたい」

「依頼？」

「そうだ。学園責任者の私が、直接申し込む依頼だ。内容は単純、この捜査に協力して欲しい」

ジハードは明確に口にしないが、理由は分かり切っている。相手は精霊と契約した者。同じ精霊と交感できるシーナが地上に残らなければならない以上、他の切り札が必要なのだ。

ノゾムとしても断る理由はない。ジハードの視線を正面から受け止めながら、静かに頷く。

「感謝する。これを持っていってくれ。地下で通話するために必要な魔法具だ」

そう言うと、ジハードはノゾムに小さな耳飾りを渡してきた。真鍮《しんちゅう》と銀で作られた、装飾のない簡素な耳飾り。よく見れば、この耳飾りにも小さな縁石が埋め込まれている。

ノゾムは受け取った耳飾りを迷わずつけた。アイリスディーナを始めとした他の仲間達も、インダから同じ耳飾りを受け取っている。

だがそんな中、マルスだけが首を振り、耳飾りを受け取らなかった。

「悪いノゾム、俺は一緒に行けねえ」

「どうかしたのか……って、お前、いつも使っている大剣は？」

よく見れば、彼は愛用の大剣を持っていなかった。

「ちょっと、ある奴に預けてるんだ。俺はここに残るさ」

マルスの言葉に、ノゾムは訝《いぶか》しみつつも、頭を切り替える。

「そういえば、ジハード先生、カミラからこんなものを受け取ったのですが……」

そう言って、ノゾムは今までずっと隠し持っていた紙をジハードに見せる。それを見た彼は眉を顰《ひそ》め、静かに唸《うな》るのだった。

†

行政区の昇水棟から地下の上水道に入ったノゾム、アイリスディーナ、ミムル、フェオ、そしてアンリの五人は、シーナとラズワードの通信に導かれるまま、網の目のような水路を進む。

『その水路を右に曲がって、三十メルまっすぐ進んで。続く十字路を突っ切ったら、三つ目の曲がり角を左よ』

通常、この水路に入る時は地図を持参し、一つ一つ道を確認しながら進むのだが、地上からの案内がある今、ノゾム達は一気にケンの元へと駆けていく。

今頃、衛兵隊も市民街の水路を封鎖するように、他の入口から突入しているだろう。

カミラが渡してくれた情報のおかげだ。

『強い精霊の反応は市民区地下。南五番街よ。やっぱり、あの紙に書かれていた場所の近く。それから気をつけて、進行方向に何かいるわ』

シーナの警告と共に、水路の奥から粘膜に包まれた大量の不定形体が姿を現す。

「ブロフか！」

「おいおい、ここは上水道やで！」

立ち塞がるブロフを斬り飛ばしながら、ノゾム達は水路を駆け抜ける。

魔獣が絶対に入ることがない上水道にいる。間違いなくケンが……正確には、メフィが引き入れたのだろう。スパシムの森でもあの精霊は同様に、周囲の魔獣達を操っていた。

同時に、ノゾムの脳裏に先日下水道に大量のブロフが入り込んでいた一件が思い起こされる。

「もしかして、下水道の排出口に設けられていた魔法陣が壊れていたのは……」

「このための準備って可能性は大いにあるな。シーナ君、他の突入班の様子は!?」

『彼らも突入してすぐに魔獣との戦闘になっているわ！　まったく、どれだけの数の魔獣を都市内に引き入れたの!?』

どうやら、他の水路入口にも配置された魔獣がいるらしい。

『対象は今、市民区の南五番街地下から南西へ……っ、気づかれたみたい。移動速度が上がったわ！』

シーナの報告にノゾム達は足を速める。

しかし彼らの行く先に、巨大な粘液の壁が立ち塞がった。

それは、大量のブロフが寄り集まってできた群体だった。水路を塞ぐほど巨大化したブロフの群体は、その質量でノゾム達を押し潰そうと迫りくる。

「冗談だろ……！」

「ノゾム、下るんだ」

アイリスディーナが魔法を展開しながら前に出る。

中級魔法・深淵《しんえん》の投槍《なげやり》。貫通力に優れた闇の槍が投擲《とうてき》され、ブロフの群体に突き刺さり、爆発。その体に穴を穿《うが》つ。

「今だ、抜けろ！」

その穴に、五人は飛び込み、反対側へと抜ける。しかし、ブロフもすぐに進行方向を反転。バックするように、ノゾム達を追いかけ始める。

「追ってくるね。ここは食い止めるから、皆は先に行って」

「でも、ミムルさ～ん。あなたとブロフじゃ相性が……」

「大丈夫！　トムからこれをもらってるから。てい！」

アンリの苦言をよそに、ミムルは懐に手を突っ込み、取り出した瓶を投げつける。

白く濁った結晶に満ちた瓶。それはブロフにぶつかるとパリン！　と割れ、中身を吐き出す。

空気に触れた結晶は瞬く間にブロフの体に飲まれ、消滅。すると、ブロフ群体は悶《もだ》えるように震え、体内の核が次々と腐食し始めた。続いて群体の表皮が崩れ、異臭を放つ中身が溢《あふ》れ出す。

「これは……」

「トムが作ってた薬品。なんでも、酸を煮詰めて結晶化させたものとかなんとか……」

強い酸は、水分を飛ばすと結晶化するものがある。それを密閉した瓶に保管していたものだ。

これは水と反応することで急激に硫酸へと変化し、触れた有機物を変質させてしまう。大量の水分を含むブロフにとっては、猛毒となりえるものだった。

ちなみに、超危険物。目や口に入ったら、粘膜の水分と反応して濃硫酸に変化する劇物である。

「う～ん、それでも数が多いな。ここは私が受け持つから、皆は先を急いで」

ミムルの自信に満ちた言葉に、ノゾムは二人にこの場を任せ、再び駆け出す。

『ケンとメフィは上水道から下水道に移動したわ。街の外に出るためでしょうね。突き当たりの連結通路から下水道に降りて……っ!?』

「シーナ君、どうした!?」

『こっちにもブロフの群体が現れたわ。数は三体！』

どうやら、拠点の方にも、ケンは魔獣を向かわせていたらしい。ノゾムが息を飲む中、耳の奥に地上に残っていたマルスの声が響く。

『俺とジハードでどうにかできる。お前は先を急げ』

「……分かった、頼む」

ノゾム達は、とにかく先を急ぐ。水路からアルカザムの外に出るには、下水道を通るしかない。

シーナの言葉に従い、下水道を目指して、すえた臭いが奥から漂ってくる連結通路を駆ける。

上水道から下水道へと飛び出したその時、汚水の中から、どす黒い水が高速で撃ち出された。

「っ!?」

ノゾムは反射的に身を逸らし、撃ち出された水を躱《かわ》す。圧縮された水流は下水道の壁を削り、水滴と土くれが舞う。そして流れる汚水の水面から、馬によく似た濃藍色の異形が姿を現した。

「ブルルルル!」

「っ、ケルピー。ケルピー。こんな危険な魔獣まで引き入れているなんて……」

ケルピー。頭から腰までは馬、後ろ脚が魚となっている異形。

頭には二本の角。鬣《たてがみ》の代わりにヒレを持ち、水中で動くことに特化している魔獣だ。

性格は獰猛《どうもう》。また、水属性の魔法も操り、人間を積極的に捕食することから、Ａランクの危険度をつけられている。これも間違いなく、ケンとメフィが引き入れた魔獣だろう。

異形の魔獣は苛立《いらだ》ったように嘶《いなな》きながら、黒い瞳でノゾム達を睨みつける。

「こっちは、私がやるわ〜。ノゾム君は先に行って〜〜」

「すみません、お願いします!」

「ブヒヒ――――――ン!」

先を急ごうとするノゾム達を見て、ケルピーの角が魔力光で輝き、その先に水塊が生み出される。魔法が発動する前兆だ。狙いは当然、先を急ごうとしているノゾム達の背中。

「だめよ〜〜」

しかし、魔法が発動する前に、繰り出された鞭《むち》がケルピーの肩を強《したた》かに打った。

走る衝撃に、ケルピーは忌々《いまいま》しそうに邪魔をしてきたアンリを睨みつけながら、待機させていた魔法を発動。強力な水刃が股下から両断する勢いで、彼女に迫る。

「おっと〜。危ない、危ない」

その水刃を、アンリはくるりと身を翻して華麗に避《よ》けた。

そのか弱そうな外見とは裏腹に、彼女は気術を得意とする肉体派。そして、得物はこれまた、清楚《せいそ》な彼女には似つかわしくない鞭である。そしてソルミナティ学園の教師である彼女の実力は、生徒達とは一線を画したもの。

「ずいぶん荒っぽいわね〜。悪い子は、お仕置きよ〜〜！」

一瞬で全身を強化し、疾風のごとく鞭を繰り出す。気術による身体強化の恩恵で加速した鞭は、魔獣の動体視力を上回る速度で、再びその肩を打つ。

「ッ!?」

先ほどとは比較にならない衝撃に、ケルピーの体が吹き飛び、水路の縁に叩きつけられる。

何が起こったのか理解できず、一瞬呆《ほう》ける魔獣。

だがすぐ怒りの形相で起き上がり、喉を鳴らしながら魔力を猛《たけ》らせる。

「ブ、ブルルルルル！」

額の角からひときわ強い魔力光が放たれ、水面へと広がる。

次の瞬間、水面から無数の水の槍が生み出され、アンリへと射出された。その数、ざっと二十本以上。兵士なら、数人まとめてハリネズミにできるだけの数だ。

「ふっ！」

その水槍の雨を、アンリは容易《たやす》く打ち払った。高速で繰り出された鞭が蛇のようにうねり、水槍の群れを弾き飛ばす。

気術・十又鞭。手首の返しと腕の振りで鞭を高速で動かし、迫る脅威を払う防御技。

自分の魔法が容易く打ち払われたことに驚くケルピーに、再びアンリは鞭を繰り出す。

「グギャウ!?」

高速の三連撃。両肩と側頭部を襲う強烈な衝撃と痛みに、ケルピーは思わず水面に崩れ落ちそうになった。打たれた箇所の皮膚が裂け、ドクドクと血が滲《にじ》み出す。ポタポタと水面に落ちる己の血に、ケルピーの混乱はさらに増していく。

なんだ？　なにがどうなっている!?

そもそも、ケルピーは強力な魔獣だ。成獣となってから、危機に陥ることはほとんどなかった。人間など、彼にとってはただの食事。弱く、のろく、そして肉だけは柔らかい上質な獲物。それだけのはずだった。

しかしこうして今、一方的に追い詰められている。

「どうしたの～？　ほらほら、来なさ～い。先生がたっぷり、指導してあげるわ～～」

言葉を理解できずとも分かる、あからさまな挑発。再び怒り心頭となったケルピーは、さらに魔力と猛らせる。

だが、相手はソルミナティ学園の教師。そして振るう武器は、敵の精神を折ることに特化したもの。

やがて、ケルピーはその心を完全に折られ、汚水の流れる水路の中に沈んでいくのだった。

後ろから迫る魔獣達を仲間達に任せたノゾムとアイリスディーナ、そしてフェオの三人は、アルカザム地下の網の目のように入り組んだ水路を突き進み続ける。

背中の心配はしていない。しかしノゾムは、胸に湧き上がる違和感に顔を顰《しか》めていた。

何かがおかしい。そんな彼の不安に同調したように、隣を走るアイリスディーナが口を開いた。

「なあ、ノゾム。変だと思わないか？」

「……なにが？」

「ここ最近の、ケン・ノーティスの行動だ。君を陥れるまで、そして陥れてから数年、彼はずっと、ほぼ完璧といっていい行動をとっていた。なのに……」

「俺が問い詰めるようになってから、酷く杜撰《ずさん》な行動をとるようになった、か？」

ノゾムの言葉に、アイリスディーナは走りながら静かに頷く。

「ああ。こう言っては何だけど、もっと上手《うま》い方法があったはずだ」

実際、ノゾムが問い詰めた時にケンは言っていた。お前の噂は事実として定着していると。

基本的に、人は一度抱いた印象を覆すことは稀《まれ》だ。よほどのことがない限り、その人物の印象は固定され、画一的なものになってしまう。

ノゾムが学園で孤立したのは、能力値の低さと、浮気者という醜聞の二つ。そして完全に覆せたのは一方のみ。もう一方が残る限り、第三者は常に疑念を抱え続けることになる。

つまり、本来ならケンはまだ焦るような段階ではないはずなのだ。

にもかかわらず、彼は動いた。殺人未遂という、あまりにも異質で違和感を抱きやすい方法で。

優越が崩れそうになったことでの焦り、長年蓄積していた嫉妬、そして、リサに受け入れてもらえなかったという事実。それが積み重なった結果なのかもしれないが……。

「……どのみち、今は答えが出ない。とにかく、ケンを捕まえることを優先しよう」

「そうだな。リサ君を誘拐しているとなると、人質とされる可能性も……いたぞ」

頭に張りつく違和感を振り払い、先を急ぐ。

そして彼らは巨大な円筒形の空間に辿《たど》り着いた。

そこは、都市の各所から流れてくる下水が氾濫しないように設けられた貯水池。

四方八方には都市の各区から水が流れ込む水路が続いており、床全体は小さな穴が幾つも開けられたブロックが敷き詰められている。ブロックの下からは、水が流れ落ちる音が響いてきていた。

その貯水池の中央に、二つの影がある。ケンとリサ、ノゾムが追っていた者達だ。

「どういうつもりだ！　なんでリサを連れ出して、あの化け物に近づけた！」

『仕方ないでしょ～。この街の外に逃げるにも、時間稼ぎが必要だったんだから～～』

ケンとメフィは、口論をしていた。どうやら、ノゾムを追い詰めるためにリサを連れていったことが、ケンの怒りに触れたらしい。そして、二人がリサを連れて都市外に逃げようとしていることも確定した。利用していたカスケルのことを考えれば、行先は帝国だろう。

ノゾム達が貯水池に入ったところで、ケンが追手の存在に気づく。

「お前ら……」

「ケン。リサを解放しろ」

「煩《うるさ》い！」

言うが早いか、ケンは追ってきた三人に向かって魔法を放つ。中級魔法・氷柱舞。複数の氷槍《ひょうそう》を放ち、相手を串刺しにする魔法だ。十を超える氷柱が、ノゾム達に襲いかかる。

「ふっ！」

「よっと！」

「っ、ノゾム、横だ！」

反射的に飛び退《の》いた三人。しかし、氷柱の射線から逃れたノゾムの側面から、さらに別の影が襲いかかった。フードをかぶった二つの影。薄暗い貯水池の闇の中に、殺意を帯びた銀閃《ぎんせん》が走る。

「操られた星影……いや、都市外からの侵入者か！」

奇襲を仕掛けてきたのは、中央公園でノゾムとカミラを襲った者達。星影と身分を偽っていた、都市外の手勢だ。ノゾムは咄嗟《とっさ》に腰の『無銘《むめい》』を引き抜き、迫る斬撃を弾く。

衝撃で僅かに開く両者。星影達は着地と同時に再び間合いを詰めようと駆け出す。

「はいはい、お邪魔虫は下がりや」

そこに、フェオが割り込んできた。符術の雷撃が影の一人を吹き飛ばし、続いて繰り出された棍《こん》がもう一人の斬撃を防ぐ。

「こっちは任せや。お前さん達はあのバカを」

「頼む！」

操られた侵入者二人をフェオに頼み、ノゾムはアイリスディーナと共にケン達の元へ駆け出す。

顔に焦燥を浮かべたケンが長剣を、無表情のリサが二本の曲刀を引き抜く。

ノゾムの刀とケンの長剣が激突し、火花を散らす。

鍔迫《つばぜ》り合いとなった二人の隣ではアイリスディーナとリサが、同じように得物をぶつけ合っていた。

「ケン、リサを解放しろ！」

「絶対に渡さない。リサは、僕のものだ！」

「彼女は彼女のものだ。誰のものでもない」

既にリサを守るという虚言すら口にしなくなり、己の欲望を曝《さら》け出すケン。そんな彼の様子に、ノゾムは哀れみにも似た顔を浮かべる。

「結局、俺もお前も、リサの支えにはなれなかった。自分から、その権利を投げ捨てたんだ」

「違う、僕は……！」

ぶつかり合う二人の視線。ケンの瞳が焦燥に揺れる一方、ノゾムの目はどこまでも静かで、確固たる意志の光を湛《たた》えていた。

自らの逃避に気づき、それを受け入れて強くなろうとした者。一方、どこまでも自分の過ちから目を背け続けた者。己の間違いに対する向き合い方の違い。『心の差』が明確な形で現れる。

「だから、終わらせる……！」

ノゾムの剣気に気圧《けお》され、ケンが思わず怯《ひる》む。その瞬間、ノゾムは組み合ったまま片足を引き、体をくるりと半回転させた。鍔迫り合いをしていた刀を起点にノゾムの体が側面へと流れ、支えを失ったことでケンの体は自然と前のめりとなり、致命的な隙を晒《さら》す。

「ふっ！」

追撃の斬り上げが繰り出される。刹那の間に付された気刃が、ケンの長剣を両断した。

得物を壊され、ケンは臍《ほぞ》を噛む。そこに、メフィの悲鳴が響いた。

『うわ！』

「メフィ!?」

ケンが相棒の方に目を向けると、そこにはアイリスディーナに魔法で吹き飛ばされたメフィの姿があった。

『こいつ……！』

アイリスディーナから繰り出される魔力弾や高速の斬撃が、メフィを一方的に追い詰めていく。

メフィもリサの体を操って迫る攻勢を凌《しの》いでいるが、その動きはどうにもぎこちなく、六凶という驚異的な存在すら操っていたとは思えない姿だった。

「なるほど。どうにも、リサ君とは相性が悪いようだな。動きが酷すぎる」

同化してリサの体を操っていたメフィだが、その相性はお世辞にも良いとは言いがたかった。

リサが得意としていたのは炎属性。一方、メフィは水属性の精霊だ。元々の相性だけでなく、無理にリサの記憶や意志を抑え込んでいることも相まって、彼女は精霊としての本来の力を発揮できていないようだった。

『この……言うこと聞きなさいよ！』

「ふむ、リサ君も抵抗はしているのか……」

さらにアイリスディーナは無慈悲にメフィを追い立てていく。

『ちょっとアンタ！　この娘が怪我してもいいの!?』

「このままお前のような悪霊に操られるくらいなら、多少の怪我には目を瞑《つぶ》ってもらう。それに私はノゾムではないからな。その手の脅迫は意味がないぞ！」

アビリティ・即時展開を用いて、アイリスディーナは立て続けに魔法を発動する。

まず発動したのは拘束魔法・闇の縛鎖。黒色の鎖が、メフィが操るリサの体に巻きつき、その動きを封じる。

『この……！』

苦し紛れに水の源素をかき集めてつるべ打ちにするが、リサとの相性の悪さから威力は激減。アイリスディーナの魔力弾にあっという間に撃ち落とされていく。

一方、アイリスディーナはメフィの精霊魔法を撃ち落としながら、愛用の細剣・宵闇の銀翼を掲げた。魔力を帯びていた細剣の剣身に、強化魔法が立て続けに付与されていく。

魔法剣・月食夜。アイリスディーナが最も得意とする魔法剣だ。

さらに、メフィの攻撃を迎撃しながら、追加の魔力弾を生成していく。

「さて、これで終わりだ……」

宣言と共に踏み込み、同時に生み出していた魔力弾を射出。掲げた魔法剣・月食夜に絡みつかせながら、超高速の突きを繰り出す。

『ちょ……！』

魔法剣技・黒点彗星《すいせい》。文字通り彗星のように一直線に飛び込んでくるアイリスディーナを前に、メフィはなんとか腕の拘束だけを解いて、双刀を掲げる。

次の瞬間、双刀は飴《あめ》細工のように砕かれ、続いて強烈な閃光が炸裂《さくれつ》。黒点彗星の魔力を至近距離で叩きつけられたリサの体は、羽のように吹き飛ばされた。そのまま貯水池の内壁に叩きつけられ、力なく地面に倒れ伏す。

「ほいなっと！　ノゾム、こっちも終わったで」

ここでさらに、状況は変わる。フェオが都市外からの侵入者二名を排除。符術の雷を纏った棍に打ち据えられた手勢達は、力なく地面に倒れ伏していた。

「くそ……。メフィ、俺と同化し直せ！」

リサの体から水色の精霊が分離し、ケンの体と重なるように一体化。同時に膨大な量の源素が噴き出し、水色の鎧《よろい》が現出する。

「まだだ、まだ！　ここでお前を殺せば、リサは僕を見てくれる……！」

「無理だ。お前は、越えちゃいけない一線を越えてしまったんだ。自分の行いすら見つめ直せないなら、結局何も変わらない」

『ちょっとケン、落ち着いて！　これじゃあ以前の二の舞に……』

「煩い！」

メフィの忠告すら聞かず、ケンはさらに力を猛らせる。

「アイリス、リサを頼む」

「……分かった」

噴き出す魔力と源素を前に、ノゾムは気絶しているリサをアイリスディーナに任せると、改めてケンと向き合い、ゆっくりと抜いていた刀を鞘《さや》に納めて腰を落とした。気を高め、構えた愛刀と全身へと行き渡らせていく。体の芯から高まっていく熱。しかし、心は静かに、己と相手を見据え続ける。

その瞳に哀れみを帯びさせたまま。

(どこまでも僕をバカにしやがって……！)

「おおおおおおおおおお！」

その事実がケンをさらに激高させた。一切の躊躇《ちゅうちょ》もなくメフィの力を引き出し、さらに周辺の魔力を全力で取り込みながら、正面に巨大な魔法陣を形成。溢れる源素と魔力が貯水池全体を揺るがし始めた。

周囲に満ちる魔力だけでなく源素すらも取り込むその魔法は、分類的には間違いなく儀式魔法の部類。しかし、その規模が桁違いだった。

「これは……」

既に視界全体が青の源素で染まりつつある中、濃密な源素は渦を巻き始め、周囲のもの全てに見境なく牙をむき始めた。貯水池の内壁にも、ビシビシとヒビが入り始めている。

ノゾムは己の体に巻きつく不可視の鎖に目を向ける。

ティアマットの力を使えば、ケンが繰り出してくるであろう魔法を斬り裂けるかもしれない。そこまで考えたところで、頭上から落ちてくる破片に、ノゾムは顔を顰めた。

(ダメだ。こんな閉鎖環境で、これだけの源素とあの龍の力が激突したら、アイリス達が……)

既に天井には無数のヒビが入り、パラパラと砕けた煉瓦《れんが》片が降ってきている。いくらノゾムが制御に長《た》けていようが、極大の力が二つも衝突すれば、間違いなく全員が生き埋めになるだろう。

改めてケンに目を向ければ、してやったりというように顔をニヤつかせている。彼はこの状況を理解して、ここにノゾム達を引き入れたのだ。

(どうする？　どうすればいい……)

その時、ふと耳元で誰かに囁《ささや》かれたような気がした。

自然と視線が下に向き、今右手が携えているものを捉える。

『無銘』

師の形見。ノゾムが彼女の技と共に受け継いだ、担い手によって万華鏡のように、その能力を変化させるといわれる愛刀。その鎖状に変化した波紋が、語りかけてくるような気がした。

脳裏に、先の罅冠《ひびかんむり》の大百足《むかで》との戦いのことが思い出される。

「フェオ、アイリス、俺とコイツにパスを繋げるか？」

「は？　無理や！　そんな魔法の符なんて用意しとらん！」

契約魔法。魔力を介した繋がりを作る魔法であり、最も有名なものは、シーナが使うような精霊魔法と言える。

問題は相性。契約魔法は契約を行う対象や、使い手の適正に非常に左右される魔法系統の一つ。

アイリスディーナもまた、苦虫を噛み潰したような表情を浮かべている。

「……やってみよう」

「はあ？　どうやって!?」

「できないなら、できるようにする。フェオ君、簡単でいい。符を四方に飛ばして祭壇を作ってくれ。祝詞《のりと》は私が紡ぐ」

言うが早いか、アイリスディーナはケンと向き合うノゾムの後ろに回り込むと、細剣を床に突き立てて跪《ひざまず》く。ノゾムを信じ、疑問も躊躇もなく即行動に移す彼女の姿に、フェオは頭を抱えながらも符を取り出し、魔力を込めて投げた。

ノゾムとアイリスディーナを中心に、六芒星《ろくぼうせい》が描かれる。基本となる六源素を素とした魔法陣。学園でも儀式魔法の練習で使われる陣とほぼ同じものだ。

「我、フランシルトの血脈が願う。火と水、肉と鉄、血と刃《やいば》、異質なるもの同士が、縁を繋ぎ、真に互いを寄り辺とすることを……」

アイリスディーナの祝詞と共に、魔法陣が活性化。魔力が漂い、彼女の詠唱に従ってノゾムと『無銘』に注がれていく。

「あ……」

「リサ、目が覚めたのか？」

そんな中、地面に寝かされていたリサが目を覚ました。自身が置かれている状況がよく分からず、しばしの間茫然《ぼうぜん》としていたが、話しかけてきたノゾムの顔を見て、顔を引き攣《つ》らせる。

「わ、わた、私……」

後悔と罪悪感がごちゃ混ぜになった表情。彼女の脳裏に浮かぶ、スパシムの森で向けられた怒りに満ちたノゾムの顔と、知ってしまった真実。

彼に罪はなく、自分が一方的に裏切り者だと思い込んで恨んでいた。

「大丈夫」

「え？」

罵声か怒声か怨嗟《えんさ》か、そのような言葉を向けられることを考えていたのかもしれない。

だが、ノゾムからリサに向けられたのは、静かな、落ち着きのある声。振り返る彼の目には、幼い時から変わらない、情に厚く、真摯な光。

「終わったら、話をしよう。今度こそ、ちゃんと……」

「ダメや！　即席の祭壇と巫女《みこ》じゃ足らん！」

思わぬノゾムの言葉にリサが茫然と目を見開く中、フェオの焦りの声が木霊《こだま》する。

現状では契約魔法を成立させるのには、やはり不足らしい。

（必要なのは、強烈な繋がりを作るための媒介。となると……）

フェオとアイリスディーナ必死の表情を浮かべる中、ノゾムはおもむろに、愛刀の切っ先を返して、左手を添える。そして、アークミル大陸で一番技術の進んだこの都市で、最も古典的な手法に頼ろうとしている自分に苦笑を漏らしながら、勢いよく己の腹に『無銘』を突き刺した。

「ちょ!?」

「ノゾム、何をしている！」

「ひっ！」

腹に走る痛みにノゾムは思わずえずくも、その口元は笑みが浮かんでいた。

刺されたのは一度や二度ではない。師との鍛錬でも経験済み。どこならば後遺症なく刺せるかも知っていた。現に、しっかりと内臓などの重要器官を避けている。

ノゾムは『無銘』との繋がりを求めるように、刀身を鍔元《つばもと》近くまでさらに押し込む。腹からドクドクと血が滲み、刀をより赤く染めていく。

血は、古来より様々な儀式に使われてきた媒体だ。しかも、持ち主であるノゾムが、自身の意思で『無銘』を己の体に刺す。契約を結ぶ者同士を繋げる儀式的行為として、これ以上のものはない。

刀が十分血に染まったところで、ノゾムは思いっきり刀身を引き抜いた。

傷口からドバっと血が溢れるが、彼は構わず、無銘を掲げる。

契約のために作り上げていた魔法陣が輝きを増し、それと同調するように、無銘に刻まれた鎖状の波紋が妖しく光を帯びていく。

持ち主の血という強力な媒介を得た術式は、繋がりかけていた双方のパスを補強し、古《いにしえ》の妖刀をノゾムに相応しい姿へと完全に染め上げる。

「嘘やろ、マジでやりやがった！」

「ノゾム、来るぞ！」

「消えろ！」

極限まで圧縮された水の源素が、ノゾムめがけて放たれた。

まるで全てを押し流すような、どす黒い水の奔流が、敵対者の肉体と精神、魂すらも押し潰さんと迫る。

（もう、リサの姿すら、目に映っていないんだな……）

守ろうと言い張っていたリサが傍にいるのに、極大の力を解放したケン。

その姿に、ノゾムは一層憐憫《れんびん》の情を深くし、奥歯を噛み締めながらも、迫る憎悪と悪意に満ちた濁流を斬り払わんと、『無銘』を構えた。

「すう……」

腰を引き、切っ先を突き出すように愛刀を掲げる。発揮される、極限の集中力。穴が開いた腹に走る激痛すら意識の外へと飛ばし、ノゾムは掲げた愛刀に思いを伝える。

後ろにいる大切な人たちを守るために、力を貸してくれと。

その思いに応えるように、無銘の刀身がひときわ強く輝く。へばりついていた血が一瞬で消し飛び、刃に刻まれていた鎖状の波紋が解け、白く輝く鎖の輪となって刃に纏わりつく。

「ふっ！」

構えた刀を、ノゾムは円状に振り抜いた。それは、ミカグラ流・扇帆蓮と呼ばれる技と同じ動き。本来は刀の軌跡上に生み出した気の膜で、相手の攻撃を受け流す防御技だ。

その技の軌跡に沿って、鎖の輪が光と共に円状にバラまかれ、薄い光の膜を生み出す。

迫る源素の濁流に比べれば、なんとも頼りない小さな輝き。しかし、その鎖の輪が生み出した光膜は、ケンの精霊魔法を正面から受け止め、微動だにしない。

「な、なんだと……」

否、受け止めるだけではない。鎖輪の群れは、ぶつかってくる膨大な源素を、一方的に吸収し始めた。一つ一つが親指ほどしかない鎖の群れが、何千、何万倍の体積を持つ源素流を飲み込んでいく。

それは巨大な洪水が一つの桶《おけ》に全て吸い込まれていくような、異常な光景だった。

精霊魔法の規模と比べても小さな鎖の輪たちは、自分達に接触してきた魔法全てを吸収しきると、一瞬で自分達が本来いた『無銘』の刀身へと戻り、その刃を青く染め上げる。

それは間違いなく、先ほどケンが放った精霊魔法の力。ノゾムの鋭い視線が、茫然としているケンへと向けられる。

そして彼は、精霊魔法を取り込んだ愛刀を、全力で振り下ろした。

直後、まるで逆回しのように、水の源素流がケンへと撃ち返された。

濁流はケンを弾き飛ばし、そのまま地下水路の一つへと突入。水路の外郭を一瞬で抉《えぐ》り取り、周辺の地盤を掘削。水路の幅を倍以上に拡張しながら、数百メルほど突き進み、ようやく霧散した。

「が、ごっ⁉」

弾き飛ばされたケンは地面に何度も衝突しながら、三十メルほど吹き飛ばされたところで、ようやく止まった。直後、パリン！　と砕けるような音が、ノゾムの耳の裏に響く。今しがた繋いだ『無銘』とのパスが壊れたのだ。

「すう……」

光を放っていた無銘の刀身は完全に沈黙。ノゾムは呼吸を整え、ゆっくりと刀を鞘に納める。

反射した精霊魔法を水路に撃ち込んだのは、圧力で貯水池内部が破壊されることを避けるためだ。

代わりに貯水池に繋がる水路がかなり破壊されたが、ノゾムはその被害は努めて見ないようにする。

それから、ポーチに手を伸ばし、薬で最低限の止血を施しておく。

一方、全身を硬質なブロックに何度も打ち据えられたケンは、全身に走る痛みに耐えながら、信じられないものを見るような目で、ノゾムを見つめていた。

しかし、その驚きもすぐに怒りと焦燥に塗り潰される。

まだだ、まだ負けていない！　と、突きつけられた敗北すら受け入れられず、子供の駄々のように再び相棒の力を使って抵抗しようとしていた。

『止め止め。おしま〜い』

しかしそこで、メフィが一方的に同化を解いた。

集まりかけていた源素が霧散し、ケンが驚きの表情を浮かべる。

「メフィ？」

『あ〜あ、こんな程度か〜。まあ、割と遊べた方かな〜』

「何をやっているんだ！　早く同化し直して……」

『だから、おしまいっていっているじゃん。ただの人間に力を貸すのは、もう終わりってこと』

「ただの、人間？　いったい何を言っているんだ!?」

わけが分からないといった様子で叫ぶケンを、メフィはこれ以上ないほど嘲りの目で見下ろす。

まるで人が足元で蠢《うごめ》く虫でも見るかのような視線に、ケンは息を飲んだ。

『分からないかな？　全部嘘。選ばれた特別な存在？　そんなはずないじゃん。まあ、暇つぶしの玩具《おもちゃ》って意味だったら、選ばれたと言えるけどね』

「おもちゃ……？」

突如としてメフィの姿が輝き、幼女が解け、別の形へと変わっていく。

大きな複眼と口吻《こうふん》を持つ、水色の姿をした巨大な虫。以前の姿と共通しているのは、半透明の翅《はね》くらい。ノゾム達が数週間前に見た、輝冠の大百足から出てきたメフィの本来の姿だった。

「なん、だよ。その姿……」

『なにって、こっちが私の本当の姿だよ。あっちの人間達には知られちゃってたけどね』

知らなかったのは自分だけ。限界だったケンの自尊心に、パリン……と致命的な罅が刻まれる。

「まさ、か……。嘘だ……」

『これで分かったでしょ。あなたに特別な力なんてないの』

ガクッと膝から力が抜け、ケンはその場に座り込んでしまう。

そんな彼を見下ろしながら、少女の姿に戻ったメフィは、再び彼を嘲笑《あざわら》う。

『力を貸したのは、貴方《あなた》が純粋な恋心を持っていたから。そして、私はそれがどう堕《お》ちていくのか見たかった。簡単に妄想に取りつかれて自分から堕ちていく姿は、とっても滑稽だったわ！　きゃは、きゃははははは！』

　メフィの嘲笑が、静かになった貯水池に響き渡る。

　これまで十年近く共にいた相手を裏切った上に無邪気に嘲笑う姿は、先ほどまでの清廉な少女の姿との乖離《かいり》もあっておぞましく、同時にこの上なく醜悪だった。

　これ以上は聞いてられない。アイリスディーナ達が顔を顰めながらも踏み込もうとしたところで、メフィは右手を天井に向ける。そこには、真紅の球体が掲げられていた。

『さて、それじゃ、そろそろお別れしようか』

　その球体に、ノゾムは見覚えがあった。メフィがカミラから奪い取った血だ。

　いったい何をしようとしているのか。ノゾム達が身構える中、血塊は溶けるように霧散していく。

『この血はものすごく薄いけど、精霊の血が入っている。私達にとっては、この上ない媒体。それをこんなふうに使えば……』

　直後、ズシン！　と腹に響くような振動と共に床のブロックの一部が弾け飛び、複数の箇所から大量の水が間欠泉のように噴き出した。

　同時に貯水池に繋がる各水路から、ゴゴゴゴ……と地鳴りのような音が響いてくる。

「な、なんだ!?」

『この地区にある水を、こっちに引き寄せたの。早く逃げないと、飲み込まれちゃうよ？』

　人形のように整った顔を醜く歪《ゆが》めながら、メフィは素早く、ひときわ大きな音が響いてくる水路へ飛び込んだ。次の瞬間、メフィが飛び込んだ水路から、膨大な量の水が貯水池へと流れ込んでくる。

「うわ！」

広い貯水池の中を暴れ回り、水はあっという間に膝下まで達する。

さらに、他の水路からも次から次へと水が入り込み始めた。

『ノゾム君、アイリスディーナさん、大丈夫!?』

ここにきて、ようやくシーナとの連絡が回復した。

おそらくメフィが去ったことで、彼女の影響下から抜けたのだろう。

「精霊に逃げられた！」

「それから、貯水池で水攻めされてるわ！　どこかに逃げ道はある!?」

ノゾムとアイリスディーナが耳飾りに向けて叫ぶ間にも、水はどんどんその勢いを増していく。

既に全ての水路から水が噴き出し、ノゾム達はどこにも逃げられなくなっていた。

流れ込んでくる水量を考えれば、この貯水池が水で満たされるのにもそう時間はかからないだろう。

水が膝上まで来たところで、ジハードの声が通信用の耳飾りから響いてきた。

『ノゾム君、聞こえるか？　貯水池の螺旋《らせん》階段を上がると、上水道の連絡通路に繋がっている。そこから脱出したまえ！』

一同の視線が、貯水池内壁の階段に向けられる。

「上や、上に上がるんや！」

「フェオ君はその二人を、私はリサ君を連れていく！」

「あっ……」

フェオが気絶している都市外からの侵入者二人を肩に担ぎ、アイリスディーナはリサの手を掴み、引きずるように駆け出す。

「急げ急げ、時間ないで……おいノゾム!?」

フェオとアイリスディーナが螺旋階段へと急ぐ中、ノゾムは逆方向へ向かう。その先には、未《いま》だに膝をついて茫然としているケンの姿があった。

「ケン、逃げるぞ！」

「え……」

なぜ、自分を助けようとする。

差し出される手を、ケンは信じられないものを見るような目で眺めていた。

しかし、そこでひときわ激しい水流が貯水池の中に流れ込み、襲いかかってきた。

二人は瞬く間に濁流に飲まれる。

「ノゾム！」

「くっ！」

アイリスディーナが悲鳴を上げる中、ノゾムは必死にケンに向かって手を伸ばし、その手をなんとか掴まえる。

「これに掴まるんだ！」

そこに、アイリスディーナが魔力で編んだ黒色の鎖を飛ばしてきた。

闇の縛鎖。元々は複数の鎖で相手の動きを封じるための拘束魔法だ。闇の縛鎖の端がノゾムの腕に絡みつき、流されそうになっている二人をなんとか支える。

「ノゾム、早く水から揚がれ！　時間がない！」

「ぐっ！」

二人分の体重を支えているアイリスディーナ。彼女も限界が近い。

ノゾムも傷を負った腹部の痛みに、意識が朦朧《もうろう》としてくる。

しかし、それでも彼は掴んだケンの手を放そうとはしなかった。

思うところはある。一度は本気でキレたことだってあったし、ケンのやったことは絶対に許せないだろう。だが、ここで見捨てるのは、違うと思ったのだ。

一方、ケンは自分と陥れた相手を必死になって助けようとしているノゾムの姿を、どこか遠い目で見つめながら、おもむろに口を開く。

「ノゾム、僕は君が嫌いだ」

「ああそうか！　別にそれでいいさ！　でも、今は手を貸せ！」

「お断りだ。お前に助けられるくらいなら……！」

そして、彼はノゾムの手を、思いっきり振り払った。矮小《わいしょう》な己の情けなさと、逃れられない死の恐怖に顔を歪めながら。そして、支えを失ったケンは、荒れ狂う水流に飲まれた。

「ケン！」

ノゾムが叫ぶが、もう間に合わない。彼は既に、真っ暗な水路の奥へと流されてしまっていた。

「もう、手に力が……」

そして、アイリスディーナの方も限界だった。疲労と焦りが、彼女の精神と肉体を蝕《むしば》み、闇の縛鎖が霧散し始める。握力も消えかけ、身体強化の魔法も徐々にその効力を失いつつある。

自分のわがままのために、アイリスディーナを巻き込むわけにいかない。ノゾムは無言で、刃を闇の縛鎖に当てる。

「ノゾム、何を……やめろ！」

彼の意図を察し、アイリスディーナは悲鳴にも似た叫びを上げた。一瞬意識が逸れたその時、ズルリとアイリスディーナの手の中の鎖が滑ってしまう。

（しまった……！）

そう思った瞬間、横から伸びた手が、水の中に消えそうだったノゾムの命綱を間一髪で引っ掴む。

「リサ君……」

闇の縛鎖を掴んだのはリサだった。彼女はそのまま全力で鎖を引き、ノゾムを階段へと引き上げる。

「はあ、はあ、リサ、ありがとう」

「え、あ、その……」

ノゾムにお礼を言われ、リサは思わず狼狽《うろた》える。本来なら、自分など礼を言われるはずがないと思っているからの反応だった。

「お前さんたち、急ぎや！」

フェオのその言葉に、ノゾム達は我に返ると、大急ぎで階段を駆け上り始める。

そうしている間にも、溜《た》まる水の勢いはさらに増していく。

貯水池の上部の扉にたどり着いたノゾム達は扉を蹴り開け、そのまま連絡路へと飛び込む。

『その連絡路を通った先に、上水道から地上への出口がある。急げ！』

ジハードの言葉に急かされるまま、ノゾム達は連絡通路を駆け抜ける。

「ジハード先生、他の皆は!?」

『もう既に水路からは脱出している。君達が最後だ！』

上水道へとたどり着くと、すぐ横の通路に、地上への梯子《はしご》がかかっていた。

「フェオ、先に上がって蓋を揚げてくれ、アイリス、リサ、悪いけど、この二人を引っ張り上げるのを手伝ってくれないか!?」

「分かった！」

「う、うん……！」

フェオが先行して蓋を開け、地上に出る。続いてアイリスディーナ、リサが気絶した侵入者二人をそれぞれ背負って、梯子を上り始めた。

『貯水池が満杯になったが、流れ込む水が止まらん！　すぐに上がれ、鉄砲水が襲ってくるぞ！』

リサが背負った侵入者をフェオ達に預けたところで、切迫したジハードの報告が入り、ノゾム達は顔を青ざめさせた。あの巨大な貯水池を数分で満たすほどの水量が狭い連絡通路に殺到すれば、その勢いは先ほどとは比べ物にならないだろう。

ノゾムが反射的に走ってきた連絡路の方に目を向けたところで、ゴウッ！　と強烈な風が吹き出してきた。もう既に、水が連絡路の中を突っ走ってきている！

「ノゾム、お前さんが最後や、急げ！」

フェオが言葉を言い切る前にノゾムは梯子に飛びつき、上り始めた。

一段上るたびに、ギシギシと木製の梯子が軋《きし》む。手足をかける踏ざんが立てる音に、心臓は早鐘を打っていた。まだ間に合う。あと四段ほど上れば、もう地上だ。

「うわ……！」

しかし、地上まであと少しというところで、まさかの悲劇が起こった。梯子の支柱が音を立ててへし折れたのだ。

おそらく、湿気で腐っていたのだろう。さらに、支柱が折れた衝撃で梯子と内壁を繋げていたモルタルが剥離。ノゾムは梯子ごと水路へと落下してしまった。

「ノゾム!?」

「ぐっ……」

さらに悪いことに、衝撃で塞いでいたノゾムの腹の傷が完全に開いてしまった。

腹から新たな血を流しながらも、ノゾムはなんとか残った梯子へ飛びつこうとするが、腹部に走る痛みに思わずその場に膝をついてしまう。

「ノゾム、動くな！　今、私が降りて……」

「来るな！　もう間に合わない！」

焦れたアイリスディーナが再び水路に降りようとするが、それをノゾムの必死の声が押し止めた。

次の瞬間、連絡通路から噴き出した鉄砲水が、彼を助けようとしたアイリスディーナ達の目の前でノゾムを飲み込んだ。

CHAPTER 7

第七章　再燃の種

かつ、こつ、かつ、こつ……。

グローアウルム機関に併設されている病院。その冷たく静かな白い廊下を、シーナ・ユリエルはラズワードと共に進んでいく。

行先は、とある病室。目的地に着くと、彼女はゆっくりと息を整える。扉にはノゾム・バウンティスの名前が書かれた名札がかけられていた。ドアノブに手をかけ、音を立てないように開く。ドアの隙間から、長い黒髪が映り込む。

「アイリスディーナさん、来ていたのね」

「シーナ君か……」

早朝にもかかわらず、病室には既にアイリスディーナが来ていた。

彼女の傍《そば》の卓上には替えの包帯や消毒薬などを並べた盆や、綺麗《きれい》な水を張った桶《おけ》やタオルが置かれている。病室の中に一つだけあるベッドの上には、体のあちこちに包帯を巻いたノゾムが静かに横たわっていた。

濁流に飲まれた二人、ノゾムとケンだが、ノゾムの方は見つけることができた。

理由は、通信用の耳飾り。

Ryuusa no Ori
Kokoro no
Naka no Kokoro

元々、縁石と呼ばれる特殊な石を用いた魔道具。通話用のパスがあったことで、濁流に飲まれた彼の居場所をすぐに見つけることができた。

ノゾムの状況を察したシーナがすぐに、ラズワードを救援に向かわせていたのも幸いした。

ラズワードはアイリスディーナ達が脱出した出口から、上水道に突入。押し寄せる水を風の精霊の力で押しのけてノゾムを追跡。結果として、彼が濁流に流されてから、それほど間を置かずに救出することができた。

ちなみに、上水道まで氾濫した水は備えつけの緊急排水機構により、なんとか排出することができた。代わりに、市民区の上水道は完全に停止。復旧には一週間以上かかると推察されている。

助け出されたノゾムは、グローアウルム機関にある病室に緊急搬送された。

そして、数日が経過。彼の意識は未《いま》だに戻っていない。

「アイリスディーナさん、ノゾム君の容体は……」

「まだ起きない。この調子だと、いったいいつ目が覚めるか……。ファードレイ殿も、今のノゾムの意識を戻すことは無理らしい」

ファードレイの話では、人の体は治療しても、元に戻る部分と戻らない部分があるらしい。頭に関わる機能は特にそうで、ここに関しては、彼も手出しができないとのこと。

「ラズ……」

『チチチ……（やっぱり駄目だな。俺じゃあ、直接パスを繋《つな》いで起こすことはできなさそうだ）』

「ノゾム……」

アイリスディーナがそっと手をノゾムの頬に添えた。手の平からじんわりと伝わってくる熱が、まだ彼が生きていることを伝えてくる。

　だからこそもどかしく、切なさが胸の奥をかき乱す。

　その時、ガチャリと扉を開けて、ノルンが病室に入ってきた。

「おはよう、二人とも。今日も来てくれたんだね」

「はい、すみませんノルン先生、無理を言ってしまって……」

「気にしなくていい。君達も彼が気になって仕方ないだろう？」

　ノゾムは現在、面会謝絶の状態で、この病室に入れる人間は限られていた。

　これはジハードの指示で、ノゾムの身を守るための措置である。アイリスディーナ達がこの病室に入れるのは、担当医であるノルンが、彼の安全確保のために必要だと進言してくれたからだ。

「本当に、ありがとうございます」

「それじゃあ、朝の診察を始めるか。ああ、そうだ。今日は他にも手伝いがいる」

「え？」

「入ってきたまえ」

　ノルンの呼びかけに応えるように、再びガチャリと病室の扉が開かれる。

　そこには、事の元凶の一人、リサ・ハウンズが佇《たたず》んでいた。


　ノルンがノゾムの診察をしている中、双方並んで、ベッドに横たわるノゾムの様子を窺《うかが》う。

カチャカチャと、診察器具が擦れる音だけが響く病室内。気まずい空気が満ちていた。

メフィに操られていたリサだが、彼女がこの病院にいるのは、精霊に操られていた後遺症がないかを診断するため。幸い予後不良もなく、退院することができていた。

「君は今日で退院らしいな」

「え、ええ……アイリスディーナさん達は、ずっと……その……」

「ああ、ノゾムの診察の手伝いをしていた。専門知識があるわけではないから大したことはできないが、ジハード先生に無理を言って許可してもらっている」

「そ、そう……」

「よし、終わりだ。良いことか悪いことか分からんが、容体に変化はない。後は、包帯を取り替えよう。君達、手伝ってくれるかい？」

ノルンの指示にアイリスディーナとシーナがベッドに近づき、横たわるノゾムを横に向かせる。

今回の事件で大小様々な傷を負ったノゾムだが、その中でも最も酷《ひど》いのは、腹部の刺し傷だ。

メフィとケンの渾身《こんしん》の一撃を跳ね返すため、愛刀『無銘《むめい》』を用いて行った祭事的自傷行為。内臓を傷つけないように刺したとはいえ、その傷はやはり深い。

「リサ君も早く」

「あ、はい……っ」

診察器具を片づけているノルンに促され、リサも一足遅れてベッドに近づく。

「っ……」

しかし、リサが伸ばした手はノゾムに触れる直前、凍りついたように止まってしまった。

呼吸が一気に荒くなり、額から汗が噴き出る。手はフルフルと震え、彼へ触れることへの躊躇《ちゅうちょ》と動揺が見て取れた。

「……アイリスディーナ君、シーナ君。悪いが彼女と替わってやってくれ。リサ君はこっちの準備を手伝うように」

「で、でも……」

「患者に触れるのを躊躇しているようでは無理だ。こっちを手伝いなさい」

ノルンの強い語気にしゅんと肩を落とし、リサはノルンと共に診察器具の片づけを手伝う。

一方、アイリスディーナとシーナはテキパキとノゾムの包帯を替え、さらにベッドシーツの交換を行う。そんな彼女達の姿を、リサはどこか遠いものを見るような目で見つめていた。

「リサ君、ボーッとするな」

「あ、は、はい！」

集中しろとノルンに注意されても、リサの瞳は自然と彼の方を見てしまう。

己の醜さが、さらに彼女の罪悪感を掻《か》き立てる。今さら、なんて浅ましい感情を抱いているのかと。

その時、リサとアイリスディーナの視線が交差した。

深い漆黒の瞳に見据えられ、リサは思わず目を逸《そ》らす。

そんな彼女をアイリスディーナはただじっと見つめる。能面のような表情。だが、その無表情な顔に反して、瞳の奥はユラユラと揺れていた。

ノゾムの診断を終えると、アイリスディーナとシーナの二人は一足先に学園へと戻っていった。

一方のリサは、ノルンに隣の病室に連れてこられた。

骨組みだけのベッドが二つと机、丸椅子が二つ置いてあるだけの空室。

ノルンはリサに座るよう促すと、自身は部屋を出ていってしまう。しばらくの後、彼女はティーポットとコップを二つ持って戻ってきた。

「すまないな。少し付き合ってくれ」

そう言うと、彼女は素早く詠唱を済ませ、魔法を発動。ティーポットの中の水を素早くお湯に変えると、淹《い》れたお茶をコップに注ぐ。熱で沸かすのではなく、ポットの中にある水の状態だけを変化させる魔法。高度なくせに、なんとも無駄な魔法の使い方であった。

「色々忙しいと、どうしても不精になってしまうんだ。まあ、見なかったことにしてくれたまえ。代わりに、午前の授業に関しては、口を利いておくから」

苦笑を漏らしながら、ノルンは湯気の立つお茶をリサの目の前に置くと、自分の対面に座る。

「あ、あの。いったい何を……」

「少し、話をしたかったのさ。色々気に病んでいるようだからね」

ノルンの指摘に、リサは下を向く。琥珀《こはく》色に染まる湯面が彼女の表情を映し出す。その顔は、空を覆う暗雲のように曇っていた。

「すみません、私の方から手伝いをお願いしたのに、何もできなくて……」

「気にする必要はない。生徒の心のケアも、私の仕事だ」

軽い調子のセリフと共に、ノルンはグイっとコップを傾ける。

一方のリサは下を向いたまま、コップに手をつけることすらできない様子だった。

無理もない。自身の犯した過ち、ケンの奸計《かんけい》により精神を操られていたとはいえ、親友を刺し、さらには自分をずっと想《おも》ってくれていた幼《おさな》馴染《なじみ》を、あのような状態に追い込んでしまったのだ。

気に病むなという方が無理である。

実際、意識のないノゾムに触れることすら躊躇するほどに、彼女は追い詰められていた。

「確かに、君達にはまだ色々と確執が残っている。簡単に解決する問題ではないが、幸いなことにノゾム君もカミラ君も生きているのだ。絶望するのは、まだ早いと思うぞ」

ノルンの気遣いとは裏腹に、リサの反応は芳しくない。下を向いたまま、視線すら合わせられずにいる。白い湯気の立つお茶に映る彼女の顔が、固く口元を噛《か》み締める。

「色々と辛いだろうが、軽率な行動だけはしないように。なにかあったら、保健室に来なさい。気晴らしに話くらいはできるから」

ノルン自身、この程度で彼女の心労が紛れるとは思っていない。

しかし、今はとにかく、声をかけ続ける。たとえ反応が返ってこなくても。

このように精神が参っている時、第三者ができることは、一人にしないこと。

孤独は、人の精神をあっという間に追い詰めてしまうのだ。

「……すみません。もう出ます」

俯《うつむ》いたまま、リサはノルンから逃げるように立ち上がると、背を向ける。

「もう行くのかい？　せっかく淹れたのだから、せめて飲んでから学園に行けばいいだろう？」

「いえ、戻ります……」

弱々しくも硬い拒絶の声と共に、リサは部屋を後にした。

パタンと扉が閉じられ、一人になったノルンは、手をつけられなかったお茶を残念そうに片づけ始めた。カチャカチャとトレイにカップを載せている中、おもむろに扉に向かって声をかける。

「入ってきたまえ」

数秒の沈黙の後、遠慮がちに扉が開かれる。

部屋の前には、くすんだ紅髪の少女、カミラ・ヴェックノーズが立っていた。

しっかりと自分の足で立っている様子を見る限り、つい数日前に重傷を負ったとは思えないほど元気な様子。この驚異的な回復の理由は、適切な応急手当てと、グローアウルム機関の高度な魔法医療により、早期に傷を塞ぐことができたからである。

「すみません……」

「どうして入ってこなかったんだい？　リサ君ならもう行ってしまったよ？」

「どんな顔して会えばいいか、分からなくて。あんなことしておきながら、今さら友達なんて名乗れませんし、従妹《いとこ》だって言ったところで、リサには……」

元クレマツォーネ帝国の貴族であり、そしてリサの父方の従妹であるカミラ。しかし、帝国を出奔したという特殊な事情から、ケンに脅迫されてノゾム達を陥れる手伝いをしてしまった。

「しかし、心配ではあるのだろう？」

ノルンの言葉に、カミラは小さく頷《うなず》く。

恩人の娘、そしてその人柄に惹《ひ》かれたのは間違いなく、彼女の本意。

だからこそ、信頼を裏切っていた自分が許せない。

「分かってもいるんです。さっきリサに会えなかったのも、ノゾムの看病を手伝えなかったのも、結局自分が怖がってるからなんだって」

カミラは常に、怯《おび》えながら生きてきた。幼い頃に命を狙われ、追われ続けた恐怖。

その過去が、どうしてもこの少女の足を竦《すく》ませてしまう。

だが、同時に理解もしていた。本当に守りたいものがあるのなら、逃げるわけにはいかないと。

結局のところ、道は二つしかない。立ち去り、二度と姿を見せないか、それとも罵られるのを覚悟で会いに行くか。

硬直する心に、ノゾムの後ろ姿が思い起こされる。

一番の被害者にもかかわらず、カミラを責めなかった彼。

なら、今の自分がやるべきことはなんだろうか。答えはすぐに出た。

「ちゃんと、話しに行きます。罵られても、蔑まれても、今度こそちゃんと向き合います」

よく見れば、カミラの足は震えている。彼女の体もまだ完全ではない。魔法で傷を癒《いや》したところで、失われた体力はまだ戻っていないのだ。

しかし、彼女の瞳には、青白い病人顔には似つかわしくない、強い意志の炎が燃え盛っていた。

「……いい眼だ。一体、誰の影響かな？」

「どうしようもないほど、お人よしのアイツのせいです。ノルン先生、彼を……私の命の恩人を、よろしくお願いします」

静かに笑みを浮かべると、カミラは深々とノルンに頭を下げた。

「分かっている。言われるまでもないさ。もっとも、ノゾム君のことだから、ある時突然目を覚ましてもおかしくないけどな」

「随分と、実感がこもっていますね」

「彼、保健室の常連だったからね」

久しく覚える気分の高揚。思わず漏れる軽口に互いに微笑《ほほえ》み合うと、カミラは静かに部屋を後にする。その足取りは、思った以上にしっかりしたものになっていた。

彼女を見送ったノルンは一人になった空き部屋の中で、残されたカップに目を落とす。

先ほどまで湯気を立てていた湯面が、窓から差す朝日を浴びてキラキラと輝いている。

カップを手に取って口に運び、中身を静かに嚥下《えんげ》する。

少し冷めてしまったお茶は、なぜか先ほど飲んでいたものよりずっと、美味《おい》しかった。

‡

リサは学園への道を、亀のようにのろのろと進む。まるで背中を引っ張られているような後ろめたさから、何度も何度も立ち止まり、その度に自己嫌悪を振り払うように歩き出すことを繰り返していた。やがて、学園の校舎が近づいてくる。

中に入り、廊下を進むと、既に登校していた生徒達の視線が一斉に彼女に向けられる。

「おい、あの先輩……」

リサの姿を見た生徒が、怪訝《けげん》な表情で彼女を指さす。

数日が経《た》っていることもあり、ケンが起こした事件は既に学園中に知れ渡っていた。

衛兵隊を大規模に投入しての大捕りものだったのだ。隠しておけるはずもなく、機密に関わること以外はおおむね公表されてしまっている。その過程で、かなりの数の怪我《けが》人が出たということも。

「あれ？　確か、傷害事件起こしたって話だよね。なんで学園にいるの？」

「起こしたのは彼氏の方じゃなかったか？　まあ、無関係ではないんだろうけど」

「よく学園に来れるよな。退学するべきなんじゃないか？」

「いや、犯罪者として都市外追放だろ」

厳しく、無遠慮な陰口。無自覚な悪意。学園に来ることを許されていることを考えれば、都市の治安維持機構は彼女に咎《とが》はないと判断したことは、察することができるはず。

しかし、人は己が抱く曖昧な印象によって、他者の人柄を勝手に判断するもの。

本当の事情など気にすることもなく、リサはただ犯罪者に一番近かったからという理由で、ケンと同じく咎人だと決めつけられていた。

私のせいじゃない。そんな言葉が喉の奥から溢《あふ》れそうになり、リサは唇を噛み締め、こみ上げてくる言葉を飲み込む。反論したところで、周囲の人間が聞き入れることはない。そのことを、彼女はよく理解していた。なにせ、自分自身がそうだったから。

もちろん、ケンの策略で騙《だま》されていたこともあるが、真実を見抜くことができなかったのは同じである、と。

ある種の歪《ゆが》んだ認識。しかし、自身の歪みを理解しながらも、反論もできなかった。

一階級の教室に入っても、周囲からの悪意の視線は変わらない。

さすがに下級生達のように無遠慮な言葉を向けてくることはないが、刺すような視線が、言葉以上にリサの心を締めつけていく。

ふと目を上げれば、アイリスディーナがこちらを見つめていた。

視線が合うと、彼女はふっと視線を逸らし、席に向かう。周囲の視線から逃れるように、リサも自分の席に着き、逃げるように俯きながら、時間が経つのをただ待つのだった。

✝

カリカリ、カリカリ……。教師の声と、羽根ペンが紙を擦る音が響く、三学年二階級の教室。

午前の授業を受けながらも、シーナの心は別のところにあった。

グローアウルム機関の病室にいるであろう、彼のところに。

焦燥に駆られているアイリスディーナと違い、彼女は比較的冷静を保てていた。

（ノゾム君とのパスは切れていない。まだ、大丈夫……）

理由は『輝冠《ひびかんむり》の大百足《むかで》』との戦いの中で、暴走した彼を止めるために繋げた魔力路が、まだ生きているから。本来ならとっくに消えてしまうはずのそのパスに、シーナは少しずつ、周囲に気づかれないように魔力を注ぎ込んでいく。

枯れた草木が水を飲むように魔力を吸い込み、パスは少しずつ開かれていく。それに伴い、シーナの視界から色が消え、音が消え、そして、真っ暗な無音の空間へと落ちていく。

普通の人なら、不安を覚えるはずの暗がり。そこを、彼女は迷うことなく進んでいく。

やがて、淡い光が暗がりの奥から姿を現す。

魔力路の入口。十分魔力が注がれたそれを、優しく、優しく、まるで閉じた花弁を開くように拡張していく。最初に届いてきたのは、仲介役となったアイリスディーナの感情。

恋慕、焦燥、そして己と彼女に向けた嫌悪。彼が眠ってしまったことにより鬱積していく負の感情を垣間《かいま》見て、シーナは思わず胸を押さえる。

(やっぱり、アイリスディーナさんは彼を……)

しばしの間、アイリスディーナの感情を前に胸を痛めていたシーナだが、気持ちを切り替え、さらに魔力路の奥を目指す。

トクン、トクン、トクン……。高鳴る心音。それと重なるように、拍動する闇。やがて、雲を突き抜けたような感覚と共に、視界が一気に晴れる。

目に飛び込んできたのは、蒼穹《そうきゅう》の空と、鏡のように輝く湖面。雲一つない青空に、幾本かの線が扇状に走っている。

　空を切る線を追い、水平線の彼方《かなた》を目指して湖面を歩く。踏み出すたびに浮かぶ波紋を引き連れながら先を進むと、やがて空を走る線の形がはっきりと見えてくる。

それは、鈍い光沢を放つ鎖。支えもなく、空の果てまで続く、鎖の群れだった。

密度を増した鎖は、水平線の一点へと向かって伸びていた。

よく見れば、いつの間にか足元にも鎖が張っている。重く、鈍い光沢にもかかわらず、なぜか重圧は感じない、不思議な鎖。その先に向かっていく。

そしてついに、シーナは無数の鎖の根元にたどり着いた。

「鎖の……球体？」

シーナの十数倍はあろうかという、巨大な鎖の球体。

幾重にも幾重にも重なる鋼鉄の輪の群れ。その奥から、淡い光が漏れている。

鎖の球体に手を触れる。金属らしからぬ温《ぬく》もりが、手の平に返ってきた。

「やっぱり、そこにいるのね……」

鎖の奥に感じる、ノゾムの気配。シーナは改めて、鎖の球体を見上げる。

「いいわ。待っていてあげる。でも、せめてここにいさせて」

背中から伝わってくる暖かくもひんやりとした感触に身をゆだねながら、シーナは目を閉じる。

鎖の隙間から見えた彼の心。ティアマットの存在と危険性を魂で感じた彼女がなにより恐れたのは、かの巨龍にノゾムの精神が食い尽くされることである。

だがノゾムの精神は無事だ。ただ眠っているだけ。その事実に、ひとまず安堵《あんど》の息を漏らす。

しかし、背中から感じる鎖の温もりが、逆に否応無く彼女に寂しさを感じさせる。

傍にいるのに触れられない。こちらを見てくれない。声も聞こえない。

同時に、抗《あらが》いがたい欲求が湧き上がる。たとえ答えてくれなくても、ずっとここで彼を感じていたい。彼の笑顔が……頭から離れない。

「あっ……」

その時、シーナの脳裏に親友の言葉が蘇《よみがえ》る。

(もしシーナに好きな人ができたら分かると思うよ。その人の傍にずっといたい、その人に求めてもらいたいって気持ち)

ああ、そうか。ミムルとトムはいつもこんな気持ちを抱いているのか、ティマさんはいつもこんな気持ちでマルス君を見ているのか。

それは、シーナが初めて自覚した恋心。胸の奥で輝く小さな炎に、彼女が気づいた瞬間だった。

同時に、その小さな火がシーナの心をさらに焦がしていく。

帰ってこない返事。傍にいるのに彼の心に触れることができない焦燥感。

「何しているのよ。早く目を覚ましなさい……」

静寂が支配する魔力路の中で弱々しく呟《つぶや》く声が、やがてすすり泣きへと変わっていった。

✝

湿気に満ちた無音の空間。暗く、蝋燭《ろうそく》の明かりだけが照らす薄暗い部屋の中に設けられた台の上に、一人の青年が横たわっていた。先の事件で濁流に飲まれ、行方不明になっていたケンだ。

顔色は青白く、どう見ても死体にしか見えない。しかし、僅かに上下する胸が、辛《かろ》うじてまだ息があることを示していた。そんな彼を、一つの影が見下ろす。

「回収はできたが、意外だったな。まさかまだ生きているとは……。なるほど、特別な存在ではなかったが、長年にわたり、精霊と契約していたことが幸いしたか」

既に興味を失っていたはずの存在。それが見せた僅かな可能性に、影は硝子《ガラス》のように無機質な瞳の奥に、興味の色を灯《とも》す。

「これならば、ある程度の素養は備わったとみるべきだろう」

そう言うと、影は懐から一つの箱を取り出し、台の上に置く。

真っ黒く、硬質な、継ぎ目のない四角い箱。

魔力や気だけでなく源素すらも遮断する、あの魔獣の核を封じるために用意した特別な品だった。

上蓋と下箱の境も分からないその箱の上面を、影は魔力を灯した指でそっとなぞる。最初はゆっくり円を描くように、続いて、素早く二度指を動かす。すると、『ト』に似た文字が浮かび上がり、上面がまるで花が咲くように開き、極彩色の石が姿を現す。

魔石。力の有る魔獣が残す戦利品。この世界で数少ない、純粋な魔力の結晶。

しかし、それは表面的な理解でしかない。この石の本質を知る者は、この大陸の中でもごく少数。

影は極彩色の輝きを放つその石を手に取る。

ズズズ、と魔石に触れた指が、毒々しい虹の光に侵食されていく。

気も魔力も、肉も魂も貪欲に食おうとするその様に、影は満足そうに笑みを浮かべると、目の前の瀕死となったケンの胸に、魔石を押し当てた。

ズブリと、冷たくなった体に、極彩色の石がめり込んでいく。ミシミシと皮膚と肋骨《ろっこつ》を食い破り、石が半ばまで体内に入り込んだところで、昏睡《こんすい》状態だったケンがクワっと目を見開いた。

「っ、……っ!?」

白目が血走り、口から泡を吹いたかと思うと、がくがくと激しく痙攣《けいれん》し始める。

しかし、体に入り込んでくる異物を拒絶するように暴れるケンの抵抗をものともせず、石はメキメキとさらに彼の肉体深くに入り込む。寄生虫が宿主の肉を食い荒らしていくように。

やがて、石が完全に体内に入り込むと、痙攣はピタリと止まる。

傷口からはメリメリと肉が盛り上がり、胸に開いた穴を塞いでいく。

「さあ、行くがいい。お前を陥れた者は、未だにこの地下の迷宮から逃れられずに迷っている。食らい、新たな己となるのだ」

そして影は踵《きびす》を返し、音もなく部屋を立ち去った。

扉が閉められると、台の上に寝ていたケンの体がむくりと起き上がる。

その瞳は、かの魔獣と同じく、深紅に染まっていた。

†

『もう、これってどういうことよ！』

アルカザム地下に張り巡らされた地下水路で、メフィは苛立《いらだ》ちから叫び声を上げる。

既に、彼女の姿は可愛《かわい》らしい妖精ではなく、醜い蟲《むし》の姿へと戻っていた。少女の姿をしていたのは、あくまで玩具《おもちゃ》である人間を欺くのに都合がいいから。下等で愚鈍な人間なら、あの姿をしていれば苦もなく騙されてくれる。そうして彼女はこれまで、何人もの人間を戯れに陥れてきた。

そしてつい先日、十年のお遊びを終え、この街を出ようとしたのだが、意外な場所で足止めをくらってしまっていたのだ。

彼女の目の前には、都市外へと続く排水路。その出口には魔獣防止用に微量の魔力が放射されているが、超常の存在である彼女なら、難なく突破できるはずのもの。

しかし、メフィは放射されている魔力を前に、なぜか右往左往を繰り返す。

やがて意を決して魔力に飛び込むも、彼女の体はまるで見えない壁に阻まれているかのように弾かれてしまった。

『私だけを通さないようになってる。これって間違いなくアイツが……』

メフィの苛立ちに反応するように、複眼が赤く染まる。

彼女の脳裏に浮かぶのは、これまでケンの後ろ盾だった者。都市の中でも特に力のある人物であったが、同時にメフィをして、その心が全く読めなかった異常者。

人の目に触れることすら稀《まれ》な存在であるメフィを見ても、まるで驚く様子もなく、無機質な目で見下ろしてきた、初めて『関わりたくない』と思った人間。

『本当に、嫌な奴！』

思い通りにならない苛立ちから、自身の源素を爆発させる。流れる排水が弾《はじ》け飛び、周囲の壁面に罅が走る。魔力放出用の魔法陣にも亀裂が走るが、放出される魔力には一切変化はない。

どうやら、壁面の魔法陣とは別のところが機能しているらしい。

そんな中、メフィが通ってきた通路の奥から、コツ、コツと誰かの足音が響いてきた。

既に時間は真夜中。水路の作業員が訪れる時間帯ではない。

メフィは後ろから近づいてくる者を確かめようとゆっくりと振り返り、そして驚きの声を漏らした。

『へえ、意外。まだ生きてたんだ』

「…………」

そこには、メフィが十年間遊び、そして捨てたはずの玩具が立っていた。

色あせてしまった金髪。制服はボロボロになり、彼が俯いていることもあって、その表情を窺い知ることはできない。

だが、メフィは玩具が生きていたことに驚きながらも、ニンマリと口元を歪ませ、己を少女の姿へと変化させる。

『あれ？　もしかして、怒ってる？　でも、弱くて頭の悪い貴方《あなた》が悪いんだよ？　普通に考えて、精霊が人間に力を貸すわけないじゃん、あははは！』

可憐《かれん》な少女を思わせる容姿を醜く歪ませ、下卑た笑い声を響かせる。

わざわざ人の姿へと戻ったのは、徹底的にケンをこき下ろすため。

先ほどまでこみ上げてきた苛立ちも相まって、その声色は醜悪な彼女の本性に染まり切っていた。

『でも、ちょうどいいや。アンタの体を借りれば、この忌々しい結界をすり抜けられるでしょ』

今、彼女は水路に放出されている魔力に阻まれ、街を出られないでいる。しかし、この体に入り込めば、この玩具の肉体が隠れ蓑《みの》になって突破できるかもしれない。

『それに、イライラしてたんだ。せっかくだから、暇つぶしに悲鳴でも聞かせてよ』

ついでに、ちょっとした悪戯《いたずら》心が芽生え、メフィはおもむろに手の平をケンに向けて、源素を放出する。同化ついでに痛覚を刺激し、痛みに悶《もだ》え苦しむ姿を楽しもうと思ったのだ。

放出された源素は瞬く間にケンを包み込み、その痛覚を一万倍まで引き上げる。

どんな屈強な精神を持つ者であっても、一瞬で屈服するほどの激痛。怒りに歪んでいるであろう顔面を涙と鼻水で濡《ぬ》らし、醜く地面をのたうち回るかつての契約者の姿を思い浮かべ、水の小精霊は興奮したように目元を吊《つ》り上げる。

『……あれ？』

直後、ケンを包み込んでいた源素が掻き消えた。自分の目に飛び込んできた光景が理解できず、メフィは思わず呆《ほう》けた声を漏らし、自分の手とケンの間に視線をさまよわせる。

何か間違えたか？　脳裏に一瞬疑問がよぎり、続いて背筋に言いようのない悪寒が走る。何かがおかしい。その疑念を振り払うように、メフィは再びケンめがけて源素を放出する。

一方、ケンは迫る源素の奔流を前に、大きく口を開く。

ア〜ン！　まるで子供が菓子を大口で頬張るように口が開かれ、続いてガチン！　と硬い音を立てて閉じられる。同時に、ケンに迫っていたはずの源素が再び消滅した。

『な、なによこれ!?』

二度も信じられない光景を見せつけられたメフィが恐怖と動揺の声を漏らす中、ケンは咀嚼《そしゃく》するように口をモゴモゴと動かす。人としては、あまりにも奇妙な行動。

そして、ぼう……とケンの体から、どす黒い光の粒が滲《にじ》み出てきた。

まるで、世界中の毒を煮詰め、濃縮したような暗い澱《おど》み。

『っ!?』

それを見た瞬間、メフィの背筋に走っていた悪寒が、一気に膨れ上がった。彼女の作り物の顔が驚きと恐怖に染まり、慌ててケンから距離を取って、一目散に逃げようとする。

「ニガサナイ……」

『ギャ!?』

しかし、ケンは一秒とかからずに追いついた。放った裏拳が、メフィを強《したた》かに打ち据える。

異質な源素を纏《まと》った一打は精霊であるはずの彼女に強烈なダメージを与えながら、その小さな体を壁面に叩《たた》きつけた。短い悲鳴と共に、損壊していた壁面に新しいヒビが刻まれる。

『あ、が……、ちょ、待っ……』

　ケンから滲み出る源素の影響か、メフィはガクガクと体を震わせる。

　先ほどとはうって変わって弱気な声を上げるが、ケンはそんな彼女の懇願を容赦なく切り捨てた。

「ウルサイ……」

『ぎゃあああ！』

　無造作に振り下ろされた手刀が、メフィの両足を根元から斬り飛ばす。

　絹を裂くような悲鳴が排水路に木霊《こだま》し、水の小精霊はその場に崩れ落ちた。斬り飛ばされた両足の付け根からは、青白い源素がまるで血のように噴き出し、薄暗い闇の中に散っていく。

　さらに、ケンは激痛に悲鳴を上げるメフィの翅《はね》を引っ掴《つか》むと、そのまま反対側の壁に投げ飛ばす。

『あ、ぎ……』

　投げられた勢いで、掴まれていた翅がブチリとちぎれる。

　水路の上を飛び越え、再び壁面に叩きつけられたメフィは、文字通り虫の息となっていた。

　ケンは己を騙し、陥れていた精霊の瀕死の姿にニンマリと口元を歪めると、その手に残っていた翅を握り潰す。しかし、その愉悦の笑みも直《す》ぐに消えた。

「オナカ、ヘッタ……」

　ケンはまるで、幼児のような口調で腹をさすると、おもむろに床の上に転がるメフィの両足に目を落とす。切り落とされた彼女の両足は、その身を構成する源素を散らしながらも、未だに原形をとどめている。そして、ケンは青く輝く足の一本を手に取ると、口に放り込み咀嚼し始めた。

ミチミチ、メリメリ……。肉と骨を噛み砕く不気味な音が、排水路に流れる。

ゴクン……。喉を鳴らし、満足げに微笑む。さらにもう一本の足も食うと、彼は対岸に投げ飛ばしたメフィの元へと近づいていく。

二人の間には、轟々《ごうごう》と勢いよく流れる水路。しかしケンは、目の前の激流など気にも留めず、足を進めた。普通ならそのまま水に沈み、流されて溺死してしまうだろう。

ところが、踏み出したケンの足は沈むどころか、激流などないかのように、その場に留まっている。

ピチュン、ピチュン、ピチュン……。そのままケンは勢いよく流れる水面を、まるで浅瀬を歩くように静かに進む。

そして、倒れたメフィの前に立つと、その小さな体を摘まみ上げた。

『やめ……許し……』

引きつった顔。震える体と続く懇願。その全てを無視し、ケンはメフィの体に頭から食いついた。

ゴリゴリ、ブチブチ、ゴクン……。まるで焼いた小魚を食うように、ケンはあっという間にメフィの体を食い尽くしてしまう。同時に、ケンの体から滲み出る黒い瘴気《しょうき》が、その色を濃くしていく。

「りさ、のぞむ……」

幼馴染二人の名を呟くと、ケンは流れる水流に身を投げる。

彼の体はどす黒い水流の中に消えていく。後には、轟々と流れる水音だけが、水路に響いていた。

午前の授業を終えると、リサは一人、校舎裏へと足を運んでいた。建物に背を預け、お尻から座り込む。下を向いて大きく息を吐くと、強張《こわば》っていた体と心が、ほんの少しだけ和らぐ。

学園のどこにいても、誰かがいれば必ず向けられる蔑視の視線。続く陰口も相まって、心はどんどん荒《すさ》んでいく。だからこそ、少しの間だけでも独りになれる場所が欲しかった。

顔を上げ、初夏の空を見上げる。雲一つない青空。頬を撫《な》でる風が心地よく、しかし同時に彼女の心を再び闇色に染め上げる。

「ノゾムは、ずっとこんな気持ちに耐えていたんだ……」

「いたいた。こんな所にいらっしゃったのですね」

突然かけられた声に、リサは思わず顔を上げる。

校舎の影から、男子五人、女子一人の計六人が、気味の悪い表情でリサを見つめていた。

「……なん、ですか」

名札を見れば、三学年の三階級から五階級の生徒達。その中で一番階級の高い女子生徒が、腕を組みながら一歩、前に進み出る。その少女に、リサは見覚えがあった。二年まで一階級にいたからだ。

名前は、ベラルナ・ハルティム。クレマツォーネ帝国伯爵家の人間だ。

「ちょっとお話がありますの?」

「……ごめんなさい、そろそろ行かなきゃいけないから」

嗜虐《しぎゃく》的な笑みを浮かべる少女悪寒を覚えたリサは立ち上がると、急いで彼女達の脇をすり抜けようとする。

「お話とは、貴方のお父様のことですわ」

「え……」

「リーンバック・ハウンズ。確か、十年ほど前にお亡くなりになられているらしいですわね。彼が貴方に隠していたこと、気になりません？」

ゴクリとリサの喉が鳴り、幼い頃に両親と旅を続けていた日々が脳裏に浮かぶ。

まだ、オイレ村に行く前。冒険者として活動する両親は、多くの旅人を守り、感謝されていた。その姿が誇らしく、いつか二人のようになりたいと思うようになった。

しかし、その父は死んだ。理由も分からず。でも、幼い頃に刻まれた父の姿は消えず、最終的には幼馴染と共に村を出て、父が話をしていた地、アルカザムに来た。

「その様子ですと、本当に何も知らないのですね。自分の身の上も、あの従妹のことも」

父の死については、何も知らない。ただ、カミラが従妹であることだけは、下水道を脱出した後、インダ先生から聞かされてはいた。

操られていた時の記憶も、元に戻っている。だが、事実全てを彼女が受け止めきれたのかというと、そんなことはなかった。二週間という時間をかけてもまだ、宙に浮いたような感覚を拭い切れない。

そんな自身の曖昧さを誤魔化すように、リサは父の話の続きを求める。

「父さんのことって……なに？」

リサの反応に、女子生徒の目端が僅かに吊り上がった。

「貴方の父、リーンバック・ハウンズは、元々帝国の辺境伯、アルウェント家の五男。公爵家へ婿入りの話が来るほどの人物でした」

アルウェント家。アークミル大陸最大の湖。クラウザマリ湖に接する辺境伯であり、帝国の中でも有数の名家である。

「しかし、彼はその栄誉を捨て、在野に下った。理由は分かりませんわ。ただ、実家と相手方の意向を無視したとして、その名を抹消されております。十年後には、他家へ嫁いだ三歳下の妹も兄と同じ道を進み、名を消されたらしいです」

「その妹っていうのが……」

「ええ、カミラ・ヴェックノーズの母親です。どうも、二人は昔からとても仲の良い兄妹《きょうだい》だったとか」

今まで知らなかった父の過去。その話に、リサは自分の心臓の鼓動が早まるのを感じる。

「いくらの野に下ったとはいえ、貴方には帝国の高貴な血が流れております。そんな貴方がこのような辺鄙《へんぴ》な場所で蔑まれているのは、少々気の毒と思いまして……」

リサの目の前に、スッと手が差し伸べられる。

「リサ・ハウンズ……いえ、リサ・アルウェント様。良ければ、帝国に一緒に参りませんか？」

それは間違いなく、帝国への誘いであった。

思いもよらぬ提案である。卒業後の進路として、自国への勧誘自体は珍しくはないが、今回のこの誘いは事情が違う。リサが受けているのは、貴族として復帰することなのだ。

「それは……できない。私はまだ、ノゾムに何も……」

「しかし、彼も今さら貴方には会いたくないのではなくて？　辛い場所に居続ける必要などないでしょう」

「で、でも、でも……」

「ああ、もう。面倒ですわね。いいから来なさい！」

突如として柔和な表情を崩したベラルナが、リサの髪を引っ掴んだ。強い力で引かれた紅色の髪が、ブチブチと音を立てて千切れる。

「痛っ！」

思わず悲鳴を漏らすリサを無視し、少女は振り回すように彼女を校舎の壁に叩きつけた。

「お、おい。いいのかよ……？」

「別に構いやしないわ。こんな女、今さらいなくなっても誰も気にしないでしょう？　それに、私達には時間がないのよ。カスケル先生が捕まった上、こいつの幼馴染が暴れてくれたおかげで、星影の手が私達にも伸びているんだから……」

ベラルナの行動に驚いたのは、取り巻きの男達も同じ。しかし、ベラルナはそんな彼らの迷いを一刀両断すると、プラプラと手を振りながら、リサを拘束するよう命じる。

「むぐうう！」

男達がリサを地面に押し倒し、その四肢を押さえつける中、ベラルナが遮音の結界を発動する。

「さて。悪いですけど、このまま一緒に来てもらいますわ。高貴な帝国貴族としての名を捨て、在野に下った恥知らずの娘」

「ッ……！」

頭は混乱しながらも、リサは反射的に右足を押さえていた男子生徒の顎をかち上げて引き剥がす。続いて左足を押さえている生徒の側頭部を、右足で蹴り抜く。

「ぐお……」

仲間の四人のうち二人があっと言う間に排除され、他二人が動揺する中、リサはさらに拘束を解くために体を動かそうとするが……。

「いい加減にしなさいな！」

「きゃあああ！」

女子生徒が放った雷弾がリサの腹部に直撃し、抵抗の勢いを絶たれてしまう。

手加減なしの一撃。雷弾を受けた腹は制服が黒く焼け、肌は痛々しく真っ赤に腫れている。

「しっかり押さえろ！」

「くう……！」

感電して身動きが取れなくなったリサを、取り巻きの男達が再び押さえ込む。

「ふう、手癖だけでなく、足癖も悪い獣ですこと」

「なあ、もういいだろ？　早くしないとバレちまう」

「いったい、何をする……つもり？」

「簡単です。このまま、無理やりにでも帝国に来ていただきます。そして、その血を存分に利用させていただきますわ」

ベラルナが言っていることが、リサは一瞬理解できなかった。そんな彼女の様子に、ベラルナは心底呆《あき》れた表情を浮かべる。

「本当に何も知らないのですね。辺境伯として、長年外敵と戦っていたアルウェント家は皇族からの覚えもよく、過去に何度か婚姻も結ばれています。当然、その血は貴方にも流れている」

自分に皇族の血が流れていることを聞かされ、リサは目を見開く。

「龍殺しの血。かなり薄れてはいますが、利用価値は間違いなくある。ついでに、子供も何人か生んでいただければ、都合はいいですわね」

政治的な利用目的での誘拐。さらには子供まで産ませるという彼女の言葉に、見下ろしてくる男達の視線が下卑たものへと変わる。それがなおのことベラルナの言葉を肯定していた。

「ふざけ……ないで。誰が、貴方達なん、かに……！」

全身の毛が逆立つような嫌悪感から、リサは反射的に抵抗を試みる。

舌が痺《しび》れているため、まともに詠唱ができない。ならば、魔力を暴走させて、全員吹き飛ばしてやる。怖気《おぞけ》に急《せ》かされるまま、リサは全力で魔力を猛《たけ》らせようとする。

「あら、あっさり奸計にハマって、無実の恋人を散々罵って陥れたのに、自分の身は可愛いのね」

だが、続くベラルナの言葉が、抵抗しようとしていたリサの心臓を貫いた。

「な、なにを……」

「知っているわよ。貴方が毎日、ノゾム・バウンティスのところに顔を出しているのは。あれだけ酷い裏切りをしておいて、今さらよりを戻そうなんて、おこがましいとは思わない？」

ちがう、そんなことはない。ただ、彼が心配で、ジッとしていられなくて……。

しかし、脳裏に走る否定の言葉とは裏腹に、唇は震え、声は全く出てこない。

心が乱れたことで、集めた魔力は霧散。全身は凍りついたかのように、抵抗する力を失っていく。

目を見開いて硬直したリサの姿に、ベラルナは口元を吊り上げた。

嗜虐的な笑みを浮かべながら、毒香のような言葉を彼女に振りかけ続ける。

「酷い女。穢《けが》れ切っているのだから、それに相応《ふさわ》しい姿になった方が彼のためと思わない？」

その言葉が、抵抗しようとしていたリサの気力を完全に奪い去った。

これでもかと目を見開いた彼女の瞳から、光が瞬く間に消え失せていく。

「お、大人しくなったな。さすがにあいつの名前は効果抜群だな」

「それにしても、えげつないな」

「言ったでしょう。気に入らないって」

女子生徒はフン！　と汚らわしい者を見る目つきでリサを一瞥《いちべつ》する。

ベラルナは帝国の伯爵家の人間であるが、その地位は末席も末席。ほとんど平民と変わらないような存在だった。実家での扱いも同様で、召使いもつけられず、屋敷の端の小屋に放置されていた。

この貴族然とした口調は、そんな境遇の中で生まれた彼女の執着。

取り巻きの男達も同様。貴族ではあるが、五男、六男よりもさらに継承権は低く、ほぼいない者として扱われてきた者達。

だからこそ、同じくアルカザムに来ることに不満を抱いていたカスケルに同調し、彼に協力。裏で帝国や自分の実家に勝手にアルカザムの情報を流し、星影に目をつけられることになったのだ。

「させない！」

その時、横合いから飛び出してきた影が、手に持った杖《つえ》をベラルナめがけて振り抜いた。

軽く身を逸らして躱《かわ》したベラルナは、乱入してきた者の姿を見て、少し驚いた表情を浮かべる。

「カミラ・ヴェックノーズ。どうやら、もう回復していたのですね」

「リサ、逃げて！」

「逃がすわけないでしょう？」

「か、ふっ……!?」

軽く自身に身体強化の魔法をかけたベラルナは、あっさりとカミラの懐に踏み込むと、その下腹部に強烈な掌底を叩き込んだ。横隔膜が痙攣し、一時的に呼吸困難になったカミラはこぼれるような息を吐きながら、その場に崩れ落ちる。

「やはり貴方、補助魔法以外ほとんどの魔法が使えないのですね。おまけに自分にかけると著しく効果が落ちる。だからこそ、ケン・ノーティスのような寄生先が必要だったのでしょう」

「………」

「その身に残る血の影響ですか。相当薄いとみえますが、出来損ないとはいえ、この女もアルウェント家の人間。使い道はあるでしょう。さあ、早くこの二人を都市外に運び出すわよ」

「ああ、分かっているって。さっさとしないとヤバいことに……」

「ほう、何がヤバいのだ?」

ベラルナ達がリサを起こして連れ出そうとしたその時、鋭い声が響いた。

腕を組んで口元を歪めていた女子生徒は反射的に振り返り、声をかけてきた人物を見て、顔を引き攣《っ》らせる。リサを押さえ込んでいた男子生徒も、雷に打たれたように全身を硬直させていた。

彼女達の視線の先にいたのは、夕日を背中に受けながら歩み寄ってくる同学年の少女。

漆黒の髪が風になびき、照らし出された同色の影が暴行犯達を覆う。

「アイリスディーナ・フランシルト……」

アイリスディーナの鋭い視線がベラルナを射抜き、続いて周りにいた男子生徒、そして最後リサへと向けられる。

はだけ、黒く焦げた制服。痛々しいその様子に、アイリスディーナは眉を顰《ひそ》めた。

こみ上げる蔑みと怒りの感情に同調し、彼女の体から黒色の魔力が漂う。普段の自制心が強い彼女から想像もできないほど、ドロドロとした憤怒が全身から醸し出されていた。

「悪いけど、どこかへ行ってくださらないかしら？　これはリサさんと私達の話。王国のフランシルト家とは、関係のない話で……ぎゃ！」

「ここはアルカザムだ。帝国の都合は関係ない。彼女を離せ」

彼女が何か口にする前に、撃ち出された魔弾が彼女の足元の地面を打ち飛ばした。

舞い散る土に、ベラルナは思わず悲鳴を上げる。

そんな彼女の様子に、アイリスディーナは失笑を漏らした。

海千山千の経験をしている者は、この程度で狼狽《うろた》えない。貴族としての名を背負う自覚がある者ならなおさら。そういう意味でベラルナは貴族の器ではない。

そもそも帝国の都合と言うが、話を聞く限り、貴族の名を除名されることで、リサの父とカミラの母への制裁は済んでいると考えられた。

過剰な罰を与えることは、それはそれで為政者の権威に傷をつけることになる。

つまり、ベラルナ達がリサを攫《さら》おうとしたのは、彼女達の独断。学園内で行動を起こす点や、稚拙な結界、自分から襲撃対象に接触するなど、馬鹿の所業が目立つ。

（私がやるなら、もっと密《ひそ》かに、確実にやる……）

孤立した状況で相手の精神を追い込むのはいい。しかし、襲うなら夜、市民街の裏路地だ。

結界は使わない。物理的な手段で口を封じ、四肢の腱を切って逃げられなくする。

速効性の麻痺毒などが理想だ。たとえ分量を間違ってしまって死んだとしても、遺体は下水道か森に捨ててしまえばいい。魔獣や鼠《ねずみ》などが処理してくれるだろう。

可能なら声だけを麻痺させ、その上で体を穢させる。そうすれば、もっと簡単に心を壊して……。

「っ！」

アイリスディーナは今しがた浮かんだ自分の考えに、思わず愕然《がくぜん》とした。

いったい自分は何を考えていたのだろうか。おおよそ、人として軽蔑される行為を、何の抵抗もなく思い浮かべていた。苦々しく唇を噛み締め、頭を振って脳裏に浮かんだ醜悪な闇を振り払う。

「ア、アイリスディーナさん、これは……グハッ！」

ベラルナがまだ何か言おうとしていたが、アイリスディーナはもはや聞く気はなかった。

闇色の魔力弾を彼女の腹に撃ち込み、強制的に黙らせる。奇《く》しくもその光景は、先ほどのベラルナとリサの焼き直しのようだった。

ただ違うのは、暗い思考に飲まれかけながらも、アイリスディーナはまだ自制をしていた点。

ベラルナは失神するには至らず、腹部を押さえながらもキッとアイリスディーナを睨《にら》み返していた。

「な、なによ！　貴方だってこの女が我慢ならないはずよ！」

まだ減らず口が利けるあたり、アイリスディーナは加減を間違えたかと歯噛みした。

「あ、貴方だってこの女が邪魔なはずでしょう！　大体許せるの!?　勝手に捨てておきながら、状況が変わったら簡単に手の平を返せる売女が……」

「……黙れ」

アイリスディーナの周囲に複数の魔力弾が形成され、一斉に女子生徒に殺到した。

「きゃあああ！」

アイリスディーナは魔力弾を撃った端から再形成し、追撃を放ち続ける。次々と着弾し、舞い散る土煙の中に、絹を引き裂いたような悲鳴が木霊する。

「ひ、ひっ……」

やがて魔力弾の嵐が通り過ぎると、そこには無傷の女子生徒が肩を震わせていた。

彼女の周囲の土は抉《えぐ》られ、無数の穴が作られている。当てることはしなかったが、放った魔力弾は全て実戦使用。まともに食らえば、骨を折るくらいの威力はあった。

圧倒的な暴力の嵐を目の当たりにした女子生徒は、あまりの恐怖に完全に沈黙。肩を震わせ、まるで幼児のように怯えきっている。

「う、うわあ！」

「なに逃げようとしているのよ」

あまりに容赦のない暴力の嵐を目にして、限界を迎えた男子生徒の一人が、悲鳴を上げながら逃げ出そうとした。その生徒の足元に一本の矢が突き刺さる。

「シーナ・ユリエル……」

思わず矢の出所に目を向けた男子生徒が目にしたのは、弓を構え、蒼髪《そうはつ》を風になびかせたエルフの少女。口調こそ穏やかだが、ギリッと引き絞った弦《つる》からは、一人も逃さないという明確な意思が醸し出されている。

「さすがに……これは、見逃せないよね」

「ティマ・ライムまで……」

シーナの後ろから、杖を携えた萌黄《もえぎ》色の髪の少女も姿を現した。

アイリスディーナ・フランシルトの親友にして、今代最強の魔力の持ち主。

学年最上位の三人の登場に、男達の顔色は青を通り越して紫色になっていた。

『逃げない方がいいと思うぞ。今のシー嬢。めちゃくちゃ怒ってる。下手をすると、体に要らないものを二、三本増やされちまうぜ』

さらに、彼らの退路を塞ぐように、瑠璃色の小精霊も姿を現す。

完全に進退窮まった彼らを、ラズワードは風の精霊魔法で空中に吊り上げ、拘束する。

『さて、俺はこいつらを、教師たちに引き渡してくるぜ』

「お願いね。ついでに事情も説明しておいて」

あいよ、とラズワードは軽い調子で返事をすると、捕らえた生徒達を連行していった。

彼女達がやらかしたことは間違いなく犯罪。どう言い逃れしても退学は免れないだろう。もしかしたら、そのまましばらく牢屋《ろうや》で臭い飯を食うことになるかもしれない。

ラズワードを見送った後、アイリスディーナはリサに視線を移す。まだショックから立ち直っていないのか、乱れた制服を直しながらも、その体は小さく震えていた。

「あ、ありが、とう……」

向けられるお礼の言葉に、アイリスディーナは思わず眉を顰めてしまう。

彼女を見ているとこみ上げてくる、黒い感情。それに耐えるようにキュッと口元を引き締めると、アイリスディーナは何も言わずに踵を返す。

「……何も言わないの?」

そんなアイリスディーナの背中に、リサは思わずそんな言葉を投げかけていた。

背を向けた彼女の肩が、ブルリと震える。

「何を言えと？」

鉛のように重く、氷のように冷たい声色。振り返ったアイリスディーナの瞳は憤怒に満ちていた。

彼女は肩を怒らせながらリサに使づくと、その胸倉を引っ掴む。

「ふざけるなよ!?　言いたいことなど、山のようにあるに決まっているだろう！」

「うっ……！」

息がかかるほどの距離で、アイリスディーナはリサを睨みつける。

普段穏やかな彼女らしからぬ、激高した姿にリサは目を見開く。

事の次第を見守っていたティマ、シーナも、驚いた表情を浮かべている。これほど激高したアイリスディーナは、一番付き合いの長いティマも見たことがなかった。

「だがそれを言ってどうなる！　それを言ったとしてもノゾムが目覚めるわけじゃない！　それに……」

彼の意思に反する。そう言おうとして、アイリスディーナは表情を凍りつかせ、押し黙った。

漏れ出してしまった罵倒。口にしてしまった非難の言葉。

黙っているつもりだった。彼女を責めることできるのは、他ならぬ彼だけだと思っていたから。そもそも、リサも被害者の一人だ。彼女はケンとメフィに騙されていただけ。

でも、我慢できなかった。ノゾムが眠り続けている姿が衰弱死した母と重なり、彼女自身の心が耐えきれなかったのだ。

「っううっうっっ！」

自身の行動に愕然とし、アイリスディーナは唇を噛み締めるも、堰《せ》き止めきれなかった嗚咽《おえつ》が、固く閉ざした唇から染み出していく。そんな彼女の姿に、その場にいた誰もが言葉を失っていた。

「っ！」

「アイ！」

アイリスディーナは突如としてリサを突き放すと、踵を返して走り出す。

ティマが思わず呼び止めるも、彼女は立ち止まることはなく、校舎の影に消えてしまった。

「……ティマさん。ここは私に任せてアイリスディーナさんを追いかけて」

「う、うん！　お願いね！」

ティマを一瞥したシーナが、彼女に後を追うよう促す。

どうしようかと迷いながら、キョロキョロと視線を泳がせていたティマだが、シーナの一言に頷くと、アイリスディーナの後を追って走り出した。

シーナはアイリスディーナを追いかけていったティマを見送ると、地面に尻もちをついて茫然《ぼうぜん》としているリサに歩み寄る。

「まったく、あなたもバカじゃない。あんなことを言って何がしたかったのよ」

「…………」

シーナの呆れた声に、リサは俯きながら沈黙。そんな様子の彼女に嘆息しつつ、シーナは負傷した彼女の手当てを始めた。しばらくの間、治癒魔法と包帯を巻く音だけが辺りに流れる。やがて手当てを終えると、シーナは再び口を開く。

「彼が自分を罰してくれなかったから、せめて私達に責められたかった……ってところかしら？」

シーナの指摘は的を射ていたのか、リサは唇をキュッと噛み締める。

「まあ、アイリスディーナさんの気持ちも分かるわ。でも、彼が一番辛い時に、一緒にいなかったのは私達も同じだし、陥れられたのは貴方もノゾム君も同じ。そんな貴方を責めることができるとしたら、彼だけ」

シーナの言葉に、リサはただ沈黙し続ける。

「それに、彼はそもそも、そんなことを望んではいない。貴方の行動は、彼の気持ちをないがしろにする行為でしかないわ」

言葉にせずとも、リサ自身分かっていた。そんなことをしても意味がないことも、ノゾムが彼女に立ち直ることを望んでいることも。

想ってくれたノゾムの気持ちが嬉《うれ》しく、彼の傍にいられるアイリスディーナ達が羨ましく、彼を信じ切れなかった自分が情けなく、そして惨《みじ》めだった。

リサはふと、傍にいるエルフの少女を見上げる。夕暮れの風になびく風は幻想的で、見つめてくる瞳は強く暖かい光を湛《たた》えている。

「ああ……」

その瞳の奥に覗《のぞ》く、かつて自分も抱いていた恋慕の色。そこまでまっすぐに彼を想えるエルフの少女を、リサはちょっと羨ましく感じる。

「貴方も、ノゾムが好きなのね」

「……うえ!?」

突然上ずった奇声を漏らしたシーナに、リサは首を傾《かし》げた。

「……違うの？」

「ち、違わ、ないけど……分かる？」

「うん、私も……」

好きだったから。その言葉を口にすることなく、リサは未だに胸に渦巻く罪悪感と共に飲み込む。

そんなリサにシーナは何も言わず、悪戯っぽい笑みを口元に浮かべた。

「多分こうしてきちんと話せるのは、一番彼への想いが薄いのかもしれないわね。彼に惹かれている自分に気づいたのは、つい最近だし……」

そんなシーナの様子を眺めながら、リサは「何を言っているのだろうか」と内心呆れる。

想いに気づいた時間は遅くとも、彼女はしっかりとノゾムの意思を理解し、支えようとしている。

その行動は、万の言葉よりも、雄弁にエルフの少女の想いを語っていた。

「と、とにかく！　もしノゾム君のことを想うなら、短絡的なことは厳に慎みなさい。これ以上、彼を裏切りたくないでしょう？」

雪のように白い頬を朱に染めながら発したシーナの言葉に、リサは小さくも、ハッキリと頷いた。

今まで散々ノゾムを裏切ってきた。あの女子生徒の言う通り、自分はもう彼の傍にいる資格はないのかもしれない。

でも、これ以上裏切りたくない。彼の気持ちをないがしろにしたくない。

その意思が、リサの胸に小さな炎を灯す。

「ならいいわ。カミラさん、後はお願いね？」

「え？」

突然話を振られたカミラが呆けた声を漏らす。リサの視線も彼女に向いた。

気まずい空気が流れる。

「彼女とも色々と事情があるみたいだし、少し話をした方がいいんじゃないかしら？」

鉄は熱いうちに打て。この二人も色々と複雑な関係だが、向き合うのは早い方がいい。

「えっと、その……ありがとう」

「いいのよ、気にしないで。さっきのこともあるから、少し離れたところにいるわ」

去り際にかけられたカミラからの感謝の言葉に、この場から離れる。そして、二人の姿が木々の間に隠れるほどの適度な距離に来ると、シーナは突然、顔を押さえてその場に蹲《うずくま》った。

「うう、今さら恥ずかしくなってきちゃった……」

指の間から覗く頬だけでなく、耳の先まで真っ赤に染まっている。

「す、すす好きって……。ノゾム君が好きって他の人に知られちゃった。あうう、恥ずかしい……」

先日ノゾムへの恋心を自覚したばかりで、いきなりのカミングアウト。

恋の自覚と羞恥に悶えながら、シーナは首を千切れそうになるほど首を振る。その度に、彼女の長い蒼髪がピョンピョンと尻尾のように跳ねた。

沈黙する木々が見下ろす中、エルフの少女は、悶え続けるのだった。

ひたすら駆ける。胸をかきむしりたくなるような衝動から逃げるように。

呼吸を乱しながら向かう先は、彼が眠るグローアウルム機関の医療施設。

正面玄関の扉を壊すような勢いで開け、白い廊下に飛び込む。

「おい、ちょっと待て！」

「アイリスディーナ君？　ちょ、待ちなさい！」

ものすごい勢いで走る見目麗しい黒髪の少女に、施設の職員達がいったい何事かと目を見開くも、アイリスディーナは気にも留めない。制止しようとする警備兵も、すれ違ったインダの声も無視。

そしてノゾムの病室にたどり着くと、荒々しくドアを開けた。

静寂に包まれた病室。ベッドの上では、相変わらずノゾムが穏やかな寝息を立てている。

「はあ、はあ、はあ、はあ……ノゾム」

荒い呼吸を落ち着けることもせず、アイリスディーナはベッドに歩み寄る。

口から漏れた彼の名前が、静かな病室の中に溶けていく。

ギシギシ、ギシギシ……。軋《きし》みを上げる心臓。走る痛みに耐えるように胸元を握り、唇を噛み締める。白い手がさらに白く染まり、綺麗に整えられた制服に皺《しわ》が刻まれる。

「な、なあ、起きてくれ。ちょっと寝すぎだぞ？　そろそろ起きないと、授業についていけなくなるぞ？」

疼《うず》きは治まらない。むしろ雨漏りのように、どんどん胸の奥から染み出してくる。

上ずった声で、ゆさゆさとベッドに横たわるノゾムを揺らす。返事は……ない。

「ソミアやシーナ君たちも心配しているぞ。それに、それに……」

何とか浮かべようとした微笑みは不細工に歪む。胸をかきむしられるような苦しさから逃れたくて、寝ているノゾムを揺らし続ける。泣くまいと堪《こら》えるも、制御できない感情は溢れ出し続けていく。

「起きて、起きてくれよ……！　声、聞かせてよ……」

彼女の脳裏に、幼い頃に物言わぬ躯《むくろ》となった母親に縋《すが》りついた過去が蘇る。

母の死に際と、眠るノゾムの姿が重なる。限界を超えたアイリスディーナの瞳がジワリと潤み、ホロリと一筋の涙が頬を伝う。もう止められなかった。

「ふうっぐ。うう……。っうう……！」

堰を切ったように涙が流れ、アイリスディーナはノゾムの胸元に縋りついた。掛けられた布団を引きちぎらんばかりに握りしめ、顔を埋めてひたすらに泣きじゃくる。

パチンと乾いた音と共に、彼に買ってもらった髪飾りが外れ、次から次へと溢れてくる涙がノゾムの胸元を濡らしていく。顔を上げると、彼の寝顔がすぐ傍にある。

特に特徴のない容姿。だが、その笑みを向けられれば、心の底から暖かくなった。でも今は……。

「ひっく、ひっく……。ノゾム……」

顔を近づけ、そっとノゾムの頬に触れると、彼女は自らの唇をノゾムの唇に押し当てた。

初めてのキス。

輝冠の大百足と戦った時。暴走したノゾムを治めるために、シーナが行ったキスを思い出しながら。

ただノゾムに目を覚まして欲しくて、アイリスディーナは唇を押し当て続ける。

だが、そんな彼女の願いも虚《むな》しく、ノゾムの瞼《まぶた》は開かない。

彼の胸元に落ちた髪飾りが、目に留まる。

初めて彼と二人で街を歩いた時、買ってくれた、贈り物。

胸の奥に走っていた痛みも、今は感じなくなっていた。ただぽっかりと空いた穴と、猛烈な寒気しか感じられない。

「………」

アイリスディーナはそっと身を起こすと、フラフラと病室を後にした。

覚束《おぼつか》ない足取りで廊下を抜け、そのまま外へ。

既に外は暗くなっていた。肌寒い風が、頬を撫でる。

「アイ!」

「ティマ……か?」

突然後ろから抱きしめられた。聞き慣れた親友の声が、アイリスディーナの名を叫んでいる。

耳元で名を叫ばれたはずなのに、その声はどこか遠い。

「何やっているんだ？　こんなところで……」

よく回らない思考の中、反射的に出た問いかけ。ティマは答えず、後ろから包み込むように彼女を抱きしめ続ける。

「大丈夫だ。私は……大丈夫だ」

オウム返しのように同じ言葉を口にするが、詰まった声には力はなく、説得力など皆無だった。今にも折れてしまいそうなアイリスディーナを慰めるようにティマの腕にギュッと力がこもる。

「大丈夫、大丈……うう」

その温もりに、凍っていたアイリスディーナの感情に再び火が灯る。

同時に、枯れていたはずの涙が再びこみ上げてきた。嗚咽を漏らし始めたアイリスディーナの顔を隠すように、ティマは体をずらして彼女の顔を自分の胸に包み込む。

「ううう、あああ……」

親友の温もりに包まれながら、アイリスディーナは再び泣きじゃくり始める。

周りの人が何事かと目を向けてくるが、そんなことはもう気にならない。

「ふぐう、うう！　ひっく……あああああああ！」

「アイ……」

ティマは弱ったアイリスディーナをただただ抱きしめながら、彼女の激情を受け止め続ける。

どれだけ不安だったのだろうか。どれだけ憤りを我慢していたのだろうか。

目覚めない想い人に心が張り裂けそうになり、その想い人のかつての恋人に嫉妬し、その憤りを必死に抑え込もうとして……失敗した。

いつも頼りになっていた親友。彼女がこれほど弱さを見せたのは、ウアジャルト家の執事に、命よりも大切な妹の魂を奪われそうになった時くらい。

そんな彼女がこれほど心動かされるくらい、彼に惹かれていたのだろう。

（あ……）

そんな中、廊下の奥から駆け寄ってくる足音が響いてきた。

いったい何事かとティマが音のする方に目を向けると、ノゾムを経過観察しているインダが駆け寄ってくる。どこか切羽詰まった様子の彼女の姿に、ティマが首を傾げていると、強烈な悪寒が襲いかかってきた。

「な、なに!?」

強大な源素の波動。それは、中央公園の林エリア。先ほど、リサ達がいた場所から発せられている。

悪寒が全身を貫く。二人は顔を見合わせると、魔力の発生源めがけて駆け出していった。

†

「あの、えっと……」

「………」

リサとカミラ。従姉妹同士の二人は、向き合ったまま黙りこくる。

カミラはかける言葉を探すように視線を揺らし、リサに至っては俯いたまま、相手の顔を見ようともしていない。沈黙の中、夜の風が木々を揺らす音だけが響く。先に声を発したのはカミラだった。

「ごめんなさい……」

風の音にかき消されるほど小さく、しかし、絞り出すように重く響く謝罪の言葉。

それを聞いた瞬間、リサは激高した。

「っ！　今さら、今さらなにを……！」

顔を真っ赤に染め、反射的にカミラの襟に掴みかかる。

二年間も騙され、その結果、彼女は大好きだった人を自身の手で貶《おとし》め続けてしまった。

消えようのないほど傷つけてしまったノゾムへの罪悪感と後悔が憎しみに転化し、リサはそのまま近くの木に、思いっきりカミラの体を叩きつける。

「うぐ……。いくら謝ったって、許されないのは分かっている。私は、取り返しのつかないことをした。リサにも、ノゾムにも……」

「もう遅い、全部、全部壊れた！　何もかも！」

背中に走る衝撃にカミラは息が詰まるも、言葉を続ける。

一方のリサは、これ以上ないほど目を見開き、涙をいっぱいに溜めながら、カミラをさらに木に押しつけた。リサの激情に呼応した魔力が彼女の体を取り巻き、自然と身体能力を引き上げていく。カミラの体がミシミシと悲鳴を上げ始める。

その時、べちゃりと冷たく、粘着質な感触が腹部に広がった。

「あっ……」

視線を落とすと、カミラの服の下から滲んだ紅い染みが、リサの制服に張りついていた。

そこは、リサが彼女を刺した場所。手に肉を貫く嫌な感触が蘇り、彼女は反射的に手を離した。

カミラが膝から崩れ落ちる。しかし、顔はしっかりと正面からリサを見上げている。

「ねえリサ、覚えてる？　この学園で、初めて会った時のこと。私は最初、会う人全部に冷たい言葉を放っていた。この街に来たのは、身を隠すためだったから……」

幼い頃に刷り込まれた恐怖。頼れるのは母だけ。そんな環境で育ってきたから、カミラはずっと孤独だった。

幸い、文字や必要な知識は母が授けてくれた。だがアルカザムに来たことで、孤独感はより一層強くなった。成績は上位だったが、当然クラスの中では孤立する。

そんな中、彼女に声をかけたのがリサだった。

「すぐに分かったよ。叔父様の娘だって。そっくりの目をしてた。優しくて、力強くて、好奇心いっぱいの……」

以降、二人は親友と呼べるほど仲良くなっていく。

リサは自分の父親の出自を知らなかったから、カミラは自分が従妹であることを告げることはできなかった。だが、敬愛する叔父と同じ瞳を持ち、迷うことなく冒険者を目指していたリサの存在が、どれほど彼女の支えになっていただろうか。

どうしても他人を警戒してしまう性格は変わらない。自分の出自を話すことも憚《はばか》られる。それでも、リサのおかげで、カミラの世界は少しずつ大きくなっていった。しかし……。

「そんな貴方の目を私が曇らせた。もし貴方が立ち直れるなら、私は何でもする。だから……」

地べたに座り込みながらも、縋るような、それでいて、強い意志を湛えた瞳で見つめてくるカミラ。リサはそんな視線から目を逸らす。

そこまでの覚悟と強さを持っているカミラが怖く、同時に揺れ動く自分自身が惨めだった。

「リサ、待って……」

「来ないで！」

手を伸ばしてくるカミラを思わず突き飛ばしてしまう。地面に尻もちをつき、衝撃でカミラの腹部の傷がさらに開く。広がる紅。増していく、人を刺した時の感触。

思わず下腹部を押さえたカミラの姿にリサは顔を凍りつかせ、体を震わせる。そして、逃げるように踵を返そうとして……。

「お願い、逃げないで。私を傷つけるのはいい。でも、お願い。逃げないで……」

消えるようなカミラの懇願に、足を止められた。リサが恐る恐る振り返れば、カミラは震える足で立ち上がり、ゆっくりと歩み寄ってくる。そして彼女は手を広げ、リサを抱きしめた。

「あ……」

「大丈夫、大丈夫……」

力の入らない手でリサを抱きしめたカミラは、ゆっくりと、本当にゆっくりと、リサの髪を撫で始める。まるで、母親が娘を慰めるかのような手つき。目を見開き、震えていたリサの体から、少しずつ強張りが解けていく。

「本当にごめんなさい。そして、ありがとう……」

耳元に流れる、静かで優しい言葉に、ついに限界を迎えたリサの目から、はらりと一筋の涙が流れる。濁流のように溢れる感情。彼女は声にならない声で泣き出した。

「っ、っ……！」

歯を食いしばり、押し殺そうとしても止まらない。胸の奥に溜《た》まっていた澱みが、洗い流されていく。しばしの間、リサはただ涙を流し続けていた。

そんな中、低く、唸《うな》るような第三者の声が二人の耳に流れてきた。

「みつ、けた……」

かけられた声に、反射的に振り向く。木々の隙間に覗く闇の奥から、人影が現れた。

ソルミナティ学園の制服を纏った、金髪の青年。全身を水に濡らし、俯いた顔からは表情は窺えない。ただ、全身からは異様な空気が発せられていた。

まるで、蜃気楼のような黒い影。ケンの全身を覆うそれは、彼が一歩足を進める度に、蜃気楼のようにゆらゆらと揺れている。

「ケン……」

異様な空気を纏って現れた幼馴染の姿にリサが茫然としていると、突然真っ黒な源素がケンの体から噴き出した。汚水の濁流を思わせる濁った源素は渦を巻き、空へと昇っていく。

俯いていたケンが顔を上げた。ギョロリと紅く染まった瞳が、二人を捉える。

そこに、一本の矢が飛翔してきた。近くで待機していたシーナが駆けつけたのだ。

風を切りながら飛んできた矢は、無造作に振るわれたケンの腕に、容易《たやす》く叩き落とされる。

一方、シーナはケンが放つ異様な気配に目を見開いていた。それは、彼女自身も非常によく知る、忌まわしい存在の気配。

「これは、あの魔獣の……二人とも、逃げなさい！」

シーナの声に反応したカミラが、リサの手を取って駆け出す。

しかし、その行く手を阻むように、地面から巨大な白い光壁が立ち上がった。

半透明に輝く巨壁は、円状に屹立《きつりつ》し、ケンをカミラ達ごと、その内側に閉じ込めてしまう。

「これは、結界!?　ラズ、聞こえる!?」

(シー嬢、いったいどうし……)

次の瞬間、ケンの体からどす黒い源素が噴出し、一瞬で三人を飲み込んだ。

CHAPTER 8

第八章――命を賭して、燃え尽きるまで

Ryuusa no Ori
Kokoro no
Naka no Kokoro

目の前の屹立《きつりつ》する白い巨壁と、その奥に鎮座する黒い半球体を、アイリスディーナは茫然《ぼうぜん》とした表情で見上げていた。

「なんだ、これは……」

「都市隔離結界……でも、なぜ」

「ティマ、知っているのか？」

「このアルカザムを守るための機能の一つ。機構としては、武技園に設置されていたものと同じ、地脈の力を用いて発動する結界なんだけど、まだ完成していないはずじゃ……」

「完成していない？　それはどういう……ん？」

「二人とも、無事か!?」

当惑する二人の後ろから、複数の足音が近づいてくる。振り返ると、ジハード、インダ、アンリ、フェオの四人が駆け寄ってきていた。その後ろには二十人ほどの衛兵が続く。

「どうして、ここに……」

『俺が、あの不届き者達を届ける時に呼んだんだ』

緑光を散らしながら、ラズワードが姿を現す。

黒い半球体を見上げる風の小精霊の声は、今までにないほど深刻な色を帯びていた。

『この気配、間違いない、シー嬢とノゾムが倒した、あの魔獣だ』

「アビスグリーフが？　だが、あの魔獣は倒されたはずでは……」

『さあ、な。だが、今考えるべきことは、あの獣が復活したことじゃない』

ジハードの疑問を流しながら、ラズワードは言葉を続ける。

『一つは、あの黒い結界の中に、シー嬢達が残されていること。もう一つは、展開された障壁が侵食され始めていることだ』

確かに、白い障壁は不規則な明滅を繰り返しており、広がり続ける黒い半球体に接触した場所から、徐々に削られ始めていた。

『さらに、あの黒い半球体を介して、あの魔獣の力がこの地の龍脈と繋《つな》がりつつある。最悪の場合、ネブラの森の二の舞になりかねないぜ』

その一言に、ジハード達の顔が凍りついた。

ネブラの森とは、かつてエルフ達が居を構えていた巨大な密林。森の中心の大樹に宿った大精霊がその地の龍脈と繋がることで、外敵に対して難攻不落の要塞と化していた。

だが、大侵攻の際に要であった大精霊が落とされ、陥落。以降、魔獣たちの住処《すみか》となっている。

二十年前の大侵攻が大陸全土に広がったのは、この森の陥落が大きな要因の一つとされ、今でも失地回復の大きな障害となっている。

そんな惨劇が、再び起きようとしている。ジハード達の表情が青ざめるのも当然だった。

「ならば、手は一つじゃな」

「ファードレイ殿……」

ここでもう一人、白衣を着たグローアウルム機関の長が姿を現す。

「奴が地脈と繋がりきる前に、都市隔離結界を暴走させ、もろとも吹き飛ばす」

彼の冷徹なその言葉に、その場にいた全員が息を飲んだ。


宙に浮いているような感覚が消えた。目を開くと、白色に統一された天井が飛び込んでくる。

「ん……。ここは、病室か？　いてて……」

周囲を見渡そうと体を捻《ひね》ると、背中をはじめとした全身がギシギシと軋《きし》みを上げた。

窓の外に目を向ければ、隣にはグローアウルム機関の研究棟。少し離れたところに、ソルミナティ学園の校舎も見える。

「ここは、グローアウルム機関の医療施設……。そうだ。俺、下水道で濁流に流されたんだった」

とにかく、人を探さないといけない。ノゾムは体を起こそうと、両手に力を込める。

その時、胸のあたりが濡《ぬ》れているのに気づいた。

「これは……」

指先で色の変わった上着に触れる。硬い感触が、指先に返ってくる。体を起こしながら、触れた物を手に取って掲げると、それはノゾムがアイリスディーナに送った髪飾りだった。

どうして、これがこんなところにあるのだろう。

頭に浮かぶ疑問と共に、ひんやりとした感触が手の平に返ってくる。妙に胸が詰まった。

「やれやれ、ようやく目を覚ましたな」

「っ!?」

横合いからかけられた声にノゾムは驚き、顔を向ける。そこには、意外な人物が立っていた。

顎に白い髭《ひげ》を蓄えた老人、ゾンネだ。ただの民間人。奇妙な占い屋を経営しているだけのはずの人物が、どうしてこの病室にいるのか。

次々と浮かぶ疑問にノゾムが狼狽《うろた》える中、ゾンネは病室の端に立てかけてあった、彼の愛刀を手に取った。鯉口《こいぐち》を斬り、覗く刀身を眺めながら、おもむろに手をかざす。

老人の手の平が輝き、淡い光が『無銘《むめい》』に注がれていく。白い源素。精霊などのごく一部の種族のみが扱える、原初の力。その発現にノゾムが驚いていると、無銘に流れ込んでいた力が拒絶されたようにパン！　と弾《はじ》け飛んだ。

「ううむ、随分と気難しい刀じゃのう。もう少し、融通を利かせてくれてもよいじゃろうに……」

老人は仕方ないというように溜息《ためいき》を漏らしながら、無造作に『無銘』をノゾムに放り投げる。

投げられた愛刀を反射的にキャッチしたノゾムが、怪訝《けげん》そうに目を細めた。

「アンタ、師匠の形見にいったい何を……」

その時、窓から突如として強烈な閃光《せんこう》が飛び込んできた。

白い光は瞬く間に治まるも、次に窓から覗《のぞ》いた光景に、ノゾムは愕然《がくぜん》とする。

遠くに、白い巨壁と、巨大な半球状の何かが鎮座している。

夜の闇よりもなお黒く、そして寒気を感じさせる何か。

「な、なんだ、あれは……」

「この気配。あの哀れな魔獣のものか。それに、あの水の精霊の気配もある。ふむ、随分と妙な状況になっておる」

「……魔獣？」

「お主がアビスグリーフと呼んでいた存在じゃよ。それが其方の幼馴染《おさななじみ》と同化したのじゃ」

「さっきの白い源素といい、アンタ、いったい……」

「ワシが何者かということか？　まあ、これで分かるであろう？」

スッと目を細めたゾンネの体から、白い源素が噴き出してくる。

強烈な既視感を覚える力。ノゾムの脳裏に、あの荒野で目の当たりにした巨龍の姿が蘇《よみがえ》る。

「龍……ぐっ!?」

『貴様、貴様は……！』

直後、ノゾムの脳裏にティアマットの声が響き、続いて強烈な痛みが全身に襲いかかってきた。これまでにないほどの強い干渉。心臓が張り裂け、全身の骨と筋肉が千切れていくような激痛に、ノゾムは思わずベッドの上で身を屈《かが》ませる。

「あぐ……があ……！」

『邪魔をするな人間！　殺させろ、我にその裏切り者を殺させろ！』

耳の裏を棍棒《こんぼう》で叩《たた》かれたような激高と共に、瞬く間に体の感覚が喪失していく。ティアマットが、ノゾムの体を引き裂こうとしてきているのだ。

「くそ、黙って……ろ……」

せめて意思だけは渡さないと歯を食いしばり、ノゾムは必死にティアマットの干渉に耐える。そうしているうちに、少しずつ、滅龍王の声は遠くなっていく。

やがて、完全に声が消えたところで、ノゾムはようやくホッと、全身の力を抜いた。

そんな彼を眺めながら、ゾンネは感嘆の声を漏らす。

「ほう、奴の干渉を撥《は》ね退《の》けるか。やはりお主、普通ではないな」

「目的は、俺が取り込んだこいつか……」

「そうだ。ティアマットは同族達を殺し、償いきれぬ咎《とが》から、我ら白龍を始めとした龍族全体の仇敵《きゅうてき》となり、封じられた存在だからな……」

だからこそ、龍族は封印から逃れた忌龍を探し、どんな手段を用いても再封印しようとするだろう。

そんな予想が頭によぎり、消耗して汗の浮かんだノゾムの顔に緊張が走る。

「まあ、そう警戒するな小僧。確かにお前が取り込んだ存在を無視はできないが、迂闊《うかつ》に手を出すわけにいかないのはワシらも同じだ」

顔を青くしながらも怪訝な表情を浮かべるノゾムを前に、ゾンネはふっと発していた力を納める。

「どういうことだ……？」

「ワシらにも事情があるのじゃよ。まあ今は、あれをどうにかする方が先じゃろうな」

そんなノゾムを前に、ゾンネは話を切り替えるように窓の外に見える黒い半球体を指さす。

この老人……ひいては、龍の事情が気にならないと言えば嘘《うそ》になる。

だが、ゾンネが自分の事情を話すつもりは一切ないことも察していた。軽い口調にもかかわらず、老人は瞳の奥に冷たい色を湛え、これ以上ティアマットの話をすることを拒否している。

混乱する自分の心を落ち着けるようにノゾムは一度深呼吸をすると、ゾンネが指さす黒い球体に目を向けた。

「あれが、ケンの仕業なのか？」

「捕食結界。内に入り込んだ者の肉体から魂までをも溶かし、取り込むもの。あの穢《けが》れた魔獣と同化した人間が作り上げた結界じゃ。このままではあれは拡大を続け、最終的には龍脈すら己の力とし、この都市全ての命を飲み込むじゃろう」

話を聞くだけで、危険極まりないと理解させられる代物である。

実際、ノゾムもこうして遠くから眺めているだけで、全身を蟲《むし》が這《は》い回るような悪寒を覚えていた。

その間にも、半球体は徐々に大きさを広げ、白い巨壁と接触。バチバチと火花を散らし始める。

「あの白い壁は……」

「ふむ、龍脈の力を使った、この街の防衛機能と見える。しかし、マズいのう……」

捕食結界とせめぎ合う光壁。しかし、黒い半球体は光壁にめり込むと、白い壁を削り取るように侵食していく。

「止めたい気持ちは分かるが、あれでは逆効果じゃ。逆に食われ始めておる……って、小僧、どこへ行くんじゃ？」

「決まっている。ケンを止めに行く」

ゾンネが嘆息する中、ノゾムは老人に背を向け、病室を出ていこうとする。そんな彼の行動に、ゾンネは肩を竦《すく》めた。

「ガタがきている体と魂でか？　ティアマットの封印、徐々に解け始めているのだろう？」

ゾンネのその言葉に、ドアにかけたノゾムの手が止まる。

さすがは最強の精霊種、といったところだろうか。老人の言葉は的を射ていた。

全身を蝕《むしば》む痛みや、突発的な感覚の喪失は、少しずつ、しかし確実に、ノゾムの体を侵食している。

それは、彼自身が一番理解していた。ノゾムの無言を肯定と受け取ったゾンネは話を続ける。

「ここでお主が死んだら、どうなると思う？　滅龍王は復活。あの獣が引き起こす以上の惨事が、この街に降りかかるだろう」

冷たい言葉が、無慈悲な現実をノゾムに突きつける。

自分が取り込んでしまった存在。それがもたらすであろう災禍。実際、少し前にノゾムは我を忘れてティアマットと同調、アイリスディーナ達に刃を向けた。

あの時は彼女達の献身と、奇跡的な偶然の連続で事なきを得たが、次も大丈夫という保証はない。

そして、ティアマットの封印は徐々に解け始めている。あの龍の力の危険性は、初めて使った時より遥《はる》かに大きくなっているだろう。

「お主の幼馴染も仲間も、そろって死ぬ。それに……」

「でも、ここで目を背けて逃げたら、きっと後悔する」

それでもノゾムは、ゾンネの忠告に首を振った。

「俺が死んでも死ななくても、このままアレを放置していたら、俺の大切な人達は、どの道死んでしまう。それじゃあ意味がない」

強い決意と共に、ノゾムは肩越しに振り返る。

冷たい色の瞳をしていたゾンネの目が、大きく見開かれた。

続いて老人の体から、先ほどとは比較にならないほどの源素が噴き出す。

人の身では到達できない力の奔流が、たった一人の人間に向けられる。

カーテンが引きちぎれ、窓ガラスはギシギシと悲鳴を上げる。押し潰さんばかりに叩きつけられる源素は、病室のベッドを床板ごとめくり上げて吹き飛ばす。

死を連想してしまうほどの威圧感。しかし、ノゾムはゾンネの背後に白亜の巨体を幻視しつつも、冷静に周囲の状況を客観視していた。

(窓ガラスが軋みつつも割れてない。なるほど、俺が起きる前に結界を張っていたのか……)

これほどの暴風に晒《さら》されれば、窓ガラスなど一瞬で粉々になるはず。そうなっていないということは、ゾンネ自身もこの施設の人間に顔を知られたくないということなのだろう。

生物として、圧倒的な格の差。それを見せつけられても、ノゾムの意志は変わらない。

むしろ逆に、穏やかな苦笑を、殺さんばかりに睨《にら》みつけてくるゾンネに向ける。

「それに……俺はもう、十分休ませてもらった。そろそろ頑張らないと怒られるんだよ」

だから、この部屋の結界を解いてくれ。向けられる殺意に相反するような気軽なセリフに、ゾンネは肩を落とすと「はぁ〜〜……」とこれ以上ないほど呆《あき》れたような溜息を漏らした。

そして指をスッと横に切る。すると、部屋を包み込んでいた源素が消滅。結界も解けたのか、廊下の方から、職員達の喧騒《けんそう》が聞こえてくるようになる。

「忠告しておく。このまま奴の力を使い続ければ、いずれ封じておくことはできなくなる。そうなればどのみち、お主は傍《そば》にいる大切な者達を殺してしまうだろう」

努々《ゆめゆめ》、忘れるなよ。それだけを言い残すと、ゾンネは白い光に包まれて消えてしまった。

先ほどまでの態度とは正反対のあっさりとしたゾンネの行動を見るに、ティアマットを刺激したくないというのは本当なのだろう。もっとも、その裏の考えは何も分からないが。

ノゾムはそこまで考えたところで、頭を振って意識を切り替える。

今は、目の前の危機に全力を傾ける時。胸に手を当て、意識を己の内に向ける。

体は……まだ大丈夫。武器も問題ない。心も落ち着いている。

「よし……！」

目を開くと、彼は闇に包まれた廊下へと駆け出していくのだった。

†

暗い闇の中、ケンは取り込んだ幼馴染の前で、静かに佇《たたず》んでいた。苦悶を浮かべるその表情に、つい先ほどまで霞《かすみ》がかっていた思考が、あっという間にクリアになっていく。

（ああ……）

胸に去来する、寂寥《せきりょう》感。

そこでようやく気づいた。自分が求めていたのは、もっと別のものだったと。

『ダシテ、ダシテ、ココカラダシテ！』

頭の中で、取り込んだメフィが必死に訴えているが、知ったことではないと、その声を無視して押さえ込む。人間では決して抗《あらが》えないはずの者の声も、あっさりと小さくなっていく。

『コロスノダ。クイツクスノダ。イノチノ……ゲンリュウヲ』

代わりに今度は、獣の声が響いてくる。今の自分を、生かしている存在。異端の魔獣の意思。

否が応にも理解もさせられる。この魔獣の力がなければ、自分は生きていくことができず、やがてこの魔獣は自分の魂を押し潰し、この地に生きる全てを食い尽くすだろう。

(結局、メフィに利用されていた時と、僕は何も変わらないのか……)

「リサ……」

改めて、幼馴染の名を呼ぶ。脳裏に蘇る、幼い頃の光景。家族に放置されていた自分にできた、初めての友人達。こっちを見て欲しいと焦がれ続けた相手。

『結局、俺もお前も、リサの支えにはなれなかった。自分から、その権利を投げ捨てたんだ』

もう一人の幼馴染の声が蘇る。その言葉に腸《はらわた》が煮えくり返りそうなほどの怒りを覚えながらも、同時にどこかストンと腑《ふ》に落ちる感覚も覚えていた。

「……今さらだ」

そう、本当に今さらだ。もう、全てが遅すぎた。

なら、自分が望めることは……たった一つ。

「来たな……」

鋭敏化した感覚が、あの男の接近を感知する。

先ほどまでの寒々しい感覚が消え、代わりにこみ上げるのは高揚感。

これが最後。あの甘い男のことだから、多少優柔不断になるかもしれない。だが、取り込んでしまった余計なものを餌に使えば、焚《た》きつけられるだろう。

希望などない。それで構わない。未来など、もうどうでもいい。

アイツを殺す……。そのためなら、なにを犠牲にしても構わない。

そして彼は好いていた幼馴染に背を向け、心の中で「さようなら」と呟《つぶや》いた。


ノゾムは突然出現した半球体に動揺している職員達をよそに、医療施設から飛び出した。

ねばつくような湿気が、全身に絡みついてくる。

肌に纏《まと》わりつく空気を振り切りながら駆けた先には、光り輝く巨壁と、巨大な黒い半球体。

先ほどよりも侵食が進んでいるのか、光壁は不規則に明滅し、徐々に薄れてきているように見える。

そして、光の壁から三十メルほど離れた場所には、この事態を知って駆けつけてきた都市関係者が、数多く集まっていた。その中には、ノゾムがよく知る者の姿もある。

「ノゾム君⁉」

「目を覚ましたのか⁉」

駆け寄ってきたノゾムの姿に、ジハード達が驚いた表情を浮かべる。

そんな中、アイリスディーナだけが、どこか心ここにあらずといった様子だった。

「ノゾム……」

「アイリス……」

ノゾムと視線が合うと、彼女はなぜかビクリと体を震わせる。

向けられる瞳に浮かぶのは、当惑と……後ろめたさだろうか。どうして、そんな寂しそうな顔をしていたのか気になったが、それを確かめる前に、ファードレイが二人の間に割って入ってくる。

「悪いが、緊急事態なのだ。話を続けさせてもらおう。先ほども言ったが、隔離結界が突破される前に、結界を展開している地下の術式を暴走させて吹き飛ばす。周辺区画の施設に多少の被害は出るだろうが、致し方あるまい」

都市隔離結界は吸い上げた地脈の源素を、都市の地下に張り巡らせた魔法陣に注ぐことで展開される。これは試作型儀式魔法都市として、このアルカザムが建設時から計画され、設置されていたもので、現在も都市全体で拡張と調整が続けられている。

これほどの超大規模魔法陣となれば、そこに溜《た》め込まれる力も尋常ではない。

もし暴発などしようものなら、その術式の上にある構造物は例外なく消滅。当然、そこにいる人々の命など、ちり芥《あくた》のごとく消し飛ぶ。余波だけでも、隣接する区画には大きな被害が出るだろう。

「それじゃあ、シーナさんやリサさん達が死んじゃうじゃないですか～～！」

『ざっけんな糞《くそ》ジジイ！』

「他に手はない。隔離結界もそう長く持たん。完全に侵食されてしまっては、自壊させることすら不可能になる。都市そのものが崩壊するよりはよい」

当然、アンリをはじめとした教師陣やアズワードが抗議するも、ファードレイは有無を言わさぬ口調で、彼女達の主張を拒否した。

学園側の代表であるジハードは無言。生徒を守る教師としての立場と、一組織の代表としての立場で板挟みになっているのか、悔しそうに漆黒の半球体を睨みつけている。

ノゾムもまた、ファードレイの言葉に、ざわりとした不快感を覚えていた。呼吸が浅くなり、強烈な衝動が湧き起こる。そんな彼を、アイリスディーナはどこか不安げな表情で見つめていた。

「ノゾム？」

ノゾムは言い争う大人達の脇を抜け、そのまま隔離結界の方へと歩き始める。

脳裏に、先ほど接触してきた老人の言葉が蘇り、続いて強烈な不安がよぎる。

暴走の危険、いつの間にか都市内にいた、龍《ソンネ》。

多くの大切なものに気づけたからこそ、未来が……とてつもなく怖くなる。

（でも、それでも……）

逃げてもいい。師の言葉に救われた。

怒りという激情に飲まれた自分を、救い上げてくれた人達がいた。だからこそ……。

「結界を……解いてくれませんか？」

静かな、しかし、覚悟のこもった言葉。

この場にいた全ての者達が驚く中、ノゾムの強い視線を受けたファードレイが神妙に口を開く。

「それはできん。あの黒球、都市隔離結界すら一方的に食い尽くさんとするものだ。当然、一度捕まれば、逃げることすらできず、肉体も魂も貪り食われるだろう。君とて例外ではない」

ファードレイの言葉に続いて、彼の護衛をしていた衛兵達がノゾムを取り囲む。

「ノゾム！　ファードレイ殿、やめてください！」

アイリスディーナが声を荒らげるが、ファードレイは彼女の言葉を無視し、ノゾムの拘束を衛兵達に命じようと手を上げる。しかし、彼がその手を振り下ろす前に、予想外の声が周囲に響き渡った。

『ノゾム、来ないのか？』

「ケン……」

低く、しかし、煽《あお》る様な声色。明確な理性のある声で、ケンはノゾムを挑発する。

『見捨てるというのなら、好きにすればいい。リサも、カミラも、あの妖精の末裔も、この都市諸共《もろとも》消し飛ぶだけだ』

彼の言葉を肯定するように、捕食結界とせめぎ合っていたはずの都市隔離結界が震えた。バチバチと結界全体に走っていたはずの火花も消えていく。その様子に、ファードレイが目を見開いた。

「まさか、もう都市隔離結界の術式を掌握したのか……」

『来るのは、お前だけだ……』

ファードレイが驚く中、ケンはノゾムを導くように、都市隔離結界に穴が穿《うが》たれた。針のように小さな穴は瞬く間に広がり、数人が並んで通れるほどの半円形の大穴となる。

明らかにケンに制御を奪われている都市隔離結界の様子に、既に自分の対策が不可能と悟ったファードレイはノゾムに視線を移す。内側の全てを見透かそうとする瞳。それをノゾムは正面から受け止めると、ファードレイは大きく息を吐く。

「こうなっては、其方《そなた》に託すしかないか……」

ファードレイのその一言に、衛兵達は下がる。

邪魔がなくなったノゾムはアイリスディーナ達の傍にいるラズワードとティマに目配せをすると、自分の耳に軽く指で触った。そこにつけられたままの耳飾りに二人が目を見開く中、彼は穿たれた黒い穴へと向かっていく。

「ノゾム……！」

アイリスディーナが思わず叫ぶ。

ノゾムは心配してくれる彼女の気持ちに軽く笑みを返して、深淵《しんえん》の闇の中へと足を踏み入れた。

「っ……！」

結界に入った瞬間、真っ暗な闇がノゾムの視界を埋め尽くす。続いて感じるのは、まるで氷の中にいるような冷たさ。体の心から熱が奪われていくような感覚に身じろぎしながらも、気を持ち直して、闇の先へと足を進める。

『まさか、肉体はおろか、魂すら食い尽くすこの結界内で動けるとはな。普通の人間なら一歩も歩けずに倒れ、そのまま死んで僕の糧になるはず。ノゾム、お前はいったい何を取り込んだ？』

ケンの声が再び闇の中から響いていてくる。平淡でありながら、言葉の端に畏怖とも、驚嘆ともとれる色を漂わせていた。

『いや、違うな。取り込んだ精霊じゃない。これはお前の力か？　つくづく鼻に突く奴だ』

「何のことだ？」

『気づいていないなら別にいい。それに、そんなこと、すぐに気にならなくなる』

しかし、その声色もすぐに憎しみに満ちたものに変わった。

意味深なケンの言葉を流しながら、ノゾムはひたすら闇の中を進み続ける。

そうしていると、やがて、闇の奥から小さな光が瞬き始めた。火花のように点滅する光は瞬く間に強くなり、閃光と共にノゾムの視界を埋め尽くしていく。

手を掲げ、目を細めていると、数秒の後、光は潮が引くように消えていき、視界が一気に開けた。

「ここは……オイレ村？」

そしてノゾムの眼前には、黄昏《たそがれ》に染まる小さな山間の村が広がっていた。

同時に、先ほどまで感じていた冷たい感覚がなくなる。どうやら、この捕食結界は二層構造になっているらしく、ここでは魂すら食い尽くす浸食力は作用していないらしい。

『懐かしいだろう？　もっとも、今の僕にとっては、忌まわしい場所でしかないが……』

闇色に染まる空にゆらゆらと線を引く山々と、その麓に広がる家々。慣れ親しんだ故郷。

しかし、どの家にも明かりはなく、無機質な石の彫刻を思わせる冷たさを放っていた。

村を挟んでちょうど反対側には、天を貫くように、一本の黒い大樹がそそり立っている。

子供の頃に遊び場になっていた、一本松があった丘。ケンの声は、そこから響いてきていた。

「あそこか……」

ノゾムは、一本松を目指して進む。途中で村の中を通るが、やはり人の姿はない。

村の中央を通る川の傍を進み、そのまま一本松へと続く道へ。

ふと、ノゾムの視界に、こぢんまりとした家が目についた。木の柱を組み、草の屋根と土壁で建てられた小さな家。ノゾムの生家だった。

ここが、実際に自分が育った実家ではないとは分かっている。それでも、思わず足が止まった。

『家か……。そういえば、お前はこの学園に来る時、親から大反対されていたな。僕にはそんなものはなかった。行きたいなら行けばいい。淡々と、まるで牛を放しておけくらいの気安い口調だった』

昔を思い出したのか、先ほどまで不穏で不気味だったケンの声が、どこか遠く、寂寥を漂わせたものへと変わる。

『他の兄妹《きょうだい》達も、何も言わなかった。自分達の食い扶持《ぶち》が増えるからな。僕がいない方が、都合がよかったんだろう』

「そんなことは……」

『そうだったんだ』

「本当か？　どうでもいいと思っていたなら、十四の歳まで、お前を育てると思うのか？」

　オイレ村はまだマシだったが、それでも飢饉《ききん》に襲われた村が子供を売ったという話は、ノゾムも聞いたことがあった。確かにケンの家は大家族だったし、彼の両親もいつも仕事と他の幼い兄弟たちの世話にかかりきりだったが、決して冷たい人間ではなかったはずだ。

『お前の意見なんてどうでもいい。それに、こんな過去、今さら意味のないことだ。僕は、とっくに賽《さい》を投げたんだ。だから、戻りたいなんて……思っていない』

　ケンはそんなノゾムの言葉をバッサリと切って捨てる。

　しかし、ノゾムはその声に、僅かな執着と、もの悲しさが漂っているように思えてならなかった。

『それに忘れたのか？　さっさと来ないと、時間がなくなるぞ？』

　だが、問い返す時間はなかった。事実、都市隔離結界はケンに掌握され、捕食結界もまだ健在。このまま放置しておけば、アルカザム全体がケンに食い尽くされるのは時間の問題だ。

　喉元までせり上がった言葉を飲み込み、再びノゾムは狭い道を進む。そして、目的地であった丘の頂上にたどり着いた。

　眼前の光景に、思わず息を飲む。

　天を貫く大樹。それは、かつて遊び場の象徴だった一本松が、どす黒く禍々《まがまが》しい姿へと変わってしまったもの。その大樹の前に、探していた幼馴染が佇んでいる。

『ようやく来たか』

「ケン、リサはどこだ」

『無事さ。今のところはな。それに、この二人も……』

振り返ったケンをノゾムが問い詰めると、ケンは半身になって隠れていた黒柱の根元をノゾムに見せつけた。ノゾムの顔が、驚きに染まる。そこには体の半分ほどを柱に取り込まれ、磔《はりつけ》のようにされているリサとシーナ、カミラの姿があった。三人ともぐったりとしていて、意識はない。

「ケン、お前……！」

「ん……」

思わずケンに飛びかかりそうになったところで、リサがピクリと身を震わせた。

閉じられていた瞳がゆっくりと開き、顔が上がる。

「ノゾム、ケン……」

『リサも起きたな。それじゃあ始めようか……』

ケンはおもむろに右手を掲げた。どす黒い源素が収束し、一本の長剣が出現した。

地中から湧き上がる黒油を思わせる光沢を放つ剣。明らかに水の源素が集束したその刃は、ノゾムから見ても異質で、不気味な気配を放っている。

そのどす黒い源素に混じる青い光。ノゾムの脳裏に、メフィと呼ばれた蟲の精霊が浮かぶ。

「ケン、お前が契約していたあの精霊は……」

『食った。こいつの力でな……』

そう言いながら、ケンは己の左胸を指さす。敗れた制服の隙間からは、極彩色の魔石が顔を覗かせていた。見覚えがある。シーナと一緒に倒した、アビスグリーフの魔石だ。

ほとんど皮膚に埋まっている魔石の表面からは黒い血管を思わせる管が幾重にも這い出し、肌にめり込んでいる。魔石本体はまるで心臓と同化しているかのように拍動を繰り返し、その度に鮮やかな光が血管を通して、ケンの体内に送られていた。

（あの龍《ソンネ》の話は本当だったのか……）

『散々僕を騙《だま》していたんだ、別に構わないだろう。それに僕を利用していた老人も、今頃頭を抱えているだろうからな。いい気味だ』

「利用していた、老人……？」

ノゾムが言葉を言い切る前に、漆黒の大樹がひときわ大きくドクンと震えた。

幻の村全体が赤黒く染まり、続いて同色の源素が、大樹へと集束。その集まった源素を、黒い大樹は食い尽くしていく。太い幹に血管を思わせる管が浮かび上がり、ドクン、ドクンと拍動を開始。吸い上げられた源素は大樹の巨大な紅い塊となる。

「あれは……」

『捕食結界が取り込んだ源素の塊だ。この木は結界の中心。臨界に達すれば、アルカザムを龍脈ごと吹き飛ばして余りある力になるだろう』

ケンの左胸から極彩色の光が溢《あふ》れ、続いて全身からどす黒い源素が噴き出す。

噴出した源素はケンの全身を覆い、やがて鈍い光沢を放つ全身鎧《よろい》へと変化した。

『ノゾム、僕はようやく、望んでいた力を手に入れた』

精霊の鎧。以前、ケンがメフィと同化することで纏っていた鎧だ。以前と比べ、より禍々しく、歪《ゆが》んだ兜《かぶと》の両眼からは、血のように紅く染まった瞳が覗いている。その特徴は、ノゾムが以前倒したアビスグリーフと同じもの。

精霊、そして異形の魔獣の力を手に、ケンは携えた長剣の切っ先をノゾムに突きつける。

『今度こそ……死んでもらうぞ』

射貫くような鋭い瞳と、全身が震えるほどの殺意。徹底的な……拒絶の意志。

ノゾムの脳裏に、下水道で濁流に飲まれかける中、差し出した手を払い除《の》けた姿が思い返される。

「ケン、お前はいったい、何がしたかったんだ？　これで……本当にいいのか？」

それでも、ノゾムは声をかける。知りたいと思ったから。知らなければと思ったから。

引き返す道はあったはずだ。たとえ、大きな罪を犯した後なのだとしても。

しかし、帰ってきたのは、やはり拒絶だった。

ケンの漆黒の長剣が振り抜かれ、分割した刃が鞭のように伸びて、ノゾムに襲いかかる。

「っ!?」

向かってきた蛇腹剣を、ノゾムは『無銘』を抜いて反射的に斬り払った。

『この期に及んでいちいち煩《うるさ》い奴だ。お前の心情なんて、僕にはどうでもいい』

返ってくる強烈な衝撃。ビリビリと腕に走る痺れに顔を顰める中、ケンは侮蔑と嫌悪の表情を露《あら》わに、ノゾムの言葉に唾を吐きかける。

『戦え、僕と。殺し合え、全力で。それだけが、今のお前にできることだ』

頭に浮かぶ疑問は多い。でも、これだけは確信できた。

彼はもう、力ずくでない限り、止まらない。

「ノゾム……」

リサの呟きに覚悟を決め、ノゾムは己の体に巻きつく不可視の鎖に手をかけ……引き千切る。

『グオオオ――――――――！』

ティアマットの咆哮《ほうこう》と共に、膨大な量の気がノゾムの体から噴き出す。膨大な量の気は、結界内を漂うケンの源素を吹き飛ばしながら、渦を巻いて昇っていく。

「分かったケン。終わりにしよう。俺達の、全てに……」

その宣言に応えるように『無銘』の波紋が輝く。

ゆらりと白い軌跡を残しながら刀身が持ち上がり、ケンもまたどす黒い蛇腹剣を構える。

そして二人は同時に地を蹴った。瞬く間に相手を間合いに捉え、得物を振り抜く。

魂すら喰《く》らう闇。その夜を吹き飛ばすような轟音《ごうおん》が響く。最後の戦いが、始まった。

†

ノゾムが突入した後、捕食結界の周囲は一時的に静かさを取り戻していた。

ファードレイの護衛としてついてきていた衛兵達の姿はない。彼らはファードレイに命じられ、アルカザム中心部に残っている人員の避難を行っている。

ジハード達も捕食結界の監視ということで、現場に残っていた。

皆一様に難しい顔で、捕食結界と未《いま》だに顕現している都市隔離結界を見上げている。

「それで、これからどうするんや？」

「どうもこうも、私達にできることはない。彼が無事に元凶を始末することを願おう」

もどかしい空気の中、フェオがおもむろに口を開く。答えたのはファードレイ。

「しかし、制御が奪われながらも、都市隔離結界が未だに維持されている理由はなんだ？」

続いて、ジハードが抱いた疑問を口にする。

「都市隔離結界の制御が早々に奪われたことから察するに、おそらく侵食は地上ではなく、地下へと向かっているのだろう。結界を維持しているのは、私達に対する備えだろうな」

ファードレイの話では、余計な邪魔をされないように、都市の防衛機能を逆用しているのだという。

「そう考えれば、ケン・ノーティスとアビスグリーフの目的は一つ。この儀式魔法都市のエネルギー源である、龍脈そのものだろう」

龍脈。大地を流れる源素の奔流。このアルカザムを支える根源にして、アークミル大陸に住まう者達、全てにとって、最も重要な命の流れ。

「もしも、龍脈にケン・ノーティスが接触した場合、どれほどの力を得るのか見当もつかん。そして、それほどのエネルギーが生み出す惨事もな……」

「……っ」

ファードレイの言葉を聞いたアイリスディーナは居ても立ってもいられないといった様子で、身を震わせる。結界を睨みつける瞳は不安と焦燥に揺れ、絹のように白い手がさらに真っ白になるほど、爪を手の平に食い込ませていた。

「アイ……」

「分かっている、分かっている！　だが……」

今にも駆け出しそうなアイリスディーナ。そんな彼女をティマは気遣うも、彼女の焦燥は消えない。

正直に言えば、ノゾムと一緒に行きたかった。

しかし、相手は都市隔離結界をこれほどの短期間で侵食する結界だ。普通の人間が無策で踏み込めば、あっという間に魔力と気を吸い上げられ、魂諸共食い尽くされるだろう。

「なんだ、こりゃ？」

「うぇ!?　なに、この気持ち悪いの！」

「これって、結界、だよね？　なんでこんなところに……」

アイリスディーナが懊悩《おうのう》している中、場に似つかわしくない大声が現場に響き渡る。

突然現場に現れた三人の生徒。それはマルスとミムル、そしてトムの三人だった。

「マルス君、ミムルさん。それにトム君も……」

「君達、どうしてここにいる？」

『俺が呼んだ』

ティマが驚きの声を上げ、ジハードが三人に質問する中、答えたのはラズワードだった。

どうやら、この瑠璃色の小精霊、助力のために、マルス達に思念を飛ばしていたらしい。

「おい小鳥、説明しろ。これはなんだ？　いったい何が起きている？」

『見りゃ分かるだろ、大ピンチなんだよ』

端的なマルスの質問に、ラズワードが簡潔に事態を説明する。

事態を把握したマルスは納得したように、ガシガシと頭を掻《か》く。

「なるほどな。つまり、この中に入って、糞野郎をぶん殴ればいいわけか」

「君は話を聞いていたのか？」

マルスのあんまりな言葉にジハードが呆れた声を漏らす。

しかし、当のマルスはぞんざいな態度を崩さない。

「だが、無理じゃねえ。だから小鳥も俺達を呼んだんだろ？　それで、方法は？」

『それを言う前に確認なんだが……ファードレイとかいう爺《じい》さん』

「なんだ？」

『この白い結界、消すことはまだできるか？』

「……可能だ。制御術式は乗っ取られたが、源素供給用の術式はまだ無事だ。でなければ、侵食された時点で、都市隔離結界が消滅してしまう」

『時間はどのくらいかかる？』

「なんなら、今すぐにでも」

ファードレイのその言葉に、ラズワードはニヤリと目じりを吊《つ》り上げる。人の悪そうな鳥顔だった。

「で、肝心の方法は？」

『なに、俺とシー嬢が魔獣達にされたことを、今度はやり返すのさ』

†

刀と長剣が激突し、火花が弾けた。

閃光が幾重にも走り、激突音が空気を震わせ、散る衝撃が結界内の地面をめくり上げる。

「ぐっ！」

両腕に返ってくる強烈な反動に、ノゾムは思わず呻《うめ》き声を漏らす。アビスグリーフと融合し、さらに精霊すらも食ったケン。その力は、能力抑圧を解放したノゾムをも上回っていた。

理由は、取り込んだ精霊との同化率。そして、捕食結界の存在だ。

龍殺しとなりながらも、ノゾムは不完全な状態。人間としての側面がほとんど残っているため、引き出せる力には限界がある。

一方、ケンはアビスグリーフとほぼ完全に一体化している。そして捕食結界から力の供給を受けることで、ノゾム以上の力を発揮できていた。

「しっ！」

その力の差を、ノゾムは技量の差で埋めようとする。

事実、剣腕はノゾムが圧倒的に上回っていた。刀にかかる負荷を巧みに受け流しながら、返しの刃《やいば》を放つ。繰り出された逆袈裟斬《けさぎ》り。当然だが、既に刃には極細の気刃が付されている。

（ダメか！）

しかし、ノゾムの気刃はケンの源素の鎧を前に弾かれた。刃を打ち込まれた箇所に傷は一つもなく、逆に刃に流し込んでいたはずの気が、大きく失われている。

餓蝕の殻鎧。ケンがメフィの力を借りて生み出していた鎧が変質したもの。接触する存在から気や魔力を奪い取り、己の力に変えてしまう、捕食結界と同質の能力を持つ鎧だ。

（打ち合う度に気が失われる。おまけに、今は……）

『出せ、ここから出せ！　あの裏切り者を殺させろ！』

（ティアマットのやつの妨害が入る。集中が……！）

ノゾムは気を『無銘』に注ぎ直しながら得物を振るうも、その意識をティアマットが妨害してくる。

彼の力の根幹は、驚異的な集中力。それが妨げられている結果、動きや技の精度が著しく精彩を欠いてしまっていた。

『どうした、ノゾム。こんなものじゃないだろう！』

動きの悪いノゾムを前に、ケンは容赦なく長剣を振り抜く。なんとか愛刀を割り込ませるも、あまりの衝撃に弾き飛ばされてしまう。反射的に受け身を取り、荒い息を吐く。

（くそ、思ったように動けない、こんな時に……っ！）

「んんっ、ノゾム君⁉　ここは」

「っ、アンタ……！」

『他の二人も目を覚ましたか……』

ここで、まだ気絶していたカミラとシーナが目を覚ました。

二人とも最初は呆けた表情を浮かべていたものの、直《す》ぐに状況を理解する。

特にエルフであるシーナは、一目でケンが取り込んだ存在に気づき、表情を凍らせていた。

「貴方《あなた》、その体……。アビスグリーフと同化したのね。それに精霊まで。なんてことを……」

『さすがはエルフ。すぐに気づくか』

「アンタ、いい加減にしなさいよ。いつまでこんなこと続けるつもり！　リサを守りたいんじゃなかったの⁉」

『カミラ、僕はもうどうでもいいのさ。リサのこともね。だから、こんなこともできる』

「ケン……うっ!?」

「これ、は……」

直後、黒い大樹が輝き、三人の表情が苦痛に歪んだ。彼女達の体から接触している幹へと淡い光が吸い込まれ、顔から血の気が引いていく。ケンが、三人の魔力と気を奪い取っているのだ。

「ケン、お前！」

『ノゾム、どうする？　お前が取り込んだ精霊の力を使わないと、本当にこの三人が死ぬぞ！』

「っ！」

一瞬の躊躇《ちゅうちょ》。普通の気では、瞬く間にケンに吸い尽くされてしまう。戦いにすらならない。

選択肢はない。ノゾムは歯を食いしばりながら、さらに己の意識の奥。ティアマットから取り込んだ力そのものに手を伸ばす。

『グオオオオオオオオオ――――！』

直後、全身を焼き尽くさんばかりの熱が駆け回り、ノゾムの視界が真っ赤に染まった。

頭に響いていた憎しみの咆哮がさらに強く、まるで耳元で号鐘を鳴らしたかのように響き、ぶわりと五色の源素がノゾムの体から滲み出す。

同時にノゾムの体に裂傷が刻まれ始めた。暴走の兆候だ。

「っ！」

ノゾムは激情の渦に飲み込まれそうな意識を、奥歯を噛み締めることで耐えながら踏み込む。

彼の意思に呼応するかのように、握り締めた『無銘』の波紋が淡く輝く。

あまりの脚力に足元の地面が吹き飛び、彼の体は雷のごとき速度でケンに迫る。

そんなノゾムの姿に、ケンは喜悦の表情を浮かべながら漆黒の刃を繰り出す。大剣だった刃は瞬く間に蛇腹剣へと戻り、うねるようにノゾムの全周を包むと、その剣身を膨張させた。

直後、炸裂《さくれつ》。ノゾムに向かって、四方八方から刃の雨を降らせ始める。

「はああああ！」

一つでも容易《たやす》く人間の体を貫通する威力を秘めた矢群。それを前に、ノゾムは刃を繰り出す。

その数、瞬《まばた》きの間に五十。滅龍王の力を乗せた刃は全てを食らう矢群を容易く切り払う。

「ふううううう……！」

間合いを詰めたノゾムが、横薙《な》ぎを放つ。ケンもまた、蛇腹剣を長剣へと戻し、迫る斬撃を受け止めた。その瞬間、ノゾムの体が沈み込む。

『ぐっ……!?』

ミカグラ流・巻爪。ミカグラ流・塵断《じんだん》。ケンの脇の下をすり抜けながら放たれた気刃が、剣筋に沿って炸裂。源素の鎧を容易く切り裂き、脇腹の四割を吹き飛ばす。

「おおおおおおおおおお！」

驚きの表情を浮かべながらふらつくケンに、ノゾムは返しの刃を放つ。

ケンもまた吹き飛ばされた腹部を一瞬で再生させ、掲げた長剣でノゾムの刃を受け止めた。

ギリギリと『無銘』と『源素剣』が拮抗する。鍔迫《つばぜ》り合いをしながらも、ノゾムの刃はケンの源素剣に吸収能力を弾き返していた。

『そうだ、いいぞ！』

どんどん力を解放していくノゾムの姿にケンが興奮している中、ノゾムは数秒足らずで肉体を修復している姿に口元を歪める。明らかに人間が使える力の上限を超えた回復だった。

「ケン！　お前、本当にもう戻る気がないんだな！」

肉体ではなく、魂が死ぬ。同じように規格外の存在を取り込んだ故の直感。

『ああ！　どのみち、僕の意識はそのうち消える！　この魔獣の核を埋め込まれ、目が覚めた時には既に分かっていた！』

そんなノゾムの言葉を、ケンは容易く認めながらも、吐き捨てる。

『この獣にとって僕は、この地脈を乗っ取るための依り代。用がなくなったら捨てられる道具だ。だが、お前をこの手で殺せるなら……。お前に勝てるなら、何を犠牲にしても構わない！』

鍔迫り合いの最中、ケンの『源素剣』が膨張する。炸裂の兆候だ。

ノゾムは反射的に後ろに跳躍。距離を取って源素剣の炸裂を回避。しかし、その空いた距離を、ケンの『源素剣』は再び鞭《むち》状となり、容易く潰してくる。

「くそ！」

迫る刃を捌《さば》き、躱《かわ》すノゾムの口から焦りが漏れる。

時間がない。漆黒の大樹の拍動はさらに活発化し、集束した源素塊の大きさは倍以上になっている。

それ以前に、結界の核に取り込まれているリサ達がもう持たない。

顔色は蒼白《そうはく》を通り越して真っ白になり、意識を保つことすら難しい様子。このままではあと数分で、完全に捕食結界に吸収されて死んでしまう。

早急にリサ達を救い出し、この結界の中心核を破壊しなければならない。

その時、二人が鍔迫り合う中、ドシン、ドシンと重い足音が、丘の下から響いてきた。

二人が思わず視線を丘の下へと続く道へと向けると、高さ四メルほどの人型が迫ってきていた。

無数の岩を押し固めたような、人型のゴーレム。胴体が六割、頭部が一割、脚部が三割と、妙に胴体が大きなゴーレムだ。腕も長く、まるで猿のように手の甲を地面につきながら、四足動物のように丘を駆け上がってくる。

『なんだ……？』

ケンが怪訝な顔を浮かべる中、ゴーレムは走りながら手を地面に突き刺す。そして地面をめくり上げるように、腕を振り抜いた。大量の石を含んだ土砂が、ケンに投げつけられる。

しかし当然、源素の鎧を着ているケンには全く効果がない。

『なんだか知らないが、邪魔をするな！』

突然の横やりに癇癪《かんしゃく》を起こしたケンはノゾムと鍔迫り合ったまま、空中に無数の氷柱を作り上げて撃ち放つ。氷柱の群れは全てゴーレムに命中。瞬く間にその体躯《たいく》をハリネズミのごとき外見に変えてしまう。

直後、ゴーレムの体を形成していた無数の岩が弾け飛んだ。

「あ、あぶあぶ、アブな！」

「ひえええええ！　尻尾、尻尾にかすった！」

「ティマ、トム君、大丈夫か？」

「う、うん！　何とか……」

「ふええ……危なかったよ〜」

『シー嬢、無事か！』

「よう、ノゾム。面白そうなことしてんじゃねえか」

ゴーレムの中から七つの影が飛び出してくる。ラズワードやアイリスディーナを始めとしたノゾムの仲間達だ。最初にトムを抱えたミムルと、尻尾の先を切られたフェオが慌てふためきながら駆け出し、続いてアイリスディーナ、ティマ、ラズワード、そしてマルスが姿を現す。

思わぬ助っ人の登場に、ノゾムが頭の中に響くティアマットの怨嗟《えんさ》を忘れて目を見開く中、マルス達は一目散に、結界の中心である大樹へと向かっていく。

『……なるほど、ゴーレムに精霊の力とティマ・ライムの魔力を重ねがけして身を守りつつ、結界の侵食層を無理やり突破してきたのか。だがどうやって、この結界の構造を把握した？』

マルス達が捕食結界を突破した手段は、自分達を守るゴーレムを造ってその中に入り、魔力や源素を注ぎ続けて補強しながら突破するという、単純明快なもの。

そんな力押しの手段、この捕食結界の構造を把握していなければ取れないはずだ。

『だがまあ、来たのがジハードならともかく、お前ら程度の奴らが来たところでなんになる』

怪訝な顔しながらも、ケンはマルス達の背中に、氷柱舞を放つ。

「させない！」

しかし、ケンの意識が一瞬マルス達に向いた隙に、ノゾムが両者の間に割り込んだ。

繰り出される無数の剣閃。ミカグラ流・塵断の嵐が、ケンの氷柱舞を一本残らず消し飛ばす。

ノゾムの行動に、ケンが不快そうに眉を顰《ひそ》める。

「助かるぜ、ノゾム」

「この耳飾りが、まだ役に立ったってことか」

ノゾムの耳に未だに輝く耳飾り。それは、前回の下水道掃討作戦の中で、念話による通信に使われていたもの。これでラズワード達は、捕食結界内の状況や構造を把握したのだ。

元々、この魔法は大規模な祭壇と術式を用いていたが、それは大人数が同時に通信を行っていたからこそ必要だったこと。ノゾム一人の会話や視界を共有する程度なら、魔法使い一人いれば事足りる。

「はああああ！」

マルスとノゾムが背中を合わせる中、漆黒の大樹の根元に駆け込んだアイリスディーナが、魔法剣・月食夜で大樹の皮を切り飛ばし、拘束されていたリサ達を解放した。

切り裂かれた大樹の傷跡はすぐに塞がり始めるも、その隙に動けない三人をアイリスディーナ、フェオ、ラズワードが漆黒の大樹から救出して引き離す。

「あ、ありがとう。助かったわ」

『シー嬢、無事でよかったぜ……。じゃあ、始めるか』

「ノゾム、悪いが、足止めを頼む」

リサ達の退避を確認すると、マルスがおもむろに背負っていた大剣を抜く。彼が長年愛用してきた、簡素な鋼鉄製の大剣。しかし、その様子は、これまでとは一風変わったものになっていた。

「その大剣は……」

「トムの奴に少し、手を加えてもらったのさ。まさか、こんなに早く使うことになるとは思わなかったけどな」

剣身にびっしりと刻まれた、無数の術式。ノミで掘られたであろう幾何学的な図形が、使い古された大剣の腹で、鈍い光沢を放っている。

『……結界の中心を破壊するつもりか？　不可能だ。それはこの結界の侵食層と同じ、僕がその気になれば、触れたものを問答無用で取り込む。お前たち程度の力で壊せるものか』

漆黒の大樹がドクンと大きく震え、全身からどす黒い瘴気《しょうき》を放ち始める。

「ぐ、力が……」

大樹の傍にいるアイリスディーナ達を強烈な脱力感が襲う。維持していた魔法剣・月食夜も瞬く間に霧散。彼女達が慌てて大樹から距離を取る中、その様子にマルス達は目を細める。

「なるほどな、確かに、俺達だけじゃ、この核を壊すことは無理そうだ。だが……おい、小鳥」

『ちょっとしたプレゼントがあるぜ。腹減ってんだろ？　たっぷり食わせてやるよ！』

瑠璃色の小鳥が輝きを放つ。直後、結界全体に激震が走った。地面が揺れ、続いて真っ黒な結界の空に波紋が幾つも広がり始める。まるで、水面に砂利を投げ込んだかのような光景だった。

『外からの攻撃？　ジハード達か。だがいくら気術や魔法を放ったところで、僕の力になるだけだ』

『本当にそうか？』

自信満々なラズワードの言葉に、ケンが眉を顰める中、マルスが続けて口を開く。

「魔法だけじゃねえ。同時にファードレイが乗っ取られた都市隔離結界の制御術式に、大量の源素を注ぎ込んで、テメエの結界全体に過負荷をかけている」

『いくらお前が大食漢だって、ネブラの森に匹敵する龍脈から流れ込む力を、簡単には制御しきれない。二十年前も、アビスグリーフは龍脈を完全に支配下に置くまで、全く姿を見せなかった』

「で、取り込み切れなかった力は、当然この中心部に溜まり続ける。上限を超えた源素を押し込まれている中、そこにちょっと火をつけたら、どうなるかな？」

ざわりと、ケンの背筋に悪寒が走った。気がつけば、結界の中心である大樹は、その漆黒の幹が透けてしまうほどの光を放ち始めている。吸い上げた源素を処理しきれず、完全に持て余しているのだ。

当然、そんな状況で元来の侵食能力を発揮できるはずもない。

そんな中、マルスは腰を落とし、大剣を構える。

気術・塵風刃を発動。そして彼はさらに、大剣に刻まれた術式に魔力を注ぎ込んだ。幾何学的な文様が光を放ち、巻き起こった旋風が、塵風刃に纏わりつく。

『っ……！』

「させるか！」

こみ上げる焦燥に突き動かされたケンが、マルスの背中めがけて蛇腹剣を繰り出す。

しかし、その蛇の群れを、ノゾムが迎撃した。

背中で激しい激突音が響く中、マルスは静かに瞑目《めいもく》し、荒れ狂う二つの風に意識を傾ける。

(やっと、少しだけ、ノゾムに借りを返せそうだ)

相反し、バチバチと火花を散らす、二種類の嵐を全身で感じ取りながら、一、二、三、四……と、心の中で数を数えつつ、その時を待つ。

せめぎ合う風が、一瞬凪《な》ぐ。その瞬間、マルスは押さえていた風を解放した。

気術・裂塵槌《れつじんつい》。中級魔法・風洞の餓獣。絡み合った二つの風は、マルス愛用の大剣を砕きながら疾走。その威力は、ジハードの気術・一刀にも迫る威力を叩き出していた。

魔気併用術・爆嵐渦。捕食能力が飽和状態だった大樹は荒れ狂う竜巻を前に、ミシミシと幹が悲鳴を上げながら、不規則に明滅を繰り返す。

そして、びしりと一本の亀裂が表皮に走ったかと思うと、ヒビは瞬く間に幹全体に伝播した。

『なっ……！』

直後、まばゆい閃光が弾け、漆黒の大樹は衝撃波をまき散らしながら崩壊。同時に捕食結界は内側から崩れ落ちていく。集束していた源素塊も消え、真っ黒な天井が砕け、星空が戻ってくる。

「やったか⁉」

「さすがだな……」

捕食結界が崩壊したことで、ジハード達も合流した。結界の核に取り込まれていたリサ達は、インダとアンリが保護し、後ろに下がらせ、ジハードはノゾムとマルス達の隣に並ぶ。

そんな中、ケンは体を縮こませ、苦しそうに呻いていた。

『あ、ぐうう……⁉』

「これは……」

ケンが纏っていた源素の鎧が崩れ、異形と化した体が露わになる。

顔以外の部分は黒く醜い肉塊と化し、真紅の虹彩を持つ無数の単眼がギョロギョロと脅えるように揺れていた。左胸に埋め込まれた魔石は不規則に明滅を繰り返し、体の内側でまるで蟲の群れが這い回るようにボコボコと不規則に蠢《うごめ》いている。明らかに苦しんでいる様子が窺えた。

『アイツ、捕食結界で取り込んだ力を見境なしに使っていたみたいだからな。その反動に襲われているのさ。それに、同化していた魔獣も龍脈への寄生手段を失って、必死に逃げようとしている』

『貴様ら、よくも、やってくれたな！』

憤怒の形相を浮かべたケンがラズワード達に斬りかかるも、即座にノゾムが前に出てケンの刃を弾き返す。捕食結界が破壊され、その力の根幹を砕かれた。さらに多勢に無勢となった以上、もうケンに逆転の手段はない。

「決着はついた。ケン、もう終わりだ」

『まだ、まだ。お前を、お前を超えるまでは……ごぷ!?』

それでも、ノゾムを倒すことを諦めないケンだが、突然苦しそうな表情で蹲《うずくま》る。

肉が弾ける音と共に、異形化した全身が肥大化。ミシミシと怖気《おぞけ》が走る異音を響く中、体の表皮に浮かぶ瞳を押し潰しながら、多数の瘤《こぶ》が隆起する。

そして隆起した瘤の中から、無数の顔面相が浮かび上がった。

『ニゲロ、ニゲロ、ニゲロ……!』

『タスケテタスケテタスケテ……!』

かすれた声で慟哭《どうこく》する、無数の獣と一匹の蟲の顔。取り込まれた精霊とケンを依り代としていた魔獣達の生存本能が活性化し、肉の枷《かせ》から逃れようと、無秩序に暴れ回っていた。

『つぎ……ぐ、あああああ!』

それはケンにとっては、無数の寄生虫に内側から食い尽くされる感覚だった。

体と精神、そして魂。三体を同時に犯され、声にならない悲鳴が木霊《こだま》する。

『が、あぎ……っ、う、るさ、い！　黙れ!』

『ギッ……!?』

『イヤダ、キエタクナイ、キエタク……』

だがケンは、己の内で暴れる精霊と魔獣の悲鳴を跳ねのけた。

未だにもがく余計な異物を、己の意志で押し潰す。同時に、顔面相違は消滅。ケンの全身を黒く染めていた源素は消えて左胸の魔石周辺に残るのみとなり、声も元に戻っていく。

「はあ、はあ……ノゾム！」

精霊と無数の魔獣の精神を消したケンは、湧き上がる激情全てを敵に対する殺意に変え、残った力全てを携えた長剣に注ぎ込みながら、ノゾムに向かって踏み込む。

今わの際の、最後の輝きなのか、その速度は意外にも、捕食結界を展開していた時と遜色ない。

「おおおおおおおおおおおおお！」

「ふうううううっ！」

雄叫《おたけ》びを上げながら迫るケンに対し、ノゾムもまたティアマットの力を注いだ『無銘』を振るう。

激突する二つの刃。精霊食いと龍殺しの力は拮抗し、弾かれ、得物に込められた互いの源素を散らし合う。

「ずっと、お前が羨ましかった！　僕が欲しかった愛情、全部を持っていたお前が！」

閃光と衝撃が幾度も走る。拮抗する剣戟《けんげき》の中、ケンの絞り出すような声が漏れた。

拒絶の仮面が剥がれ落ち、その下に隠していた本心が露わになっていく。

「っ、なにを……！」

「僕もお前も、大した違いはなかった！　自分の都合のいい妄想に逃げた、弱虫だったはずだ！」

ケンは自分が特別であるという嘘に乗せられ、ノゾムもまた逃避からリサに背を向けた。

「碌《ろく》に才能のない人間！　騙されて利用されるしかない、愚か者！」

ノゾムもケンも、元はただの人だった。特殊な異能などなく、特別な才能も持たず、己の思い込みに固執していた、愚かで普通の人間同士。

現実から眼を背けたという点において、この二人は何も変わらない。

だが、現実はどうだ？

ノゾムの後ろには、彼を見守る多くの仲間達がいる。

対して、ケンには何もない。本当に、からっぽだった。

二人の間にできた、あまりにも大きな差異。

理由は……分かっている。最後の最後まで、自分の弱さを受け入れられなかったから。伸ばされた手を、取ることができなかったからだ。

「僕とお前とで、なにが違ったんだ！」

それでも、叫ばずにはいられない。

もう、死は避けられない。命を繋いでいた魔獣の意思も押し潰した。その魔獣に生かされていた意識も、ほどなく消えるだろう。

虚無だけの自分に残されたのは、ノゾムを超えるという願いのみ。

悲痛な声を漏らしながら、ケンは最後の力を振り絞る。残された己の命と意思すら、燃やし尽くしながら。あまりにも膨大な源素を注がれた長剣は巨大化し、人の数倍、ジハードの顎落としよりも遥かに巨大な剣を形成する。

「おおおおおお！」

その巨大な源素剣が、雷のような速度で振り下ろされた。

元々、実体のないエネルギーのみの長剣。重さのない絶死の刃が、ノゾムの間合いの遥か外から、一瞬で彼の眼前に迫る。回避は既に不可能。ならば……。

「………」

天から落ちる轟雷のごとき剣戟を前に、ノゾムは静かに目を閉じる。

（ああ、そうだ。俺もお前も、変わらない……）

いつの間にか、三人そろって互いに背を向けていた。

過去は変えられない。壊れたものは元に戻らない。言葉ももう、意味がない。


できることはただ、彼の全身全霊に、答えること。

かつて親友だった彼が、せめてこれ以上、後悔しないように。


その心鉄を胸に、ノゾムは放てる最高の技で迎え撃つ。

踏み込んだ足を極強化。全身の動きに合わせ、連動させていく。タイミングが刹那でもズレれば、全身を引き裂かれる諸刃の技。

幻無・閃。

心技体。全ての合一が成せる、透徹の一太刀。

雷のごときケンの剛撃をさらに上回る速度で放たれた打ち抜きが、巨大な源素剣と激突する。

拮抗は一瞬だった。滅龍の刃は精霊食いの源素剣に食い込み、瞬く間にその剣身を断り砕く。

己の最大の一撃を砕かれ、ケンの顔に動揺が走る中、ノゾムは左手を前に出し、切っ先を向ける。

弓を引くような、引き絞った構え。狙いはケンの左胸。ティアマットの源素を再び刀身へと注ぎながら、赤く盛り上がり、拍動する魔石へと狙いを定める。

ミカグラ流・芯穿ち。

幻無と塵断の合わせ技。鋭い突きで相手を貫き、炸裂した気の刃で、相手の内側を抉り飛ばす技。

それに、滅龍の力を乗せて放つ。

「っ!?」

心臓へと迫る突きを、ケンはどす黒く染まった両腕で掴み取っていた。

今にも炸裂しそうなノゾムの刀を、有り余るほどの膨大な源素で包み、押し込もうとする。

せめぎ合う滅龍と、精霊食いの力。共に相手を滅する力故に、互いに拮抗し続ける。

「僕、は、今度こそ、オマエニ……!」

「ぐぐぐ……」

既に限界の二人。冷たくなっていく己の身体と、灰色に染まっていく視界。既に得物を握っている感覚は消え、痛みすらなくなっていく。文字通り、命を賭した消耗戦。その帰結は勝敗にかかわらず、双方の死を意味している。

それでも、二人とも己の意思を曲げようとはしない。

その時、ノゾムの手を、後ろから誰かの手がそっと支えた。

「ノゾム、ありがとう」

遠くから聞こえてくる、懐かしい声。ノゾムが視線を横に逸らすと、そこには悲痛な表情を浮かべながらも、覚悟を秘めた瞳で見つめてくるリサの姿があった。

「それから、ケン。ごめんね……」

リサは『無銘』の柄《つか》に手を添えると、己のアビリティ『ニベエイの魔手』を発動させる。

次の瞬間、ノゾムの『芯穿ち』の刀身が、二倍に伸びた。滅龍の刃は一瞬で精霊食いの源素を食い破り、ケンの胸を貫く。

「あっ……」

核となっていた魔石が砕かれ、ケンの体から急速に力が抜けていく。体を覆い尽くしていたどす黒い源素も剥がれ、静かに消えていった。

(ああ、結局、僕はノゾムに……勝てなかったのか)

全ての力を失ったケンはガクッと膝をつき、茫然と二人を見上げる。悲しみを浮かべた二人の顔が、目に飛び込んできた。

ふと、幼い頃の情景が蘇る。あの一本松の下で、夢を語っていた頃の光景。

(ああ、そういえば……)

どこまでも続く道。希望と不安を抱きながら、三人で並んで歩いていく。

(そんな未来を、望んでいたんだよな……)

最初の願い、そして、もう叶《かな》うことのない憧憬。最後に垣間見た光景に、羨むような諦観とほんの少しの寂寥、そして満足の笑みを浮かべながら、ケンの意識は薄れ、消えていった。

CHAPTER

終章 —— 残り火を胸に

昼下がりの中央公園。照りつける初夏の日差しの中、アイリスディーナは林エリアで昼食を取っていた。彼女の周りには妹のソミアや、マルス、ティマ。そしてシーナを始めとした友人達がいる。

「それで、今回の事件、最終的な扱いはどうなったんだ？」

「事が事なだけに、やはり緘口令《かんこうれい》が敷かれた」

マルスの質問に、アイリスディーナは簡潔に答える。

あの事件から三日。既に戦いの痕跡は消されていた。ケンの捕食結界により発動した都市隔離結界も、抜き打ちの起動訓練ということで各地区へと通達され、アルカザムは普通の日常へと戻っている。

「結局、俺達は蚊帳の外に放り出されたか。ジハードの奴は何か掴《つか》んでいるみたいだったけどな」

「メーナ……」

「生憎と、私も存じ上げておりません。ただ今回の一件、この都市にとって相当根深い問題なのは間違いありません」

アビスグリーフと融合したケンは、その魔石を心臓ごと破壊された。しかし、肉体は未《いま》だ死に至らず、僅かながら反射行動を繰り返している。既に戦うことはおろか、満足に動くことすらできない状態。しかし、うかつに手を出せば、またどんな反応をしてくるかわからない。

Ryuusa no Ori
Kokoro no
Naka no Kokoro

結果、アルカザムの議会は、彼をあらゆる力を排した空間の中で、物理的に封印することを決めた。場所は、グローアウルム機関の地下。元々、あらゆる魔法実験のために、外部からの力を遮断するよう作られていることから、封印場所に選定された。他に適した場所がなかったのだ。

哀れと言えばそうだ。だが同時に、多くの謎が謎のままになってしまった。

「ノゾム様を陥れた者達のほとんどは、廃人となっていました。ジハードの話では、元々は都市外から入り込んだ重犯罪者の模様です。カスケル教員に関しても同様で、回復の見込みはないと……」

「末端のさらに末端でしかないベラルナ達から、重要な情報が出るとは思えない。残る手掛かりは、カミラ君がノゾムに手渡した紙に記載されていた場所か……」

鉄砲水で破損した下水道は、未だ完全には復旧していない。各所が崩落、水没しているからだ。ケンの隠れ家と思われる場所も同じ区画にあった。まだ捜査はできていないだろう。

「つまり、彼の後ろ盾を探るには、まだ時間がかかるということか……」

だが、ここにいる者たち全員が気づいていた。この一件、相当に根深いと。なにせ精霊を食い、異形化したケンの存在があったのだから。

アイリスディーナはチラリと、シーナの方に目を向ける。

「シーナ君、最後の戦いの時、彼と融合していたのは、間違いなく……」

「ええ、私達がノゾム君と戦った異形の魔獣よ。彼から感じた源素の中に、あの魔獣の気配が色濃く残っていたわ」

アビスグリーフ。異形の精霊。いったいどのような結果としてあのような姿になったのかは分からないが、偶然では絶対にないだろう。

言いようのない不安感がこみ上げ、アイリスディーナは眉を顰《ひそ》める。

「アイリスディーナお嬢様、これ以上探るのは難しいかと思います。いったん、気持ちを切り替えてはいかがですか?」

「そう、だな。すまないメーナ、お茶を淹《い》れてくれるか?」

信頼する従者の言葉にアイリスディーナが頷《うなず》くと、メーナは恭しく頭を下げ、部屋を出る。

しばしの後、彼女はお茶を淹れて戻ってきた。配られたお茶に口をつける。

尾行をくすぐる香りと喉を落ちる熱い液体に、彼女達はほっと息を吐く。

「それで、メーナ。ノゾムは……」

「リサ様と一緒に、グローアウルム機関でケン・ノーティスの封印に立ち会うとか……」

「そう、か……」

どこか寂しそうにそう漏らすと、アイリスディーナは窓の外に視線を移す。アイリスディーナの隣にいるシーナも彼女と同じく、遠くにいる彼を眺めるように外を見つめていた。

先ほどと違う甘い痛みが、胸に走る。二人は、どのような決着をつけるのだろうか。

街並みを照らす太陽が、想《おも》いを馳《は》せる乙女たちを見つめていた。

‡

グローアウルム機関の地下深く。ノゾムはリサと共に、長い螺旋《らせん》階段を降りていた。

彼らの前には、ジハード、インダ、アンリ。そして、グローアウルム機関の長ファードレイの姿。

所々に設置された魔力灯が真っ暗な縦穴を照らし、各々が持つランタンの光がユラユラと揺れる。

「こんなに深くにまで施設があるなんて……」

「この研究所自体、アルカザムができる前に造られたこともあり、地下には地上にはない施設が様々ある。これから行く場所も、その一つだ」

ファードレイの説明にノゾムとリサが息を飲む中、一行は階段を降り続けた。

かつ、こつと、ファードレイの持つ杖《つえ》が階段をつく音が、螺旋階段に響く。

おおよそ五十メルほど潜った頃だろうか。六人の目の前に、重く、重厚な扉が姿を現した。扉の前には、四人の衛兵が待機している。

「ここ、ですか？」

「ああ、そうだ。この研究所の魔法実験室の一つ。その用途から、周囲からの魔力や源素などが漏れないように遮断処理を施されている。今回の件で、彼を拘束しておくには十分な場所だ」

ファードレイの言葉に、ノゾムとリサは複雑そうな表情を浮かべる。

二人の反応をよそに、ファードレイが番をしている衛兵に目配せすると、彼らは魔法実験室の扉に手をかけた。大きな扉が、ギギギ……と軋みを挙げながら開かれ、ファードレイたちは実験室の中へと足を踏み入れる。

実験室の中は薄暗く、所々に立っている燭台だけが室内を照らしていた。ノゾムは目を凝らして、周囲を見渡してみる。直径は二十メルほどの円形。部屋の中央には、円形の石台が設置されていた。台の上には、ケンが寝かされている。彼は四肢を鋼鉄製の枷《かせ》で拘束され、台に磔《はりつけ》にされていた。

天井を見上げる目は虚《うつ》ろで、部屋に入ってきたノゾム達に何の反応も示さない。

左胸には、拳大の穴。明らかに致命傷ともいえる傷。しかし、そんな傷を負いながらも、彼の胸はまだ静かに上下し、呼吸を繰り返している。そんなケンの姿を見て、リサの表情がさらに曇る。

「リサ……」

「っ、大丈夫、大丈夫……」

数度深呼吸をしてリサが落ち着こうとする中、ファードレイは慎重にケンに近づき、手に持っていたランタンをかざして、容体を診察し始めた。

「呼吸器系、循環系など、生命維持に必要な活動はしている。しかし、やはり光や音など、外界からの刺激に対する反応は全くないな」

源素や魔力など、あの魔獣の餌になりそうなものを全て断ったうえでの、物理的封印。それが、アビスグリーフと融合したケンが施された処置だった。

もう、ケンがここから解放されることはない。生きている限り、この場所で封印され続ける。

それが、この都市の議会が下した決定だった。

「ノゾム君……」

「俺は大丈夫です。しっかりと、見届けないといけない……」

心配そうにアンリが声をかけてくるが、ノゾムは視線を逸《そ》らさず、じっと台の上で拘束されているケンを見つめ続ける。己の決断。それから目を背けることなく。

そんな彼に感化されているのか、少し不安定な様子を見せていたリサも立ち直り、ノゾムと同じように、ケンの姿を目に焼きつけ続けていた。

ここにこの二人が来たのは、今のケンの状態を自分達の目で確かめ、見届けるため。

これが、最後の機会だったから。

「終わった。状態に変化はない。それでは、封印をするぞ」

そう言いながら、ファードレイは実験室の壁へと歩いていくと、石の杖を一振りする。

すると、宙に魔法陣が描かれ、ゴゴゴ……と低い音と共に、部屋の中央の円台が上昇し始める。同時に、天井からも同じ形の円柱が降りてきた。

そのまま二つの円柱は寝かされたケンを挟み込むように合体。彼を巨大な円柱の中に封じ込める。

「これで封印は終わりだ。今後、あの魔獣への対処法が見つかるまで、この部屋は閉鎖される」

「はい……」

ファードレイに促され、ノゾム達が実験室の外に出ると、すぐさま扉が閉じられ始めた。

軋《きし》みを上げながら閉まっていく扉の奥を、ノゾムとリサはずっと見つめ続ける。

やがて完全に扉が閉められると、ジハードが口を開く。

「後は事後処理のみだ。君達はもう帰りなさい」

ノゾムとリサが先ほど来た螺旋階段へと消えていくと、ジハードは改めてファードレイと向き合う。

「おや、まだ何かあるのかな？」

いつの間にかジハードの瞳の奥には、剣呑《けんのん》な光が宿っていた。ともすれば腰を抜かしそうなほどの眼光を向けられるファードレイ。しかし、老人は相も変わらず冷淡な態度を崩さない。

「はい、重要なことが……。ファードレイ殿。貴方《あなた》を拘束する。理由はお分かりですね？」

「ふむ、確かに、ケン・ノーティスの情報を隠匿したのは私だ。しかし、その程度にしては、随分と剣呑ではないかね？」

特に否定することなく、ファードレイは自分がケンの後ろ盾だったことを語る。

「それだけではないでしょう？」

「そうだな、あの者のために色々と用意はした。消耗しても困らない手駒とかな。死刑予定となった重罪の冒険者を、秘密裏にアルカザムに連れてくるのは、少し骨が折れた」

やはりそうかと、ジハードは内心納得する。

拘束された星影は例外なく、正規の隊員ではなかった。周辺各国で捕らえられていた死刑囚である。その精神も完全に破壊された状態で廃人と化しており、ただメフィに操られるだけの存在だった。

冒険者を選んだのは、単純に足がつかないからだろう。

「アビスグリーフの魔石を持ち出したのも……」

「私だ。あの魔獣の魔石の本質がどのようなものであるのか、確かめる必要があったからな。結果は私の予想通りだった。あの魔石は、あの魔獣が持つ生存本能によって作られた、いわば分身だ」

先ほどの冷淡な口調とは違い、上ずった声でファードレイはアビスグリーフの魔石を使った実験と、その結果について語っていく。

「あの魔獣は他の生物との同化能力だけでなく、龍脈への寄生能力を持っている。そして、同化した者の負の意識と同調し、その能力を大幅に引き上げる。ただの人間が、精霊を食えるほどにな。これは、大きな進歩だ」

「進歩……だと……？」

「その意味で、ケン・ノーティスは良き実験体だった。そして、結果は最上に近いものだったよ」

「貴方は、そんなことのために私達の生徒を……！」

「だが、情報を隠匿しているのはそちらも同じだろう？　ノゾム・バウンティス。あの者の正体について、私が気づかぬと思うのか？」

ジハード、アンリ、インダの表情が、さらに険しいものへと変わる。

ノゾムが龍殺しという伝説的な存在であることは、彼とその仲間以外では、ここにいる三人しか知らない。その理由はノゾムが心無い者達に利用されることを防ぐためだったが、もし他にもこの情報を持っている者がいた場合、今後彼がどのような扱いを受けるのかなど、想像に難くない。

少なくとも、碌《ろく》な目には遭わないだろう。

「勘違いして欲しくないのだが、別に私は君達の敵ではない。その証拠に、あの者の正体は他には漏れておらぬだろう？」

「…………」

ジハード達の僅かな動揺を見抜き、ファードレイが畳みかける。

実際、ケンの暴走事件の後、彼の処分を決めるための決議が議会で採択されたが、その際にノゾムが龍殺しであるという話は出ず、単に能力抑圧を解除できるようになった生徒という扱いだった。

このことを考える限り、ファードレイもノゾムの情報隠匿を行ったことは間違いない。

「しかし、貴方の行動は、純粋に彼の将来を考えてのものではないでしょう。ケン・ノーティスの情報隠匿も、アビスグリーフの魔石持ち出しも……」

ジハードはいつでも制圧できるように気を張り、ファードレイを睥睨《へいげい》しながら言葉を続ける。

「信じられないことだが、六凶、輝冠《ひびかんむり》の大百足《むかで》についても貴方は関わっている」

「ほう、なぜそう思う？」

「特総演習で六凶が出現した際に掘られたトンネル。自壊したと報告にはあったが、人為的に埋められた形跡があった。これを手引きしたのも貴方でしょう？」

「そうだな。ついでに、あの水の精霊が六凶を操れた理由も私だ。あの魔獣は、アルカザム建設中に発見されたもので、私が秘密裏に眠らせていた。そうでなければ、工事の延期だけでなく、都市計画そのものが中止にされていた可能性があったからな」

その言葉に、ジハードは息を飲む。

いったい、この老人はどれほどの魔法技術を保有し、いつの頃から暗躍していたのだろうか。

そもそも、六凶すらも操り、眠らせることができるのであるなら、今頃大陸は魔獣の脅威から解放されているはず。改めて、この老人の底知れなさに戦慄する。

「それほどの魔法技術と労力をかけて、貴方は、いったい何を、考えているのです？」

そこで、彼の脳裏に閃《ひらめ》きが走る。

「いや、そもそも、貴方はどうして魔法の編纂《へんさん》などしようと考えた？　元々貴方は、一介の考古学者。帝国の貴族ではあるが末席であり、その研究も平凡でしかなかったはず……」

魔法の編纂と、アルカザム式の詠唱式と陣式魔法の構築。それが、ファードレイがこの二十年間で成した偉業だ。実際のところ、この人物の活躍なくして、グローアウルム機関、アルカザム、そしてソルミナティ学園の設立は成しえなかった。

しかし、その経歴には、腑《ふ》に落ちない点が多い。たとえ大侵攻のことがあったとしても、だ。

そんなジハードの指摘に、ファードレイはその冷淡な瞳を僅かに緩める。

「未来が欲しかったからだ。たとえ自分が、作られた端役。人形なのだとしても」

「作られた、端役？」

ノゾムの龍殺しの力を目にしても崩れなかった超然とした態度。それが消え、老いさらばえた老人の顔が覗《のぞ》く。これまでに見たこともない弱々しいその姿に、ジハード達は思わず目を疑う。

「がふ……」

しかし、次に目に飛び込んできた光景に、その疑念も吹き飛ばされてしまった。

鮮血が、ファードレイの口から溢《あふ》れ、彼は膝から崩れ落ちる。

「ふむ、なるほど。私はもう不要ということか……」

「っ、医者を呼べ。大至急だ！」

ジハードの指示に衛兵が慌てて上階へ向かっていく中、ファードレイは滴り落ち、地面に広がっていく己の紅い染みを、諦観に満ちた瞳で眺めていた。

しかし次の瞬間、彼はカッと目を見開くと、自分に駆け寄ってきたジハードの腕をがっちりと掴《つか》む。

「よいか。既に運命の車輪は回り始めた。いずれ、大きな災いが訪れる……」

「いったい、何を……」

老人とは思えぬ力でギリギリと腕を絞められ、ジハードのミスリルの小手がギシギシと軋む。

死に際の血走った眼。深淵《しんえん》にも似た底知れぬ闇を抱きながらも、必死に何かを求めるその瞳に、ジハードは思わず言葉を失う。

「繋《つな》ぎ止めるのだ、人の、運命を……。そのため、に……」

口から紅い血の泡を吹きながら、必死に何かを伝えようとしているファードレイ。しかし、次の瞬間、ふっと小手を掴んでいた老人の手から力が抜け、彼は己の血が広がった石床に倒れ込む。

彼が手にしていた石の杖が、力なく床に落ちて乾いた音を立てる。

ピクリとも動かなくなってしまったファードレイの首に手を当てると、脈はなく、死んでいた。

「どういうことだ……」

茫然《ぼうぜん》としている彼ら。その時、ジハードの視界の端に、黒い何かが映り込んだ。

それはヒラヒラ宙を舞い、倒れたファードレイの体の上にゆっくり落ちる。

「羽？」

一枚の風切り羽だった。鳥のものと思われる、漆黒の羽。

ジハードは思わず、螺旋階段を見上げた。真っ暗な階段が上へと続き、最上部は魔力灯に照らされ、白く輝いている。その光の中に、黒い点が入り込む。それは、一羽の烏《からす》のように見えた。

だが、ここは地下だ。そもそも、厳重に封鎖されたこの区画に、鳥が入り込めるはずもない。

思わず瞬《まばた》きをして目を凝らす。しかし、光の中に鳥の姿はない。

視線を戻すと、ファードレイの遺体の上に落ちた羽も消えていた。

目の錯覚だったのだろうか。改めて、ジハードは螺旋階段を見上げる。螺旋階段の上から、報告を聞いた衛兵と医師達が大挙して押しかけてきていた。

結局、何も分からなかった。言いようのない悔しさと後味の悪さ。それを吐き出すように、ジハードは大きく深呼吸をするのだった。

ケンの封印を見届けたノゾムはリサを誘い、アルカザムの散歩へと繰り出した。中央公園を一回りした後、公園のベンチに座る。そして互いに無言のまま、ソルミナティ学園の白亜の校舎を眺めていた。先に口を開いたのはノゾムだった。

「その、すまなかった」

「ノゾムが謝ることじゃないでしょ？　私だって……」

その言葉に、リサもまた表情を曇らせる。

ケンの奸計《かんけい》に惑わされたとはいえ、ノゾムに対して罵詈雑言をぶつけたのは、間違いなく彼女だ。

そして、その言葉が、彼の学園での立場を限りなくどん底に叩《たた》き落とす決め手となったのだから。

「その、私の方こそごめんなさい。酷《ひど》い言葉を言い続けたわ……」

ノゾムの方へと向き直り、リサが深々と頭を下げる。彼女自身、この程度で許してもらえるとは思っていない。それでも、ここできちんと謝らなければならないと感じていた。

「いや、ケンのこともそうだし、俺もぶつかっていくべきだった。そうしなかったのは、俺自身がリサやケンから逃げたからだよ」

ノゾムは頭を下げる彼女を見つめながら、ゆっくりと自分の本意を述べていく。

その言葉は、彼自身の後悔に彩られていた。確かに、ノゾムはリサに拒絶された。ケンの策略に騙《だま》された上に、当時は一向に伸びない自分の実力に焦っていたこともある。

しかし、ここまで事態がこじれたのは、ノゾムにも要因があった。

強くなれば、リサのためになる。分かってくれるはず、などという妄想に逃げ、彼女達と向き合うことをしてこなかった。それは間違いなく、ノゾムの罪だ。

「結局、俺達は互いのためと言いながら、相手を見ていなかった。自分の都合のいい話を夢想して、そうならなかったからって背を向け続けていたんだ。だから、俺の方こそすまなかった」

今一度、ノゾムがリサの方を向いて、深々と頭を下げる。

そして互いに同じタイミングで頭を上げた二人は、どちらからともなく笑みを浮かべた。

「ふふ、なんか私達、変なことやっているわね」

「ははっ、確かにそうだな。昼間っから公園のベンチで頭を下げ合って、傍《はた》から見たら何やっているんだろうって首を傾《かし》げるよな」

しばらくの間、互いに笑みを浮かべて笑い合う。二年間、心の奥で沈殿していた澱《よど》みが、流れていく。本当に久しぶりに感じた、心の底からの笑み。

互いに相手のためと言いつつ、依存するように他者に寄りかかったままという歪《いびつ》な関係。錆《さ》びついていた歯車が、今ようやく回り始めたのだ。

「リサは、これからどうするんだ？」

しばらくの間、笑い合った後、ノゾムがおもむろに問いかける。

その言葉に、リサは顔を上げると、空を眺めながら、胸の内を確かめるように目を閉じた。

やがて彼女は苦笑を浮かべ、ノゾムの方を向くと、ゆっくりと口を開く。

「分からなくなっちゃった。お父さんと同じ冒険者に憧れているけど、それだけじゃないって思えるようになったし、まだここで色々と学んでみたいというのもあるし、それに……」

最後まで言い切らずに言葉を切ると、リサはスッとノゾムとの距離を詰めた。潤んだ彼女の瞳が、至近距離から見つめてくる。今にも泣き出しそうなその表情に、ノゾムは心臓が高鳴る。

「ねえ。ノゾムは……。私が学園から出ていくって決めたら、一緒に来てくれる？」

確かめるような懇願。自分自身に願い出る資格はないと分かっていても、確かめずにはいられない。

雨に濡《ぬ》れたルビーのように潤んだ瞳と震える口元が、そんなリサの気持ちを雄弁に語っていた。

見つめてくるリサを前に、ノゾムもまた、自分の気持ちを確かめるように目を閉じる。

そしてゆっくりと目を開いた彼は、リサの願いを前にして……。

「ごめん、今の俺には、君との約束は果たせない」

きっぱりと、断った。

「そっか。やっぱりね……」

分かっていたことだというように、リサがノゾムから身を離す。

寂しそうな表情を浮かべながら離れていく彼女の姿に、ノゾムは唇を噛《か》み締めた。

「ごめん。約束、果たせなかった」

「ううん、それは違う。ノゾムはちゃんと、私との約束を守ってくれた。私がきちんと夢と向き合えるよう、支えてくれた」

約束を守れなかった。そう言い放つノゾムに対して、リサは優しく微笑《ほほえ》みながらも、はっきりと彼の言葉を否定した。ノゾムは、約束を果たしたのだと。

時間はかかったかもしれない。それでも、逃げて、目を背けていたリサの目を覚ますことができたのは、間違いなくノゾムのおかげだ。

そんな彼を好きになれて、リサは心からよかったと思えている。

結果は、ハッピーエンドではないのかもしれない。それでもリサにとって、この想いは、何よりも大切な、愛《いと》しい人からの贈り物だった。

「私は、ノゾムに甘えてた。この学園に誘ったのだって、多分不安だったから。冒険者としての生活は危険と隣り合わせ。突然、ノゾムがいなくなるかもしれないと思ったから、私はこの学園に誘ったんだと思う……」

冒険者になるだけだったら、わざわざソルミナティ学園に通う必要はない。故郷の近くにあるギルドなどの組合に所属し、そこから冒険者を始めてもよかった。

そうしなかったのは、偏《ひとえ》にリサ自身に不安があったから。今だからそう思えると、彼女は独白する。

でも、もう後悔に苛《さいな》まれ、不安に怯《おび》えるだけではダメなのだと、彼女は感じていた。

「だから、私もノゾムから卒業しないといけない」

そう言うと、彼女はすくっと立ち上がり、ノゾムの前に立つ。

「ねえノゾム、その刀、貸してくれない？」

いったい、何をするつもりなのだろう？

ノゾムは首を傾げるも、まっすぐな彼女の視線に促され、愛刀を腰の剣帯から外して渡す。

リサは渡された『無銘《むめい》』を抜く。太陽の光を浴びて、鎖型の波紋が輝いている。

そして彼女は刀を逆手に持つと、おもむろに刃を束ねていた自分の髪に当てた。

「あ……」

シュ……と軽い音と共に刃が引かれ、長い深紅の髪がバサリと切り落とされる。

ノゾムが驚く中、リサはフルフルと首を振る。肩ほどくらい短くなった髪が、ぴょんぴょんと元気そうに跳ねた。

「うん、すっきりした！」

刀を鞘《さや》に納めてノゾムに返しながら、リサは晴天の空のように晴れやかに微笑む。

それは、ノゾムが幼い頃、彼女に一目惚《ひとめぼ》れをした時と同じ笑顔だった。

「短い髪も似合うな」

「そう？　よかった！」

胸の奥に残っていた最後のしこりが、溶けて消えていく。

本当の意味で、昔のわだかまりを清算できたことにノゾムが安堵《あんど》する中、リサは「んん～～っ！」と大きく背伸びをする。

「帰るのか？」

「うん。だから、ここでお別れかな？　もう一人、向き合わなきゃいけない人がいるから」

「ああ……そうだな」

「ノゾムも、まだ用事があるんでしょ」

「分かるのか？」

「何年一緒にいたと思っているの？　そのくらい、すぐに分かるわよ」

リサの指摘に、ノゾムは頷く。どうやら、目の前の幼馴染《おさななじみ》は、彼が考えていることなど見通しのようだ。寂しそうに笑みを浮かべるリサに、ノゾムは苦笑を返すと、ゆっくりとベンチから腰を上げた。

「じゃあ、ここで……」

「うん、さよなら……」

手を振って見送るリサに小さく頷き、背を向けて、公園の出口へと歩いていく。

リサはその背中を眺めながら、万感の想いを吐露するように、大きく息を吐いた。

「二年でずいぶんと遠くなっちゃったな……」

小さくなっていく彼の背中に手を伸ばしながら、リサは思わずそんな言葉を漏らした。

「でもいい。もう一度、最初から始めよう。今、ここから……」

その想いを胸に、リサは立ち去っていくノゾムに背を向けて歩き始めた。彼女の向かう先には、灰と薄い紅の混じった髪の少女が、不安そうな表情で佇《たたず》んでいた。

「リサ……その、私……」

まだ強張《こわば》りの抜けない従妹《いとこ》の様子に、自然とリサも呼吸が深くなり、コクリと唾を飲み込む。

（がんばれ……）

背中を押すような声が、耳の奥に響き、思わず後ろを振り返る。

ノゾムの背中は、もう見えない。だけど、いつの間にか心は軽くなっていた。

二人の道は、ここで別れる。

でも、それでよかった。胸の奥には、愛しい人が残してくれた想いがしっかりと宿っている。

その想いを胸に、もう一度挑戦しよう。あの人の隣に立てるくらい、強くなろう。

「お待たせ、カミラ。ちょっと、一緒に歩かない？」

最後に一筋、瞳から零《こぼ》れる熱い滴を感じながら、紅髪の少女は新しい一歩を踏み出した。

リサと別れたノゾムは、そのままフランシルト邸へ向かう。

だが、中央公園から出たところで、耳元にしわがれた声が遠くの山彦のように響いてきた。

『どうやら、色々と清算できたようじゃな』

耳元から流れてくるゾンネの声。龍としての力を行使して声を届けているのか、周囲に件《くだん》の老人の姿はない。全てが終わったと知って、接触してきたのだろう。ノゾムの額に冷や汗が浮かぶ。

『お主の可能性、見せてもらった。一応、生きているところを見るに、まだ希望はあるようだ』

流れる汗の冷たさに体が震えそうになるのを我慢しながら、ゾンネの言葉に耳を傾ける。

『それから、お主が持つその刀。明確に意思を持ち始めておる。見たところ、精霊の力を吸収し、封じる能力があるようだ。上手《うま》く使えば、ティアマットからの負荷も減じることができるかもしれん』

ノゾムは思わず、腰の無銘に手を伸ばし、そっと柄《つか》に触れる。何とも言えない温かさが、胸の奥から湧き上がってきた。

『じゃが、甚だ危ういことは変わらん。先にも言ったが、己の分を弁《わきま》えよ。友人達を危険に晒《さら》したくないのなら、奴の力は二度と使わぬことだ。二度と、な……』

声と共に、ゾンネの気配は遠くに消えていった。

ここで手を出す必要がないと判断したのか、それとも他に意図があるのかは分からないが、とにかく猶予はもらえたらしい。ノゾムはふう……と緊張を解くように息を吐き、今度こそ足を進める。

フランシルト邸に到着した時には、浮かんだ汗も乾き、緊張の残滓《ざんし》も薄れて消えていた。

正門前で屋敷のメイドに声をかけると、そのまま顔パスで通される。

初めて来た時は、完全に不審者扱いされていたことを思い出し、思わず苦笑が漏れた。

邸宅の横を通り、庭へと向かっていくところで、アイリスディーナが一人、ポツンと立っている姿を見つける。目が合うと、彼女は少し驚きの表情を浮かべた。

「ノゾム……どうしてここに？」

「これ……」

そう言いながら、ノゾムはポケットから、小さな髪飾りを取り出す。

前に、街を一緒に歩いている時に贈った品。それを見て、彼女の目がさらに大きく見開かれる。

「病室、来てくれてたんだな」

「まあ、ね。落としたのを置いていたら、そのまま忘れてしまったんだろうな……」

返ってくるのは、歯切れの悪い、宙に浮いたような言葉。

力なく差し出された手の平に、そっと髪飾りが乗せられる。

酷く重く感じるそれを、アイリスディーナは焦点の定まらない瞳でじっと見つめていた。

「さよならをしてきた。リサに……。やっと言えたよ」

こじれにこじれてしまった関係の清算。それを終えたノゾムの顔は、少し寂しさを含みながらも、晴れ晴れしいものだった。

「そう、か……」

「ありがとう、アイリス」

「どうして、お礼を言うんだ？」

「君がいなかったら、俺はちゃんと、リサとお別れできなかったから」

始まりは、偶然。その後も続いた奇縁を思い出し、アイリスディーナは苦笑を浮かべる。

「初めて昼食を取った時は、随分と不躾《ぶしつけ》なことを聞いてしまっていたな……」

「いや、いいんだ。よくよく考えてみれば、君が初めてだった。悪評しかなかった俺に、純粋に、先入観なく、正面から尋ねてきたのは。君がいなかったら、きっと俺は、自分の過ちを自覚しながらも、まだ足踏みをしていたかもしれない」

確かに、ノゾムは師のおかげで、自身の逃避に気づくことができた。しかし、師ができたのはそこまで。その後、本当の意味で過去と向き合い続けることができたのは、間違いなく……。

「……だから、何度でも言うよ。本当に、ありがとう」

重ねられたお礼の言葉。アイリスディーナの胸の内に燻《くすぶ》っていた澱みが消え、手の平にかかっていた重みが軽くなっていく。代わりに、頬が急速に熱を帯びてきていた。

「ノ、ノゾム、この髪飾り、つけてくれるか？」

「え？」

頬の熱を誤魔化すように、アイリスディーナは聞き返してきたノゾムの手に髪飾りを乗せ、半歩、距離を詰める。心臓がドクンと高鳴るのを感じた。

見上げれば、驚き、そして同じように頬を染める彼の姿。思わず、目が離せなくなってしまう。

持ち上げられる髪飾り。ノゾムの指が艶やかな髪にさらりと触れた。全身に甘い痺《しび》れが満ちる。

そして、パチン……と心地よい音と共に、髪飾りがあるべきところへと返された。

（ああ、やっぱり私は、君のことを……でも）

ここにきて、アイリスディーナもまた、自身の気持ちを自覚せざるをえない。

でも同時に、その気持ちを言葉にもできなかった。

心の奥にある小さなしこり。それを曝《さら》け出す勇気が、まだ足りない。

（でも、いい。今はまだ、それで……）

今はただ、この心地よさに満たされていたい。

「ノゾム、よかったら。ゆっくりしていかないか？　他の皆も来ているんだ」

「ああ、喜んで」

並んで、仲間達のところへと戻っていく。

歩きながら肩が触れる度に、こみ上げる喜び。

あまりに多くのことがあった。まだ、伝えられてない想いもある。

それでも今はただ、彼が生きて、傍にいてくれることが嬉しかった。

‡

一羽の烏が、樹海の中に造られた都市を見下ろしていた。

一対の深紅の瞳と、異様な気配を持つ烏。

その不気味で気色の悪い瞳の色に反して、その奥には確かに知性の光が見て取れる。

烏は街の一画に目を凝らす。そこには、仲間の元へと戻っていく龍殺しの姿があった。

役目を終えた仮初の主。その死に伴って、この烏の使命も一度終わった。

しかし、まだ次の使命が待っている。烏は一度大きく鳴くと、南へと飛び去っていくのだった。

あとがき

皆さん、お久しぶりです、ｃａｄｅｔです。第四巻、やっとお届けすることができました！

いや、またお前時間かけやがってとお叱りを受けそうですが、これはいつものごとくＷＥＢ版を全部書き直すという暴挙をやった結果ですが、それは横に置きまして……。

今回、ようやく無自覚な逃避を続けた幼馴染三人の問題が決着。

第一巻から四年以上、ずっと書いてきた物語に、一つ区切りをつけることができました。

とはいえ、今回ノゾムは、自分の人生という鎖に、一つの輪を継ぎ足したに過ぎません。

ティアマットの問題は解決せず、彼は巨大な爆弾を抱えながら、これからの人生を生きていきます。

幾多の困難に見舞われるでしょう。また叩き潰され、逃げることもあるかもしれません。

それでも、一度立ち直り、そして一歩先へと進んだ経験は、彼にとって大きな糧となるはずです。

そして、ここからは、関係各位様へのメッセージを。

まず、第三巻の担当だったＮ様に代わり、再び本小説を担当してくださったＳ様。大変お世話になりました。いつものごとく的確なご指摘、本当に感謝しています。

また、校正や宣伝など、幾多の業務をこなしてくださった他の一迅社の方々。長い間拙作にお付き合いいただき、感謝に絶えません。

そして、この小説を十年以上も読んでくださった読者の皆様へ。本当に、ありがとうございました。

いつかもう一度、物語を紡ぐ中でご縁に恵まれれば、嬉しいなと思う次第であります。

龍《りゅう》鎖《さ》のオリⅣ －心《こころ》の中《なか》の“こころ”－

2024年4月5日　初版発行

初出……「龍鎖のオリ－心の中の“こころ”－」
小説投稿サイト「小説家になろう」で掲載

【　著　　者　】 cadet《キャデット》
【イラスト】 sime《シメ》

【　発 行 者　】 野内雅宏

【　発 行 所　】 株式会社一迅社
〒160-0022
東京都新宿区新宿3-1-13　京王新宿追分ビル5F
電話　03-5312-7432(編集)
電話　03-5312-6150(販売)

発売元：株式会社講談社(講談社・一迅社)

【印刷・製本】 大日本印刷株式会社
【　D　T　P　】 株式会社三協美術

【　装　　幀　】 AFTERGLOW

978-4-7580-9633-1

Printed in JAPAN

おたよりの宛先
〒160-0022
東京都新宿区新宿3-1-13　京王新宿追分ビル5F
株式会社一迅社　ノベル編集部
cadet先生・sime先生

This is the story of
a boy lost
the sound mind,
and
the story
he starts.